KB153876

아버지, 이순신

채종인
역사장편소설

아버지, 이순신

아버지! 끝까지 살아남으셔야 해요!
남아서 조선의 가난한 백성들을 품에 안아주세요!
아버지는 고래여요! 조선 바다의 고래여요!

도화

| 작가의 말

요즘 영화 '명량'이 화제다. 불세출의 영웅, 이순신 장군의 진면목을 본 관객들은 눈물을 찍어내며 영화관을 나선다. 백성을 위해 기꺼이 목숨까지 내놓는 지도자의 희생정신에 감동한 때문이 아닌가 생각해 본다.

나는 이순신을 공부하면서 예수를 떠올렸다. 십자가를 지고 골고다 언덕을 오른 예수는 결국 자신의 몸을 이웃들의 희생양으로 내바친다. 그리고 그 이웃들은 오늘날 그의 피와 살을 양식 삼아 살아가고 있다. 그렇다. 이순신, 그는 한국의 예수다. 아니, 예수보다 더한 예수다.

이 소설은 백성들에 대한 사랑으로 가득한 아버지, 이순신을 그가 가장 사랑한 막내아들 이면이 앵글을 바짝 들이대고 따라가면서 기록한 문장들이다. 이순신을 빼닮은 면은 4백 년 전, 열여섯 살이라는 감수성 강한 청년으로, 때로는 오늘 우리 젊은이들의 목소리로 아버지, 이순신과 대화를 나눈다. 화약 냄새 자욱한 전장에서 아버지의 인간적인 모습들과 대면하면서 가족에 대한 애틋한 사랑도 싹튼다.

오래 전에 써둔 소설을 이제야 책으로 엮어내는 데는 이런저런 사연들이 없을 수 없겠지만, 굳이 밝힐 필요는 없겠다 싶다. 소설을 쓰기 전에 아산에 있는 당신 부자의 묘소를 참배했듯이, 이제 당신께 바치는 뜨거운 숨결이 한 권의 책으로 결실을 맺었으니, 술 한 잔 아니 올릴 수 없어 이 또한 기쁨이 크다.

특히 소설을 쓰는 데 많은 도움을 주신 분들이 있는데, 지면을 통해서나마 감사의 말씀 전한다. 비봉출판사의 박기봉 대표님, 그가 펴낸 『충무공 이순신 전서』(전4권)'이 없었다면 나의 작업은 더디고 고되었을 것이다. 머리 숙여 감사드린다. 『이순신을 만나다』(디자인하우스)를 쓰신 지용희 선생님께도 고마움을 전한다. 소설 속의 한산대첩과 명량해전 부분은 선생님의 글을 많이 참고했다. 그리고 소설가 김훈 선생님께도 감사의 말씀 전한다. 당신의 『칼의 노래』가 없었다면 나는 이 소설을 시작하지 않았을지도 모른다. 당신의 비장한 감수성이 전율로 다가왔을 때,

나도 펜을 들었으니까.

　마지막으로 나의 뜨거운 숨결을 책으로 엮어주신 도화출판사 김성달, 박지연 대표님께 진정 벼락같은 사랑의 말을 전한다.

차례

작가의 말

비린내

이제 남은 일본군은 열두 명이었다. 일대 십이. 한 달 전, 진도 명량에서 아버지는 일본 군선 133척을 깨부수었다. 단 열두 척의 판옥선[1]으로 절간보다 더 웅장한 일본 군선 133척을 물리쳤다. 일본 수군과 육군들은 비명을 지르며 바다 속으로 가라앉았다.

열두 명의 일본군이 고함을 지르며 냇물을 건너기 시작했다. 한 명은 말을 타고 있었다. 냇물은 깊지 않았다. 늦가을 얕은 물살이 말의 정강이에서 부서져나갔다. 칼날 같은 물비늘이 사방으로 흩어졌다.

말보다 앞서 달려오는 사내가 있었다. 그 사내는 칼 대신 팔을 휘두르고 있었다. 그 팔이 나를 가리키고 있었다.

"면이 저기 있다! 잡아라! 저놈이 바로 이순신 막내아들 면이
다!"

그 사내는 일본군이 아니라 조선 사람이었다. 냇물 건너 산 밑
마을에 사는 중늙은이였다. 은전 몇 닢에 눈이 멀어 동족을 팔아
먹는 불쌍한 사내였다. 그는 말 탄 일본군 두목과 일본말로 무어
라 지껄이며 부지런히 냇물을 건넜다. 젊어서부터 삼포²를 드나
들며 일본인들과 장사를 한다더니, 그렇게 배운 일본말을 결국
에는 동족을 팔아먹는 데 쓰다니.

저놈은 며칠 전에도 일본군을 데리고 와서 나와 우리 가족을
찾았다. 마침 관아에서 관노를 보내 귀띔을 해주는 바람에 나는
가족들을 데리고 뒷산으로 미리 피신할 수 있었다. 하지만 놈들
은 우리 집과 온 마을에 불을 지르고 떠났다. 우물에 오물을 퍼
넣고 애꿎은 가축들을 마구 죽였다.

참으로 가엾은 사람이었다. 나는 그의 눈에 겨눴던 화살을 거
둬 대신 다른 일본군 한 명을 쓰러뜨렸다. 가슴에 꽂힌 화살을
부여잡고 일본군은 냇물 속으로 주저앉았다. 내 또래의 젊은이
였다.

얕은 냇물 위에서 일본군들의 발길이 분주히 흩어졌다. 나는
화살 한 대를 겨냥해 또 다른 일본군의 이마를 꿰뚫었다. 깊숙이
박힌 화살이 놈의 맑은 이마 위에서 파르르 몸을 떨었다.

냇물을 부지런히 건너던 일본군 한 명이 내게 조총³을 겨누자

말 탄 자가 큰소리로 말렸다. 아마 나를 사로잡으려는 모양이었다.

"저놈은 제 아비를 닮아 무예가 출중합니다! 저놈의 화살에 벌써 귀하의 군인 열 명이 당했습니다!"

사내는 급한 김에 조선말로 지껄였다. 그 말을 알아들었던지 말 탄 자가 으음, 하고 칼자루를 고쳐 잡았다. 나는 말 탄자의 이마에 겨눴던 화살을 거둬 다른 일본군 병사를 쏘았다. 말 탄 자와 저 조선 사내는 분명 나에게 할 말이 있을 것이었다.

열 명의 일본군은 냇물을 건너 둑으로 기어올랐다. 나는 피하지 않았다. 냇가에서 마을로 들어서는 초입에 버티고 서서 말 탄자의 두 눈을 노려보았다.

"네가 이순신 아들이냐?"

말 탄 자가 일본 말로 지껄이자 조선 사내가 그렇게 통역했다.

"그렇다! 내 아버지는 조선 삼도 수군통제사 이순신이고 내 이름은 면이다!"

나는 사내와 말 탄 자의 두 눈을 동시에 쳐다보았다. 그들의 눈 속에 내가 서 있었다. 내 오른손에 쥐여진 푸른 칼날이 차가운 늦가을 햇살을 튕겨내고 있었다. 나는 그림자처럼 몸을 움직여 칼의 위치를 바꾸었다.

"칼이 제법 쓸 만하겠구나!"

말 탄 자가 사내의 입을 빌어 말했다.

"아버지께서 친히 내려주신 조선의 칼이다! 네 목을 벨 칼이다!"

사내는 내 말을 통역하지 않았다. 나는 놈부터 베어버리고 싶었지만 눌러 참았다. 놈의 가슴 속에 들어붙어 있을 말 한 마디를 꺼내지 못한다면 놈은 죽여서 무얼 한단 말인가.

"가토 기요마사님[4]의 특명을 받고 왔다! 너와 너의 가족 전부를 생포해 오라는 분부를 받잡고 왔다! 너의 가족은 지금 어디 있느냐?"

말 탄 자가 조선 사내의 입을 빌어 말했다.

"그건 너희들이 알 바 아니다! 그 전에 내가 먼저 물어야 할 것이 있다. 너희들이 우리를 괴롭히는 이유가 무어냐?"

"그런 건 난 모른다. 다만 가토 기요마사님의 명령을 수행할 따름이다!"

가토 기요마사는 전 일본군을 대신해 우리 가족에게 앙갚음을 하려했을 것이다. 한 달 전에 있었던 진도 명량 싸움에서 패한 한풀이를 이렇게 하려는 것일 게다.

"아산에 있는 이순신 가족을 생포해서 일본 오사카 성[5]으로 압송하라는 가토 기요마사님의 특명을 받았을 뿐이다. 오사카 성에 계시는 도요토미 히데요시[6] 관백[7]님께서 너희 가족들을 기다리고 계실 것이다."

나는 칼을 움켜쥐고 웃었다.

"보다시피 너희들이 마을에 불을 지르는 바람에, 우리 가족과 마을 사람들은 모두 다른 곳으로 떠났다. 종들도 다 따라갔다. 나 혼자 남았다. 여기가 오늘 내가 죽을 자리다!"

말 탄 자가 껄껄 웃었다.

"나이가 몇이냐?"

"스물한 살이다!"

"죽기에는 아까운 나이구나! 다시 한 번 기회를 주마. 네 가족들은 지금 어디 있느냐?"

"알려줄 수 없다. 나 또한 너희 나라에 가고 싶은 마음이 추호도 없다."

나는 그림자처럼 몸을 움직이며 칼의 위치를 바꾸었다. 말 탄자가 눈짓을 보내자, 아홉 명의 병사가 원을 그리며 달려들었다.

"항복해라! 목숨이 아깝지 않나!"

조선 사내가 동정어린 눈빛으로 나를 바라보았다. 나는 아무 대꾸할 가치를 느끼지 못했다. 그저 사내가 가엾을 따름이었다.

"자네 숙부 우신과는 안면이 조금 있지. 그래서 자네를 살리려는 걸세."

놈의 목을 베기 전에 먼저 물어볼 것이 있었다.

"어째서 너는 일본의 앞잡이가 되었느냐? 나라를 지킬 생각은 않고 일본군 꽁무니를 좇아, 동족의 살가죽에 난도질을 하려는 이유가 대체 무엇이냐?"

놈은 부끄러운 줄을 모르고 허허 웃었다.

"나 같은 사람이 한두 사람이 아니란 건 자네도 잘 아는 사실 아닌가? 이 나라 조선은 망하게 되어 있지. 명나라 아니면 일본에게 잡아먹히게 되어 있어. 땅덩어리를 두 쪽으로 나눠 북쪽은 명나라, 남쪽은 일본이 차지한단 말도 있고. 그래서 난 일찌감치 한쪽을 택한 것뿐이라고."

이제는 되었다. 그 말을 들어보고 싶어 여태 칼질을 멈추어 왔다. 역시 놈의 가슴 속에 들어붙어 있던 말은 흉측하고 음흉스러웠다. 나는 그림자처럼 팔을 움직여 간단하게 놈의 목을 베었다. 놈의 무거운 머리가 툭, 하고 땅에 떨어지며 검은 피가 튀었다. 비린내가 났다. 그때 일본군 한 명이 내 머리 위로 그물을 집어던졌다. 나는 그림자처럼 몸을 움직이며 순식간에 그물을 베었다. 그물은 허물처럼 흩어지며 내 주위로 사뿐 내려앉았다.

"대단한 칼솜씨군!"

그때 금가면[8]을 벗어던지고 내 앞으로 불쑥 나서는 사람이 있었는데, 놈은 뜻밖에도 조선말을 하고 있었다.

"통제사 이순신 같은 위인이 조선에 대체 몇 명이나 있나? 다 썩어 문드러졌어!"

이 사람은 온전히 일본군 복장을 하고 있었다. 머리도 윤이 나도록 밀어 일본 사람 흉내를 내고 있었다.

"난 원래 남해 바다를 지키는 조선 수군이었지. 경상 우수사 원균 밑에서 노를 저었거든. 그리고 배에 작두를 싣고 다니며 조선 어부들 목을 잘라 머리카락을 밀어버렸어. 일본군 수급이라고 속여 조정으로 올려 보내야 했으니까. 물론 원균이 시켜서 한 짓이었지만. 조선 사람 하는 짓들이 다 이 모양이야."

"듣기 싫다 이놈!"

"어느 날 먼 해역으로 정탐을 나갔는데 그만 일본군에 붙잡혔어. 그때부터 나는 일본 군선의 노를 저어야 했지. 지난여름 거제도 칠천량[9]에서 조선 수군이 전몰한 뒤로 우리 일본군은 전라도 땅으로 들어갔지. 남원, 전주를 함락시키고 충청도 직산[10]까지 쳐들어갔어. 그때 나는 일본군의 식량과 무기를 소달구지에 싣고 옮기는 일을 맡았지. 그러다가 명나라 군사한테 패하고 경상도 경주까지 후퇴하게 되었는데, 거기에서 우리의 용맹한 장군님이신 가토 기요마사님을 뵙게 된 거지. 장군님은 불쌍한 나를 기꺼이 거두어 주시어 내 오늘 이렇게 네 앞에 서게 되었다, 알겠느냐! 조선의 버팀목인 이순신 가족을 모조리 생포해 일본으로 넘기는 것이 이번 작전의 주목적이지. 조선 놈을 잡는데 조선 놈이 없어서야 되겠나! 오늘 내 기필코 너희 가족을 찾아내 가토 기요마사 장군님 앞에 갖다 바치겠다!"

조선 사람은 엉성한 솜씨로 칼을 휘두르며 내 앞으로 바짝 다가들었다.

"어서 숨은 곳을 대거라! 그래야 목숨을 부지할 수 있을 게야!"

나는 놈의 목을 베려다가 칼끝으로 놈의 한쪽 얼굴을 날렸다. 송편만한 귀가 소리 없이 떨어지며 땅바닥에 붉은 핏자국을 남겼다. 나는 연속 동작으로 그림자처럼 움직이며 일본군 한 명을 더 베었다. 머리가 수박처럼 땅에 구르며 피를 쏟았다.

"조선 칼도 쓸 만하구나! 누가 벼린 칼이냐?"

조선 사람은 피투성이 얼굴을 감싸 쥐고 말 탄 자의 말을 통역하고 있었다.

"한산도 통제영의 조선 대장장이가 만든 칼이다! 네 목을 벨 칼이다!"

말 탄 자는 가소롭다는 듯 허허 웃었다. 나는 그 웃음이 끝나기 전에 일본군 한 명을 더 베었다. 놈의 목뼈는 칼날에 심하게 부딪히며 저항했지만, 조선의 대장장이가 벼린 칼날은 놈의 절규를 애써 무시했다. 놈의 목에서 흘러나온 피가 싸늘한 칼날을 타고 흘러내렸다.

갑오년[11] 여름 통제영에서 해남 대장장이 태구련과 언복이가 아버지한테 바친 다섯 자루의 환도 가운데 한 자루였다. 아버지는 전라 우수사와 우리 삼 형제에게 각각 환도 한 자루씩을 내려 주었다.

"안 되겠구나! 저놈이 죽기를 원하니, 원하는 대로 해주어라!"

말 탄 자가 소리치자 다섯 명의 일본군이 나를 에워쌌다. 나는 두 다리를 소리 없이 끌며 몸을 둥글게 말았다가 펴보았다. 스물한 살 내 몸은 아직 고양이처럼 유연했다.

"하잇!"

일본군 두 명이 한꺼번에 칼을 치켜들었다. 앞뒤에서 동시다발로 내 목을 노렸다. 나는 그림자처럼 소리 없이 몸을 낮춰 앞에 선 자의 복부를 찌르고, 뒤돌아서며 전광석화처럼 뒤에 선 자의 허리를 훑었다.

"안 되겠군!"

말 탄 자가 말에서 뛰어내렸다. 나와 우리 가족을 잡으러 온 일본군 스무 명의 우두머리였다. 녀석의 칼은 조금 더 길었다.

녀석이 내 앞으로 바짝 다가서자, 남은 세 명의 일본군은 내 측면과 뒤를 노리며 나를 에워쌌다. 나는 내 그림자를 밟으며 소리 없이 움직였다. 네 명의 일본군도 나를 따라 소리 없이 움직였다.

칼은 먼저 뒤에서부터 들어왔다. 나는 순식간에 돌아서며 칼등으로 적의 칼날을 막아냈다. 칼날이 부러지며 불꽃이 튀었다. 틈을 주지 않고 공격한 자의 목을 찔렀다. 그리고 다시 돌아서야 한다고 생각하는 순간, 우두머리의 긴 칼이 내 어깨를 훑어 내렸다. 나는 비틀거렸다. 다행히 칼을 쥔 쪽은 아니었다.

나는 그림자처럼 몸을 움직이려 했지만 마음먹은 대로 되지 않았다. 나는 다시 안간힘을 다해 활처럼 몸을 말아보았다. 그리고 마지막 남은 힘으로 몸을 화살처럼 튕겨내며 적의 심장에 칼을 꽂으려 했다. 하지만 어깨에서 흘러내린 핏물이 한쪽 신발을 온전히 적시며 비린내를 풍겨냈다. 내 몸은 그만 탄력을 잃고 말았다. 긴장을 잃고, 길을 잃고 말았다.

"면아! 살아남아야 한다! 면아!"

어디선가 아버지의 목소리가 들려오는 듯 했다. 나는 혼신의 힘을 다해 칼을 치켜들었다. 내 칼과 내 신발에서 적과 나의 비린내가 동시에 끼쳐오고 있었다. 지독한 비린내였다. 나는 부르르 몸을 떨었다.

비린내

[1] 조선시대의 대표적인 전투용 배. 갑판 위에 널빤지로 한 층을 더 올려 전투에 용이하게 만들었음.

[2] 조선 세종 때 왜인들과 교역을 하기 위해 개항한 세 곳의 항구. 부산포(부산), 제포(진해), 염포(울산).

[3] 임진왜란 때 일본군의 주력 무기. 화승총이라고도 함. 화약심지에 불을 붙여 쏘는 총.

[4] 가등청정(1562~1611년). 도요토미 히데요시의 가신으로 임진왜란 때 선봉장을 맡은 장수.

[5] 일본 오사카에 있는 성으로 1583년 도요토미 히데요시가 축성했다.

[6] 풍신수길(1536~1598년). 일본의 무장. 정치가. 일본을 통일하고 중국 대륙 침략의 야망을 실현하기 위해 조선을 침략했으나 실패했다.

[7] 천황을 보좌하며 정치를 총괄하는 관직. 메이지 유신 전까지 조정 대신 중에서 최고위직이었던 호칭임.

[8] 일본군의 금빛 투구.

[9] 경남 거제시 서북부에 위치한 해협. 이곳에서 원균은 일본군에게 대패해 조선 수군의 전부를 잃었음.

[10] 현재의 충남 천안시 서북구 직산읍.

[11] 서기 1594년. 임진왜란이 일어나고부터 세 번째 해.

피난

둘째 형 열[1]이 아버지의 몸종 한경과 무재를 데리고 전라 좌수영에서 아산으로 올라온 것이 임진년[2] 오월 보름이었다. 그들은 아버지가 마련해 준 협선[3] 한 척을 타고 해암[4]까지 올라와 배를 포구에 매어 놓고 숨을 헐떡거리며 집으로 달려왔다.

"지난 사일 새벽에 좌수영 수군이 경상 해안으로 출동했습니다. 아버님께서는 수영을 떠나시면서 저를 집으로 올려보냈습니다. 온 가족을 전라도 순천 땅으로 모시고 오라고 분부하셨습니다."

둘째 형은 대청에 엎드려 숨을 헐떡거리고 있었다.

"네 형은 어디 있느냐? 회[5] 말이다."

할머니가 둘째 형의 등짝을 내려다보며 말했다.

"아버님과 함께 출동하셨습니다. 경상도 해안으로……."

어머니가 대청에 걸터앉아 둘째 형의 헤진 버선발을 내려다보고 있었다.

할머니는 두 눈을 내리감고 한동안 침묵했다. 대청과 안마당으로 마른 정적이 내려앉았다.

"왜적들이 경상도 지방을 휩쓸고 충청도로 진출했다고 합니다. 여기 아산도 위험하니 가족들을 모시고 좌수영 가까운 순천 고을로 내려오라고 하시며 아버님께서는 이달 초나흘 새벽에 전장으로 출동하셨습니다."

둘째 형은 자신이 집으로 돌아온 목적을 할머니에게 얘기하고 있었다. 큰형 회와 둘째 형 열은 전라 좌수영을 드나들며 아버지를 돕고 있었다.

"이번 왜적은 지난날의 왜적과는 판이하게 다르다고 합니다. 숫자도 어마어마하고 무기도 최신식 무기를 지녔다고 합니다."

둘째 형은 벌겋게 달아오른 얼굴로 할머니를 지긋이 올려다보았다. 여러 날 바닷바람을 쐬며 흘러온 탓에 둘째 형의 얼굴 구석구석엔 소금 꽃이 뽀얗게 피어 있었다.

"장군님 건강은 어떠하시던고? 속병은 차도를 보이더냐?"

할머니는 아버지의 건강을 염려하고 있었다. 아버지는 오래전부터 위장병을 앓아오고 있었다.

"네, 할머니. 온백원[6]을 드시고부터 많이 좋아지셨다고 합니다."

"나라의 안위를 책임지신 장군 되신 몸으로 암, 건강하셔야 하고말고!"

할머니는 길게 한숨을 내쉬었다. 그리고 할머니의 고민은 오래가지 않았다.

"장군님 곁으로 피난을 내려오란 말이지…… 그래야 싸움에 전념할 수 있을 테고. 그래, 내려가자꾸나! 남쪽으로 내려가자고! 어멈아, 짐 꾸려라. 순천 고을로 내려가야지."

정읍 현감으로 근무하던 아버지가 전라 좌수영으로 옮겨 앉고 일 년이 넘도록 나는 그곳에 가보지 못했다. 두 형은 수시로 배를 타고 드나들며 그곳 사정을 전해왔지만, 나는 아직 나이가 어리다는 이유로 그 대열에 합류하지 못했다.

"너희들은 군선을 타보았느냐?"

이튿날, 짐 꾸리기에 여념이 없는 한경과 무재를 향해 내가 불쑥 물었다. 녀석들은 오뉴월 더위에 비지땀을 흘리며 세간을 챙기고 있었다.

"타보긴 타보았지만 항해를 해본 적은 없습니다요."

한경이 땀을 훔치며 말했다.

"그래 군선을 타본 소감이 어떻던가?"

"소인은 장군님 심부름으로 대장선을 타본 적이 있었는데 그만 길을 잃어……."

한경은 쑥스러운 듯 머리를 긁적거리며 말했다.

"길을 잃다니…… 군선이 그토록 크단 말이냐?"

"네, 도련님! 어마어마합니다요. 판옥선은 크기가 절간보다 더 큰데 삼 층으로 되어 있사옵고, 승선 인원만도 백 명하고도 육십 명이 더 됩니다요."

무재가 불쑥 나서서 대답했다.

"정말 대단하구나!"

"출동 나가면 배 안에서 밥도 해먹고 똥도 싸고 한답니다요."

무재는 여전히 신나는 표정이었다.

"잠은?"

"물론 잠도 배안에서 자지요. 파도에 뒤채이니까 새끼줄로 꽁 꽁 몸을 동여매고 잔다고 합니다요."

"수군들 노고가 이만저만이 아니겠구나."

"그래서 뱃놈들 함부로 건드렸다간 큰 코 다치지요. 얼마나 성질이 고약한지……."

"뱃놈이라니! 수군이라고 해야지!"

"이크 요놈의 주둥아리……."

무재는 머리를 긁적거리며 나를 올려다보았다. 그의 긴 머리 카락 속에 서캐가 하얗게 서려 있었다.

"그런데 도련님, 거북선이라고 들어보셨어요?"

한동안 침묵을 지키고 있던 한경이 나섰다. 무재보다 다섯 살이 위인 한경은 무척 어른스러워보였다.

"형님들 편에 들어보긴 했다만……."

"와, 그거 굉장합니다요! 타보진 못했지만 훈련하는 거 보니까 진짜 까무러치겠던 걸요!"

또 무재가 참지 못하고 불쑥 나섰다.

"꼭 거북이처럼 생겼는데, 입으로는 대포를 쏘고 등에는 송곳이 꽂혀 있어 무시무시하기가 말도 못할 지경이지요. 그 거북선이 출동하는 날엔 왜적들 꼼짝 못할 거구만요!"

형님들 편에 나도 전해 들었다. 아버지는 군관[7] 나대용과 함께 거북선이라는 새로운 군선을 만들었다고. 우선 세 척을 만들어 왜적의 침략에 대비 중이라고.

"너희들, 그동안 수고가 많았구나. 낯선 바다에서……."

"장군님에 비하면 저희들 고생이야 만분의 일도 못되지요."

한경은 한층 성숙해 있었다. 지난 해 금이와 혼례를 올린 탓에 이젠 더없이 어른스러워 보였다.

"금이는 잘 있느냐?"

"네, 도련님. 장군님 덕분에……."

아버지가 정읍 현감으로 있을 때 부리던 몸종 셋은 그대로 전라 좌수영으로 아버지를 따라갔다. 그리고 금이와 한경은 지난 해 부부 인연을 맺었다.

"면아, 그동안 고생 많았다. 혼자서 할머니, 어머니 모시느라 얼마나 힘들었느냐."

둘째 형이었다. 나보다 여섯 살이 많은 형은 올해 스물두 살의 총각이었다.

"나야 뭐 집에서 더운 밥 먹고 있었는데…… 형이 힘들었을 테지. 큰형은 어때?"

"건강하셔. 언제나 아버님을 가까이서 모시느라 마음고생이 심하실 거야. 이번 출동에서도 아버님과 함께 대장선에 승선하셨어."

큰형은 둘째 형보다 네 살이 위였다. 나보다는 무려 열 살이 위여서 나는 큰형이 아버지만큼이나 어려웠다. 그래서 둘째 형한테는 하게를 해도 큰형한테는 언제나 깍듯이 말을 높였다.

"그래도 형이 아버지 곁에 계시니까 든든하잖아?"

"맞아. 큰형의 존재를 새삼 알게 됐어."

나는 둘째 형과 손을 맞잡고 오랜만에 형제간의 따스한 체온을 나누었다. 둘째 형한테서는 언제나 땀 냄새가 났다.

피난

[1]이순신의 둘째 아들.

[2]서기 1592년. 임진왜란이 일어나던 해.

[3]대형 전투함인 판옥선의 부속선으로 쓰였음. 적의 동태를 살피는 탐망선으로 임진왜란 때 많은 활약을 했음.

[4]현재의 충남 아산시 인주면 해암리.

[5]이순신의 첫째 아들.

[6]조선시대의 위장약. 이순신 장군은 평소 위장병을 앓아 온백원을 상용하였다는 기록이 있음.

[7]조선 때 군무에 종사하던 낮은 벼슬아치. 현재의 소위나 중위 같은 초급 장교.

첫 바다

둘째 형이 집에 올라온 지 사흘째 되던 날, 우리 식구들은 아산 집을 떠났다. 할머니와 어머니, 둘째 형과 나, 그리고 한경과 무재, 집안의 종 두 명. 모두 여덟 명이 짐을 꾸려 바닷가로 나섰다.

해암 포구엔 작은 배 한 척이 대기해 있었다. 좌수영에서 올라온 협선이었다. 노꾼 네 명도 배에서 먹고 자면서 우리를 기다리고 있었다.

종들과 노꾼들이 힘을 합쳐 짐을 다 싣고 나자 배는 서서히 움직이기 시작했다. 장마가 시작되려는지 후텁지근한 바람이 남쪽으로부터 두텁게 불어왔다. 갈매기 떼가 하늘을 날며 우리를 배웅해 주었다.

먼 길을 걸어온 탓에 할머니와 어머니는 몹시 지쳐 선실 안으로 들어가 자리에 누웠다. 나는 둘째 형과 함께 갑판에 서서 점점 넓게 다가서는 바다와 차츰 멀어져가는 내륙의 산자락을 바라보고 있었다.

바다는 내게 생경한 존재였다. 열여섯 살이 되도록 아산 들판과 방화산 자락만 바라보고 살아온 내게 바다는 한없이 생경스럽고 이물스러운 존재였다. 나는 그 생소함에 부르르 몸을 떨었다.

배가 아산만을 벗어날 즈음 노꾼 한 명이 불쑥 내뱉었다.

"도련님, 열흘 뒤에나 수영에 도착할 수 있을 거구먼요. 그러니 선실 안으로 들어가 편히 쉬시는 게 좋을 거구먼요. 그렇게 서서 가시다간 이틀도 못가 탈이 나고 말지요."

노꾼은 아예 웃통을 벗어젖히고 있었다. 바닷바람과 초여름 햇볕에 검붉게 그을린 몸은 막 구워 놓은 옹기처럼 단단해 보였다.

"걱정해 줘서 고맙네. 자네 이름은 뭔가?"

"예. 막쇠라고 합니다요. 좌수영 성 밖 마을에 사는 놈인데 대대로 고기를 잡으며 살아왔지요. 조선 남해안 물길뿐만 아니라 경기도, 충청도 서해 물길까지 손바닥 들여다보듯 훤합지요."

노꾼이 노를 저을 때마다 이두박 삼두박근이 요령 있게 꿈틀거렸다. 그럴 때마다 배는 두터운 물결을 가르며 힘차게 앞으로 나아갔다.

"작년에 수군에서 벗어났는데 이번에 난리가 났으니, 다시 수영으로 들어가 격군¹ 노릇을 해야겠구먼요."

"참으로 장한 생각이네. 수졸뿐 아니라 장수된 자로서도 그저 도망갈 궁리만 하는 게 요즘 조선 수군 형편인데, 자네 같은 기특한 생각을 하는 자가 있으니 조선은 틀림없이 다시 회복될 걸세."

옆에 서 있던 둘째 형이 노꾼을 넌지시 쳐다보며 말했다.

"장군님 같은 분 밑에서 일한다면야 죽어도 여한이 없지요."

다른 노꾼이 말했다.

"……다들 그렇게 생각하는가?"

둘째 형이 네 명의 노꾼을 둘러보며 큰소리로 물었다.

"이건 저희들뿐 아니라 좌수영 연안 백성들의 공통된 생각이기도 하지요. 장군님께서 좌수영으로 내려오시고부터 남도 백성들은 살맛이 났다니까요."

나는 순간 자신도 모르게 얼굴이 붉어졌다. 아버지와 나는 그래서 한 몸인 것인가. 아버지 얘기를 하는데 내 얼굴이 붉어지는 걸 보면 나는 아버지의 정기를 물려받고 태어난 틀림없는 이순신의 아들 면일 것이었다.

"장군님 평판이 그리 좋은 이유는 뭐라고 생각하는가?"

나는 자신도 모르게 기분이 좋아져 네 명의 노꾼을 향해 불쑥 물었다.

"그걸 일일이 대답할 수야 없지요. 아무튼 장군님 얼굴만 쳐다봐도 모두들 살아갈 맛이 난다고들 합니다요."

"잘 알겠네."

바다는 부드러웠다. 만지면 손바닥 가득 육질이 느껴질 것처럼 물결은 도탑고 다소곳했다. 그리고 끝이 없었다.

"소회가 어때? 바다를 처음 대하는……."

둘째 형이 물었다.

"……속을 알 수 없을 테지. 우리들 앞에 놓인 바다는 이렇듯 평온한데 남쪽 바다는 난리 중이라니……."

둘째 형은 말이 없었다. 둘째 형도 나처럼 생각하고 있을지 몰랐다. 우리 두 사람은 오래도록 갑판에 서서 깊이를 알 수 없는 바다 밑바닥을 지긋이 응시하고 있었다.

태안반도를 돌아 서천 앞바다까지 오는데 삼일이 걸렸다. 날씨는 화창했고 본격적인 무더위가 시작되기 전이어서 배 위의 생활은 견딜만했다. 알맞게 수증기를 머금은 햇살은 기어코 살갗을 태우려 덤벼들지 않았고, 이따금씩 불어오는 남동풍은 꿉꿉한 더위를 쉬이 걷어갔다. 할머니와 어머니는 선실과 갑판을 드나들며 무료함을 잊었고, 끼니때면 종들이 숯을 피워 지은 밥을 먹으며 전장으로 떠난 아버지를 걱정하곤 했다. 그러면서도 선실 안에서 요강은 꼬박꼬박 채워냈고, 여종은 냄새나는 요강을 들고 나와 바닷물에 쏴아, 쏟아 부었다. 노꾼들과 한경, 무재, 그리고 둘째 형과 나는 거의 갑판에서 생활했다. 먹고 싸고 자고 놀고 뒹굴면서, 가끔씩은 바다 속을 무리지어 헤엄쳐가는 돌고래 떼를 바라보기도 했다. 서해 연안은 너무나 평온했다. 이따금씩 고기잡이배가 그림처럼 멀어져갈 뿐, 그 어디에도 난리가 난 흔적은 보이지 않았다. 부산에 상륙한 왜적이 동래, 김해, 밀양, 양산, 서생포, 울산을 점령하고 대구, 상주를 향해 올라갔다는 형의 말은 믿을 수가 없었다. 더구나 경상 좌수영과 우수영이 싸움한번 하지 못하고 무너져, 조선 수군 절반이 없어졌다는 둘째 형의 얘기는 괴이하게까지 들렸다. 서해 연안은 이렇듯 평온한데 경상 남해 연안은 그렇게도 처참하게 무너져 내렸다니. 그리고 그 현장으로 아버지의 수군이 출동하였다니, 도무지 믿을 수 없는 얘기였다. 나는 마음이 조급해졌다. 어서 빨리 수영으로 내려가 아버지가 돌아오면 다짜고짜 물어보고 싶었다. 진짜 왜적이 쳐들어 왔느냐고. 경상도 여러 곳이 함락되었느냐고. 그리고 아버지도 그들과 정말 싸웠느냐고.

하지만 충청도와 전라도의 경계인 금강 하구가 보일 무렵부터 하늘에 먹구름이 일기 시작하더니, 군산 앞바다로 들어섰을 때는 세찬 비바람과 함께 장대 같은 소나기가 쏟아 붓기 시작했다. 본격적인 장마를 알리는 비바람이었다. 호수처럼 잠잠하기만 하던 바다가 문득 어깨를 치켜들고 꿈틀거리기 시작했다. 파도가 너울거리며 배의 이물을 한껏 때렸다. 두터운 물보라는 갑판을 수시로 넘나들었다. 선실 안에까지 물이 스며들었다.

"안되겠어요. 저 앞에 희미하게 보이는 것이 선유도[2]인데 거기 배를 대고 풍랑을 피해야겠구먼요!"

노꾼 막쇠가 파도를 뒤집어쓰며 고함을 질렀다. 노꾼 네 명은 파도와 싸우면서도 노를 놓지 않았다.

"저래 뵈도 저기까지 닿으려면 한나절은 걸릴 거구먼요. 멀미가 심할 테니 모두들 각오하셔야 할 거구먼요."

막쇠의 고함소리는 이미 거센 파도소리에 묻혀 제대로 들려오지 않았다. 둘째 형은 우리를 선실 안으로 들어가게 했다. 하지만 나는 갑판에 버티고 서서 바다를 집요하게 노려보고 있었다.

내게는 변심의 바다였다. 그렇게나 얌전하고 다소곳하던 바다가 하루아침에 미친 듯이 나를 집어삼키려하다니. 나는 바다를 용서할 수 없었다. 그래서 있는 힘을 다해 녀석을 노려보았다. 두 손으론 현[3]의 버팀목을 부여잡고, 두 발로는 갑판을 버팅기고 서서 덮칠 듯이 쳐들어오는 파도를 노려보았다. 하지만 어느새 내 버선발은 가죽신 속에서 축축이 젖어 있었고, 바지저고리는 바닷물을 뒤집어쓴 채 뚝뚝 시퍼런 물을 떨어뜨리고 있었다. 선실 안에서는 이미 오래 전부터 신음이 새어나오고 있었다. 나는 하는 수없이 둘째 형을 따라 선실 안으로 들어갔다.

할머니와 어머니는 아침 먹은 것을 모두 게워내고 젖은 선실 바닥에 엎드려 신음하고 있었다. 심한 뱃멀미였다.

"할머니, 괜찮으세요?"

둘째 형과 나는 할머니를 일으켜 세웠다.

"난 괜찮다. 네 어미 좀 살펴보아라."

"난 괜찮아. 할머님이 걱정이구나. ……어머님, 괜찮으세요?"

할머니와 어머니는 선실 바닥에 쓰러져 서로를 걱정하느라 자신들의 몸은 돌볼 겨를이 없었다. 한경과 무재도 선실 구석에 엎어져 있었고, 여종도 먹은 것을 다 토해내며 선실 바닥을 기고 있었다.

"……장군님께서 얼마나 고생이 심하실꼬. 이런 파도와 싸우며 왜적을 무찌르자니……."

할머니는 치맛자락으로 눈가를 훔치며 말했다. 이런 와중에도 일흔일곱 할머니는 남쪽 바다의 아버지를 걱정하고 있었다.

"장군님에 비하면 우리야 호강이지. 에그, 나라가 어서 편안해져야 할 텐데……."

아버지가 수군 장수가 되고부터 할머니는 비만 내리면 걱정이 태산 같았다. 이렇게 많은 비가 내리면 바닷물이 넘쳐 아버지의 신변에 이상이 생길지도 모른다는 생각에서였다. 내가 그럴 리 없다고 아무리 설명해도 막무가내였다.

"……이렇게 비가 오면 바닷물이 넘치지 않을꼬? 장군님께서

배를 몰고 전장으로 나가셨는데 이렇게 비가 오면…… 하늘도
참 무심하시지."

할머니는 선실 바닥에 웅크리고 앉아 또 아버지 걱정이었다.
어머니의 눈시울이 붉어졌다.

"할머니, 걱정하지 마세요. 제가 수영을 들락거리며 아버님을
모셨잖아요. 비가 아무리 내려도 바닷물은 불어나지 않아요. 그
게 바로 바다에요 할머니."

둘째 형이 할머니를 달랬다. 그때 다시 큰 파도가 선채를 때렸
고 우리는 파도의 거대한 힘에 휩쓸려 선실 바닥에 나동그라지
고 말았다. 선실 안엔 요강이며 밥그릇이 한데 뒤섞여 나뒹굴고
있었고 할머니와 어머니, 종들과 내가 또 함께 뒤엉겨 나뒹굴었
다. 오로지 똑 바로 몸을 가누고 서 있는 사람은 둘째 형뿐이었
다. 둘째 형은 선실 여기저기를 돌아다니며 기진맥진 쓰러져 있
는 우리들을 일으켜 다독거리고 있었다. 일 년 남짓 수영을 드나
들며 익힌 선상 생활이 둘째 형을 저렇게 강인하게 만든 것일까.

"이 정도는 아무것도 아니지. 군선을 타고 먼 바다로 나가 파
도와 싸워봐야 바다의 진면목을 알게 돼."

잠시 파도가 주춤하는 사이 둘째 형과 나는 다시 갑판에 나와
서 있었다. 둘째 형의 바지저고리도 바닷물에 흥건히 젖어 있었
다.

"좌수영 수군들은 지난 일 년 동안 먼 바다로 나가 진법 훈련

을 많이 했단다. 아버님께서는 수군들을 혹독하게 다루셨지. 내가 처음 수영에 내려갔을 때만 해도 수군들이 모두 끌어다 놓은 보릿자루처럼 멍청하기만 했었는데, 아버님께서 되풀이해서 훈련을 시키고 나자 모두들 몰라보게 좋아졌어. 격군들은 너나없이 근육이 모과 덩이처럼 불거졌는데, 그런 팔로 노를 저으니 배가 빠르게 나아갈 수밖에."

비바람 속으로 뭍이 다가오고 있었다. 막쇠는 그곳이 선유도라고 했다. 선유도 모래사장에 배를 대놓고 비바람이 멎으면 다시 떠나자고 했다.

"사부[4]들은 두 눈을 감고도 표적을 맞출 수 있게 됐고, 방포군[6]들은 두 눈을 뜨고서도 포를 쏠 수 있게 됐지. 뭍이 아닌 바다 위에서. 그것도 이처럼 요동치는 파도 위에서 적을 쏘아 맞추는 일이 쉽지만은 않은데 말이야."

둘째 형의 말을 듣고 있자니 가슴이 알싸하게 아파왔다. 아버지가 보고 싶어졌다. 조선 수군을 지휘하고 있을 아버지가 몹시도 그리워졌다.

"달리는 군선을 갑자기 멈추게 하고, 방향을 바꾸고 하는 일이 쉽지만은 않거든. 그런데 좌수영 수군은 그게 가능하게 됐단다. 그래서 아버님께서는 몇 달 전부터 학익진이라는 진법을 집중적으로 훈련시켜 오셨어. 육지에서만 가능하다던 진법을 바다 위에서 실현시키시려는 거지. 그리고 지금은 거의 완성 단계에 이르렀고."

우리가 얘기를 주고받는 사이 배는 섬 가까이 다가서고 있었다. 바닷가 산 밑으로 네댓 채의 초가가 옹기종기 모여 있는 그림 같은 섬이었다. 그날 저녁 우리는 배에서 내려 마을로 들어섰다. 그리고 빈 방을 두 칸 얻어 오랜만에 구들장 위에서 잠을 잤다.

다음날 아침, 바다는 거짓말처럼 개어 있었다. 그 빛깔이 어찌나 푸른지, 하늘과 맞닿아 있는 수평선은 두 세상의 경계를 허용하지 않고 있었다. 우리는 민가에서 아침을 해먹고 그 푸른 물결 위로 나아갔다. 부지런한 갈매기 떼가 선선한 바람을 타고 창공을 날아다녔다.

배는 빠르게 남쪽으로 나아갔다. 부안, 고창 앞바다를 지나 영광 근해로 접어들자 수많은 섬들이 바다 위에 떠 있었다. 거기서부터 함평, 무안 앞바다를 지나 목포 초입까지는 마치 섬의 숲을 헤치고 가는 기분이었다. 크고 작은 섬들이 멀고 가까운 곳에서 밀림처럼 숲을 이루고 있었다.

고하도 앞에서 해남 화원반도와 진도 사이 명량으로 배는 빠르게 나아갔다. 사람들은 이곳을 명량이라 부르기도 하고 울돌목이라 부르기도 한다고 막쇠가 말했다. 물길이 좁아 물살의 흐름이 빠르기 때문에 밀물과 썰물 때 드나드는 바닷물이 크게 소리 내어 운다고 그런 이름이 붙었다고 했다. 이 명량 해협을 지나면 거기서부터는 남해였다.

아산 해암 포구에서 서해를 거쳐 해남 앞바다 남해까지 오는 데 열흘이 걸렸다. 비바람을 피해 선유도에서 하룻밤 묵은 것을 빼면 한눈팔지 않고 곧장 달려온 뱃길이었다. 하지만 남동풍을 거슬러 내려오느라 하루 이틀쯤은 더 걸린 셈이라고 막쇠가 말했다. 해남 앞바다에서 강진 앞바다까지 하루, 거기에서 홍양[6] 앞바다를 거쳐 전라 좌수영까지 오는데 또 하루가 걸렸다. 아산 집을 떠난 지 열이틀 만에 우리는 아버지가 근무하고 있는 전라 좌수영에 도착했다.

수영은 텅 비어 있었다. 수영 선착장엔 협선 몇 척이 파도에 뒤척이고 있었고, 성 안에선 군관 한 명이 수십 명의 수졸들을 데리고 수영을 지키고 있었다.

우리가 배에서 내리자 수영을 지키고 있던 군관이 수졸 몇 명을 데리고 선착장으로 달려 나왔다.

"마님, 먼 길 내려오시느라 얼마나 노고가 많으셨습니까? 저는 장군님을 모시고 있는 군관 윤사공이라고 합니다."

풍채 좋은 군관은 할머니와 어머니를 향해 허리 숙여 인사했고, 이어 둘째 형과도 인사를 나누었다. 두 사람은 익히 잘 알고 있는 사이 같았다.

"윤 군관님, 제 동생 면이라고 합니다."

둘째 형이 나를 소개해 올리자 윤 군관은 인상 좋은 웃음을 웃으며 나를 바라보았다.

"장군님께 말씀 많이 들었습니다."

"이면이라고 합니다. 잘 부탁드립니다."

수졸들과 종들이 소달구지를 끌고 와 배에서 짐을 옮겨 싣는 동안 우리는 성 안으로 들어가 진해루[7]에 올랐다. 아버지가 여러 장수들과 함께 회의를 하기도 하고 공무를 보기도 하는 곳이었다. 수영 앞바다가 한눈에 내려다보였다.

아버지의 몸종 금이가 차를 내오면서 콧물을 훌쩍거렸다. 반가움의 표시였다.

"그동안 장군님 모시느라 고생 많았겠구나?"

어머니가 금이를 찬찬히 훑어보며 말했다.

"저야 뭐…… 마님께서 먼 길 내려오시느라 무척 힘드셨을 테지요."

정읍에서 보고 처음이니 햇수로는 삼 년 만이었다. 지난해 한경이와 이곳에서 혼례를 올렸다는 말만 들었었다. 말이 혼례지, 그저 찬물 한 그릇 떠 놓고 평생을 기약했으리라.

"그래 신혼 맛이 어떠냐?"

내가 불쑥 묻자 금이는 금세 얼굴이 붉어지며 밖으로 줄행랑을 났다.

"지난 초나흘에 출동을 떠났던 우리 수군은 아흐렛날 전투를 마무리 짓고 돌아왔습니다. 그리고 바로 어제 새벽에 이 차 출동을 떠났습니다.”

묵묵히 찻잔을 내려다보고 있던 윤 군관이 우리들을 둘러보며 말했다.

“아니, 벌써 두 번째 출동을 떠났단 말입니까?”

둘째 형이 놀라는 표정으로 윤 군관을 바라보았다.

“이번에는 거북선 세 척도 함께 출동했습니다. 아마 대단한 활약을 펼칠 겁니다.”

윤 군관의 말에 둘째 형의 얼굴이 벌겋게 달아올랐다.

“거북선 지휘는 누가 맡았습니까?”

“제 일 거북선은 군관 이언량, 제 이 거북선은 군관 이기남, 제 삼 거북선은 군관 가안책이 맡았습니다.”

“모두 믿음직한 군관들이지요. 기대됩니다. 그래, 일 차 출동의 결과는 어땠습니까?”

“세 번의 전투를 치렀습니다. 옥포[8], 합포[9], 적진포[10]에서 치열한 해전을 벌였습니다. 죽은 왜적의 수는 셀 수 없이 많았고 깨트리거나 불태운 적선도 사십여 척이 넘었습니다.”

“대단한 전과입니다. 우리 편 사상자는 어떻고요?”

“사부 한 명이 왼쪽 팔에 화살을 맞아 조금 상한 것 외에는 부상당한 군사가 전혀 없었습니다. 물론 깨진 군선도 한 척 없었고요.”

“참으로 대단한 전과입니다.”

둘째 형과 윤 군관이 흥분된 목소리로 대화를 나누는 사이, 할머니와 어머니는 사뭇 긴장된 눈빛으로 기회를 엿보다가 윤 군관을 향해 바짝 다가앉았다.

"장군님께서는 어떠하시던가요? 불편한 데는 없으시던가요?"

할머니가 입을 열자 어머니는 하려던 말을 멈추고 윤 군관의 대답을 기다렸다.

"장군님께서는 돌아오시자마자 장계를 쓰시느라 바쁘셨습니다. 그리고 이 차 출동을 준비하시느라 쉬실 겨를이 없으셨습니다."

"건강은 어떠시고요?"

어머니가 근심어린 표정으로 물었다.

"특별이 불편한 곳은 없었는데 잠을 충분히 못 주무시어 두 눈이 충혈 되어 있었습니다. 진지도 많이 드시지 못했고요. 몸에서 화약 냄새도 많이 났습니다."

할머니와 어머니가 한숨을 내쉬었다.

"장군님께서 거두신 이번 승리가 조선으로서는 처음 맛보는 승리라 군사들이 돌아와서 모두 날뛰며 좋아했는데, 그만 우리 임금님께서 지난 달 그믐에 한양을 버리고 북쪽으로 피난을 떠나셨다는 소식을 듣고는 모두 서로 끌어안고 울고불고 난리가 났었지요. 군관 송한련이 장군님의 승첩장계를 들고 임금님이 피난 가신 북쪽으로 길을 떠났습니다."

임금이 한양을 버리고 피난길에 올랐다는 말은 처음 듣는 얘기였다. 오랫동안 바닷길을 내려온 탓에 우리는 세간사에 귀가 어두워 있었다.

"성난 백성들이 대궐에 불을 질러 모두 잿더미가 되었다고 합니다. 경복궁, 창덕궁, 창경궁이 불탔다고 합니다."

"그게 사실입니까?"

둘째 형이 놀란 얼굴로 윤 군관을 바라보았다.

"사실이니까 공문으로 내려왔겠지요. 자신들을 버리고 도성을 떠난 임금과 대신들을 욕하며 백성들이 대궐에 불을 지르고 귀중한 물건들을 약탈해 갔다고 합니다."

"저, 저런!"

할머니도 놀란 얼굴로 바투 앉았다.

"왜적이 한양 도성에 진입하면 그쪽 편에 가담하겠다고 망발을 지껄이는 백성들도 있다고 합니다."

"……아무튼 백성들은 불만이 많은가 봅니다. 전쟁에서 이기려면 무엇보다도 백성들을 잘 다독거려야 할 텐데 큰일은 큰일이군요."

둘째 형이 한숨을 내쉬며 말했다. 나는 아버지의 탁자 뒤 벽면에 걸린 두 자루의 긴 칼을 바라보았다. 아버지를 대신해 자리를 지키고 있는 칼이었다. 나는 자리에서 몸을 일으켜 칼 가까이 다가섰다.

"⋯⋯너는 어느 편이냐?"

칼이 내게 묻고 있었다. 칼은 아버지의 목소리를 빌어 내게 묻고 있었던 것이다. 나는 머뭇거렸다.

"임금과 대신들 편이냐, 아니면 백성들 편이냐?"

"⋯⋯아버님께서는 어느 편이십니까? 임금과 대신들을 위해 싸우십니까, 아니면 가난한 백성들을 위해 싸우십니까?"

칼은 대답하지 않았다. 아버지는 내게 대답해주지 않았던 것이다. 나도 대답할 수가 없었다.

그날 우리 가족은 좌수영에서 일찍 저녁을 먹고 짐이 실린 소달구지를 앞세워 순천 땅 낯선 마을로 향했다.

첫 바다

[1]군선에서 노 젓는 임무를 맡는 수군병사.

[2]전북 옥구군 미면 선유도.

[3]뱃전.

[4]군선에서 활 쏘는 임무를 맡는 수군병사.

[5]군선에서 포 쏘는 임무를 맡는 수군병사.

[6]현재의 전라남도 고흥군 홍양면.

[7]전라 좌수영의 본부 건물. 이순신은 이곳에서 임진왜란을 맞았다. 정유재란 때 불 탄 것을 새로 지은 것이 현재의 진남관이다. 전남 여수시 군자동에 위치.

[8]1592년 5월 7일, 현재의 경상남도 거제시 옥포동 앞바다에서 이순신이 지휘하는 조선 수군이 일본의 도도 다카토라(藤堂高虎)의 함대를 무찌른 해전.

[9]옥포해전에 이어 경상남도 합포(현재의 마산)에서 조선 수군이 일본 수군을 격파한 해전.

[10]합포해전에서 승리한 조선 수군이 적진포(현재의 경남 통영시 광도면 적덕리)에서 일본 수군을 격파한 해전.

해당화

우리 가족이 피난 짐을 부린 곳은 좌수영에서 그다지 멀지 않는 곳에 있는 한 초가였다. 어른 걸음으로 반나절, 말을 타고 달리면 단숨에 닿는 거리였다. 멀리 바다가 내려다보였고 마을 초입에는 아름드리 느티나무가 서 있었다.

집주인은 전라 좌수영에서 아버지와 함께 수군을 이끌고 있는 광양 현감 어영담이었다. 난리가 난 후로 어영담은 광양 소속 수군을 이끌고 좌수영으로 들어가 아버지의 지시를 따르고 있었다.

집은 적막할 정도로 한적했다. 머리가 파뿌리처럼 하얗게 센 노파와 내 또래로 보이는 처녀 한 명이 전부였다. 그들은 안채를 말끔하게 비워 놓고 조그만 아래채로 내려가 있었다.

"우리가 아래채를 쓸 테니 안채에 그대로 사시라고 했는데 기어코 살림을 옮기셨구나. 어쨌든 미안하게 되었지 뭐냐."

둘째 형의 설명이었다. 소달구지 가득 실어온 짐이 내려지고, 우리 식구 네 명과 아산에서 따라온 종 두 명이 합세하자 그제야 집안에 사람 사는 훈기가 났다.

"이 집 주인인 현감 어른은 남해안 물길에 대해서는 조선에서 두 번째 가라면 서러워할 인물이지. 바닷가에서 태어나고 자라, 전라도뿐만 아니라 경상도 연안 물길도 훤하게 꿰차고 있대. 그래서 아버님께서 특별히 아끼시는 분이야."

안채 방 세 칸에 짐이 부려지고 어느 정도 집안 정리가 끝나고 나자, 둘째 형과 나는 마을 초입 느티나무 그늘에 앉아 땀을 식히고 있었다. 소금기를 잔뜩 머금은 해풍이 나지막이 엎드린 보리밭 이랑을 넘어와 높은 언덕에 부딪히며 찝찔한 분말을 내 이마에 흩뿌려 놓았다. 금세 살가죽이 옥죄어 왔다.

"수군으로 근무하던 아들이 정해년[1] 왜구 침입 때 칼을 맞고 죽었다더군. 그 때문에 현감 부인도 병을 얻어 죽었고. 지금은 일흔이 넘은 노파와 딸 하나가 집을 지키고 있다."

마을 남자들이 모두 수군으로 뽑혀나가 마을엔 늙은이들과 아녀자들만 몸을 웅크린 채 거미처럼 살아가고 있었다. 늙은이들과 아녀자들은 낫을 들고 밭이랑에 엎드려 늦은 보리를 베고 있었다.

아버지, 이순신 47

"저 처녀가 바로……."

둘째 형이 눈길을 주는 곳에 해당화가 무리지어 피어 있었고, 연분홍 꽃무더기를 허리춤으로 훑으며 물동이를 이고 사립문을 들어서는 한 여자가 있었다. 물동이를 잡은 옷소매가 얼굴을 가리는 바람에 뒤태만 겨우 드러날 뿐이었다. 키가 훤칠했고 걸음걸이가 가벼웠다.

"저분이 주인집 따님이야. 제 아버지를 닮아 부지런하기가 이를 데 없다지. 그 흔한 종 하나 부리지 않고 손수 밥 짓고 빨래하고 조모 봉양한다니……."

이 집에 들어온 지 이틀이 지났지만 나로서는 처음 보는 그녀였다. 노파는 우리 식구들과 인사를 나누며 서로 오가기도 했지만, 그녀는 여태 없는 척 숨어서 좀처럼 모습을 드러내지 않았다.

"나이가 열여섯이니 너랑 동갑내기구나! 동갑내기야!"

둘째 형은 뭐가 그리 좋은지 사뭇 싱글벙글 웃고 있었다. 나는 말머리를 돌렸다.

"당장 지금이라도 수영으로 달려가고 싶어. 아버님께서 돌아오시면 다음번 출동 땐 꼭 데려가 달라고 해야지!"

"왜적 놈들 혼내주려고?"

"당연지사지."

"그래, 넌 아버님을 닮아 무예가 출중하긴 하지. 말도 잘 타고 활도 잘 쏘고. 하지만 군선은 타보지 않았으니 처음엔 고생 좀 할 걸."

"왜적들은 그 먼 바닷길을 건너오기도 하는데 그까짓 연안 물 길쯤이야……."

"하긴……."

다음날 둘째 형은 수영으로 떠났다. 나도 함께 가고 싶었지만 둘째 형은 내가 이 집에 며칠 더 머물면서, 아직은 낯선 피난 생활에 익숙하지 않은 가족들을 보살펴주길 바랬다. 나도 동의했다. 형은 아버지가 출동에서 돌아오면 나에게도 기별을 넣어주겠다고 철석같이 약속을 하고 떠났다.

형이 없는 낯선 집은 따분하기만 했다. 멀리 좌수영 앞바다에서 불어오는 해풍은 남녘땅의 붉은 흙덩이를 쉼 없이 쓰다듬으며 유혹했지만, 나지막이 엎드린 대지는 콧방귀 한번 뀌지 않았다. 대신 해당화가 소리 없이 꽃을 피워 올렸다. 마을 여기저기 불꽃처럼 꽃이 피었다. 할머니는 그 꽃을 바라보며 오랜만에 머리를 감았다.

해당화는 우리가 피난 짐을 부린 낯선 초가 마당가에서도 연분홍 꽃잎을 활짝 열어젖혔다. 어머니도 오랜만에 머리를 풀고 마당 한가운데서 머리를 감았다. 붉은 마당에 멍석을 깔고 머리를 빗으며 어머니는 활짝 벌어진 꽃잎을 바라보다가는 문득 먼 하늘을 향해 한숨을 지었다.

집안의 종인 해돌과 애수도 머리를 감았다. 나도 머리를 감았다. 남도 바닷가의 지하수는 낯선 고래 오줌처럼 찐득했다.

뒤곁 울 밑 해당화 꽃잎 아래서 머리를 감고 있는 주인집 처녀의 굽은 등을 본 날 저녁엔 맑은 초승달이 떠올랐다. 그리고 그날 밤 나는 잠을 설쳤다.

다음날 아침, 나는 처녀와 울밑에서 다시 만났다. 처녀는 해당화 꽃잎 아래서 나물을 다듬고 있었다.

"……저, 충청도 아산 고을에서 내려온 이면이라고 합니다."

나는 두 눈을 감고 무작정 입을 열었다. 그 순간, 나는 이 땅에 두 발을 딛고 사는 존재가 아닌 것처럼 자신이 여겨졌다. 허공에 떠돌아다니는 먼지처럼 스스로를 감당할 수 없을 것만 같았다. 내가 두서없이 뱉어 놓은 말은 어느새 해당화 꽃잎을 흔들며 그녀의 얼굴 위에 사뿐 내려앉았다. 그녀의 얼굴 위로 해당화 꽃물이 번져갔다.

"……네, 잘 알고 있습니다. 좌수사 어른 셋째 자제분 되신다고 할머님께 말씀 들었습니다."

그녀는 몸을 일으켜 세웠고, 고개를 숙인 채 앞치마를 만지작거리고 있었다. 그녀의 손가락에 초록 풀물이 배어 있었다.

"현감 어른에 대해서는 잘 알고 있습니다. 참으로 훌륭한 분이시지요. 아마 지금쯤 왜적들 간담이 서늘해졌을 겁니다."

"다 좌수사 어른 덕분이지요. 경상도 해안으로 출동을 나갔다고 들었습니다."

"일 차 출동을 마치고 지금은 이 차 출동을 나가셨다고 합니다."

"네에…… 다들 무사하셔야 할 텐데……."

그녀는 해당화 꽃잎 아래 쪼그리고 앉아 양쪽 손가락에 풀물을 묻혀가며 나물을 다듬기 시작했다. 나는 가쁜 숨을 고르며 그녀의 굽은 등을 내려다보았다. 매끈한 머리카락 속에 감춰진 가녀린 목과, 주먹 크기만 한 양쪽 어깨, 그리고 수양버들처럼 낭창거리는 등과, 아래쪽으로 수줍게 자태를 감추고 있는 가녀린 허리. 나는 이 아름다운 모습을 고스란히 뇌리 속에 담아두었다. 그리고 두 눈을 찔끔 감고 입을 열었다.

"저어, 함자가 어떻게 되시는지……."

"……네에……."

그녀는 손가락에 묻은 흙을 털며 몸을 일으켜 세웠다. 그러고는 아래로부터 천천히 눈을 치켜뜨며 잠시 나를 쳐다보고는 이윽고 눈길을 떨어뜨렸다.

"담비라고 합니다. 어담비……."

그녀의 목소리는 구슬처럼 맑고 깨끗했다.

"네에. 아주 예쁜 이름이군요."

"아버님께서 지어주셨습니다. 담비처럼 귀하고 비싸게 살라며 그렇게 지어주셨답니다."

"훌륭한 아버님을 두셔서 담비님께서는 좋겠습니다."

"……전 그럼……."

그녀는 다듬은 나물을 소쿠리에 담아 부엌으로 걸음을 옮겨 놓았다. 붉게 물든 그녀의 얼굴에서 다디단 해당화 꽃물이 배어나올 것만 같았다. 나는 오감을 한껏 열어젖히고 해당화 꽃무더기 옆에서 몇 번이고 심호흡을 했다.

'이 세상에서 제일 귀하고 비싼 게 담비 가죽이긴 하지. 호랑이 가죽보다 비싼 게 담비 가죽이니 이름 한번 근사 하군.'

나는 혼자 웃었다. 그리고 그녀의 이름과 자태를 내 머릿속에 꼭꼭 눌러 담았다.

해당화

[1] 서기 1587년. 임진왜란이 일어나기 다섯 해 전. 이 해에 왜적들이 전라도 연해안 지방을 침략해 조선의 많은 수군들이 전사하였음.

아버지

둘째 형이 수영으로 떠난 지 닷새 만에 한경이 달려왔다. 우리 수군들이 무사히 출동을 끝내고 돌아왔다고 알려주었다. 한경은 뭐가 그리 급한지 맨발로 헐떡거리며 달려왔다.

"우리 수군이 돌아왔습니다요! 좌수사 어른께서도 돌아왔습니다요! 왜적들을 모조리 쳐부수고……."

한경은 할머니 앞에 엎드려 우는지 웃는지 분간이 가지 않는 목소리로 침을 흘리며 고함을 질렀다. 한경은 마당에 선 채 찬물만 한 바가지 들이키고는 곧장 선걸음으로 수영으로 떠났다. 떠나면서 내 귀에다 대고 귓속말로 속삭였다.

"좌수사 어른께서 다치셨습니다요. 왜적 놈 총알에 맞아 한쪽 어깨가 많이 상하셨습니다요. 총알이 너무 깊이 박혀 아직 빼내

질 못했습니다요. 고통이 심하신가 봐요. 이 일은 아무한테도 알리지 마시라고 둘째 도련님께서 신신당부하셨습니다요. 특별히 작은 도련님한테만 알려드립니다요. 전 그럼……."

한경이 떠나자 나도 부랴부랴 짐을 꾸려 집을 떠났다.

좌수영 선착장엔 막 출동에서 돌아온 군선들이 깃발을 높이 달고 조기두름처럼 열을 지어 정박해 있었다. 수십 척의 군선들이 화약 냄새를 풍기며 파도에 서로 몸을 부딪자 날카로운 마찰음이 새어 나왔다. 며칠 전에 잠시 머물렀던 그런 수영이 아니었다. 수많은 군사들과 군선, 군량이 곳곳에 진을 치고 있었다. 이것이 진정 아버지께서 다듬고 가꾸어 오신 수영이란 말인가. 나는 가슴이 두근거렸다.

까마득히 높은 군선의 화포 구멍에서는 바람이 불 때마다 화약 가루가 흘러내렸고, 수군들은 군선의 사다리를 오르내리며 무기와 식량을 선착장에 부려 놓았다. 바닷물에 젖은 군량과 파손된 무기들이었다.

나는 바닷가에 개미떼처럼 늘어선 수군들 사이를 달려 성 안으로 들어갔다. 진해루가 기다렸다는 듯 눈앞에 나타났다. 진해루 돌계단에 서 있던 군관 윤사공이 나를 알아보고는 아버지에게 보고했다.

아버지는 탁자 앞에 가지런히 앉아 공무를 보고 있었다. 아버지의 등 뒤에 칼이 걸려 있었다.

"먼아! 그동안 잘 있었느냐?"

아버지가 활짝 웃으며 나를 바라보았다. 아버지의 몸에서 화약 냄새가 났다.

"네, 아버님!"

아버지는 그동안 많이 늙어 있었다. 이마의 주름살도 깊어졌고 흰 머리카락도 눈에 띄게 늘어 있었다. 이태 만에 대하는 아버지였다. 경인년¹ 여름, 정읍 관아에서 뵙고 처음이니 꼭 이태 만이었다.

"할머님께서도 편안하시더냐?"

"네, 아버님. 하지만 늘 아버님 걱정으로 노심초사하고 계십니다."

"……저런!"

아버지는 더운 날씨인데도 갑옷을 입고 있었다.

"비만 내리면 할머님께서는 잠을 주무시지 못하십니다."

"오호, 어디가 그토록 불편하시기에……."

아버지의 시선이 내 쪽으로 바짝 다가왔다. 내 영혼을 몰아갈 듯한 강렬한 눈빛이었다. 나는 그럴 때마다 아버지가 무섭게 느껴졌다.

"몸이 불편한 게 아니라……."

"아니라면……."

"비가 많이 내리면 바닷물이 넘칠 거라고 할머니께서는 생각하고 계십니다. 그래서 아버님께서 타고 계신 군선이 가라앉을까봐 걱정하고 계십니다."

"오호!"

아버지는 짧게 웃었다. 전광석화 같은 웃음이었다.

"면이 네가 돌아가서 잘 설명해 드려야 되겠구나. 바다는 절대 넘치는 일이 없다고. 또한 아무리 가물어도 마르거나 줄어드는 법도 없다고."

"네. 잘 알겠습니다. 하온데……."

"할 말이 있느냐?"

"저어, 부상이 깊다고 들었습니다. 총알을 몸속에 오래 두면……."

아버지의 손이 왼쪽 어깨 위로 올라갔다.

"괜찮다. 그만 나가 보거라. 네 형들을 찾아 보거라. 여기저기 구경할 게 많을 게야."

"……저어, 아버님!"

"왜 그러느냐?"

"부디 몸을 보살펴가며 나라 일을 돌보십시오!"

"알았느니라."

나는 아버지 곁을 물러나왔다. 아버지의 등 뒤에 걸린 긴 칼이 나를 어서 나가라고 밀어내는 것 같았다. 나는 아버지 곁에 오래 머물면서 아버지의 따스한 체온을 느껴보고 싶었지만, 차가운 금속이 내뿜는 싸늘한 냉기에 한기를 느끼며 아버지 곁을 물러나왔다.

진해루 앞마당을 걸어 나오는데 종 무재가 달려왔다.

"작은 도련님, 큰 도련님께서 기다리고 계십니다."

나는 무재를 따라 선착장으로 내려갔다. 그곳에는 큰형과 둘째 형이 바닷바람에 옷자락을 휘날리며 서 있었다.

큰형은 얼굴이 장독처럼 검게 변해 있었다. 거친 해풍과 햇볕 때문인지 예전의 얼굴은 간 곳이 없었다. 여섯 달 만에 대하는 큰형의 모습은 끔찍하기까지 했다. 큰형은 지난 정초에 문안 차 수영에 내려와서는 여태껏 머물고 있었다.

큰형이 서 있는 앞쪽으로 거대한 거북선 세 척이 물 위에 두둥실 떠 있었다.

"저것이 아버님께서 만드신 거북선이다. 이번 출동에서 눈부신 활약을 펼쳤지. 왜적 놈들, 모조리 물귀신이 되고 말았어. 하하하하."

큰형은 다짜고짜 나를 향해 너털웃음을 웃었다. 스물여섯 살의 그는 마흔 줄은 되어 보였다. 치열했던 두 번의 해전이 그를 그처럼 늙게 만들었을까?

"큰형님, 오랜만에 뵙겠어요. 어디 다친 데는 없으시고요?"

"나야 무사하다마는 아버님께서 왜적 놈 총알에 어깨를 상하셨으니 걱정이구나. 괜찮아야 할 텐데."

강인하게만 보이던 큰형의 얼굴에도 근심이 가득 내려앉았다.

"일 차 출동 때와는 달리 이번 이 차 출동에서는 우리 수군도 많은 피해를 입었단다. 열네 명이 죽고 마흔 명이 넘는 부상자가 생겼거든. 치열한 전투였지. 아버님께서는 자신이 총 맞으신 것도 잊으시고 싸움을 독려하셨어."

나와 둘째 형은 할 말이 없었다. 아버지 옆에서 생사를 함께한 큰형만이 말할 권리가 있을 것이다. 하지만 왠지 모르게 내 가슴은 한없이 요동치기 시작했다. 나는 두 주먹을 움켜쥐었다.

"자, 우리 삼 형제가 오랜만에 한 자리에 모였으니 새로운 경험이나 하자고. 나도 아직 저 거북선 안에는 들어가 보지 못했거든. 아, 저기 오시는구나."

큰형이 시선을 던진 곳에 한 건장한 사내가 뚜벅뚜벅 걸어오고 있었다.

"이번 출동 때 제 일 거북선을 지휘한 군관 이언량이다. 나랑은 친구처럼 지내지. 나이도 비슷하고."

훤칠한 키에 시원스런 용모를 가진 그는 웃는 얼굴로 우리 곁으로 성큼성큼 다가왔다.

"이 군관님, 제 동생들입니다. 동생들에게 우리 수군의 자랑스러운 거북선을 구경시켜주기 위해 제가 이렇게 귀찮게 굴었습니다. 덕분에 저도 구경 좀 하고요."

"잘하셨습니다. ……막내아우님께서는 장군님을 많이 닮으셨군요."

이 군관이 나를 힐끔거리며 말했다.

"다들 그렇게 말씀들 하시지요. 우리 삼 형제 중에 아버님의 출중하신 무예와 강단을 물려받은 이가 바로 여기 있는 셋째 동생이랍니다."

"아이, 큰형님은……."

우리는 이 군관을 따라 선착장에서 거북선으로 오르는 나무 사다리를 올랐다. 사다리는 2층 실내 갑판으로 이어지고 있었다.

실내는 어두컴컴했다. 사부들이 활을 쏘는 창구멍으로 희뿌연 햇볕이 스며들어왔다. 차츰 사물의 윤곽이 드러났다.

"거북선은 삼 층으로 되어 있는데 여기는 이 층입니다. 장군님께서 왜적의 침입에 대비해 만드신 특별한 군선이 바로 이 거북선이지요."

이 군관의 한쪽 얼굴로 금싸라기 같은 햇볕이 쏟아져 들어왔다. 적의 칼날처럼 섬뜩한 그림자의 단면이 그의 한쪽 얼굴 위에 드리워졌다.

"왜적의 주 무기는 조총이고 주 전술은 배에 뛰어올라 백병전을 벌이는 것입니다. 이 두 가지를 모두 대비해 만드신 것이 바로 이 거북선이지요."

우리는 이 군관을 따라 2층 곳곳을 둘러보았다. 배의 앞쪽에는 닻줄을 감아올리는 장치가 있었고, 가운데는 3층으로 오르는 계단이 있었다. 계단 옆에는 사부들의 무기고가 있었고, 배의 뒤쪽에는 조리실과 화장실이 있었다.

"거북선은 돌격선이지요. 돌격선의 임무는 진의 선두에서 적진으로 쳐들어가 적의 지휘선을 공격하는 것입니다. 따라서 거북선은 돌격 임무를 수행하기 위해 격군들과 방포군들의 역할을 철저하게 구분해 만들었습니다. 이곳 이 층은 기동력을 최대한 살리기 위해 격군들이 노젓기에 집중할 수 있도록 설계되어 있지요. 그리고 방포군들은 삼 층에서 포를 쏘게 되어 있고요. 이곳 이 층은 격군들과 사부들의 전용 공간이라고 보면 됩니다."

격군들의 손때 묻은 노가 갑판 양편으로 줄을 맞춰 놓여 있었다. 그리고 노와 노 사이에는 사부들이 활을 쏘는 둥근 창구멍이 설치되어 있었다. 며칠 전까지만 하더라도 사부들의 피 묻은 화살이 날아갔을 그곳으로 금싸라기 같은 햇볕이 쏟아져 들어왔다.

우리는 이 군관을 따라 3층으로 오르는 계단을 올랐다. 계단 옆에는 부상자들을 치료하기 위해 조그만 방이 마련되어 있었다. 바닥에 무언가가 얼룩져 있었는데 나는 그것이 꼭 핏자국처럼 느껴졌다.

3층은 2층과는 달리 화약 냄새가 진동했다. 열다섯 개의 화포들이 바다를 향해 열을 지어 있는 3층 갑판엔 아직 우레 같은 포성이 들려오는 것만 같았다.

"이것이 바로 우리 수군의 주 무기라고 할 수 있는 화포입니다. 여기에 철환을 넣어 쏘면 칠팔백 보를 날아가 적선을 깨트린답니다. 대단하지요."

이 군관은 화약 냄새가 채 가시지 않은 화포를 손바닥으로 쓰다듬으며 우리를 지긋이 올려다보았다. 구릿빛 얼굴이 폭발이라도 일으킬 듯 붉어지고 있었다. 거북선을 이끈 지휘관으로서 무언가 풀어내지 못한 감정이 끓어오르는 모양이었다.

"참으로 장하십니다!"

둘째 형이 침묵을 지키고 있는 우리를 대신해 입을 열었다.

"이 군관님, 참으로 훌륭하십니다!"

큰형도 거들고 나섰다.

"다 장군님 덕분이지요. 장군님께서 왜적의 침입을 미리 예견하시고 불철주야 노력하신 덕분에 이런 거북선이 탄생하게 된 것이지요."

열을 지어 놓여 있는 화포 뒤쪽으로, 화포 심지에 불을 붙일 때 사용하는 점화 화로가 놓여 있었다. 화로 속엔 타다만 숯이 그대로 남아 있었다. 방포군들은 저 화롯불을 심지에 옮겨 붙이면서 무슨 생각들을 했을까.

"여기가 지휘실입니다. 장대²라고도 하지요."

갑판 중앙에 만들어 놓은 조그만 방을 가리키며 이 군관이 말했다.

"그럼 이 군관님 방이 아닙니까?"

큰형이 말했다.

"그렇습니다. 지난 이 차 출동 때 제가 이 방을 썼지요. 이 방에서 작전을 지시하기도 하고 쉬기도 했습니다. 다음 출동 때는 누가 또 이 방을 쓸지 알 수 없는 일이고요."

"그럼 거북선 지휘관은 매번 출동 때마다 바뀌는 겁니까?"

둘째 형이 물었다.

"그렇지는 않고요, 장군님의 판단에 따라 그때그때 지휘관이 바뀔 수는 있습니다."

지휘실 앞쪽에는 삼태극이 그려져 있는 큰 북이 세워져 있었고, 그 앞으로는 북 크기만 한 나무 물통이 놓여 있었다. 화재나 수군들의 갈증에 대비해 비치해 놓은 식수 겸 방화 물통이었다.

"자, 이제 일 층으로 내려갑시다."

우리는 3층 갑판을 한 바퀴 돌아 아래층으로 내려가는 계단 앞에 섰다. 화포와 화포 사이에 설치된 창구멍을 통해 한 줄기 바람이 불어왔다. 바람은 선실 바닥에 낮게 깔리면서 매큼한 재 냄새와 매운 화약 냄새, 그리고 비릿한 비린내를 함께 실어왔다.

수군들의 발자국이 어지럽게 얼룩져 있는 선실 바닥에서 화포 소리와 아우성이 어지럽게 뒤엉켰다. 나는 애써 그것들을 외면하며 소리 없이 나무 계단을 걸어 내려왔다.

"일 층엔 배의 무게 중심과 복원력을 고려해 무거운 짐들을 많이 두게 된답니다. 종합 무기고엔 각종 무기들을 쌓아놓게 되지요. 화포와 활, 화살, 창검, 그리고 파손된 무기를 수리하기 위해 여러 가지 철물들을 쌓아놓게 된답니다."

1층 좌우에는 방이 열두 칸씩 모두 스물네 칸이 있었는데, 세 칸엔 무기가 잔뜩 쌓여 있었고 두 칸엔 철물이 채워져 있었다. 나머지 열아홉 칸이 수군들의 침실로 쓰이고 있었다. 수군들은 쉬거나 잠 잘 때는 1층으로 내려왔을 테고, 싸울 때는 갑판 위로 올라가 화포 구멍에 화포를 걸고 끊임없이 철환을 쏘아댔을 것이다. 또한 격군들은 쉼 없이 노를 저었을 것이고, 사부들은 있는 힘을 다해 시위를 당겼을 것이다.

"이곳 일 층 침실은 흘수선[3] 아랫부분에 해당하기 때문에 항시 바닷물 속에 잠겨 있다고 보면 됩니다. 수군들이 잠잘 때 누워서 귀를 기울이면 바다 속을 헤엄쳐 가는 돌고래 떼의 울음소리도 들린다고 합니다."

이 군관이 오랜만에 웃는 얼굴로 우리들을 둘러보았다.

"다소 낭만적으로 들리는군요. 이 난리 중에도 낭만은 존재하는가 봅니다."

큰형님이 이 군관을 따라 웃었다. 둘째 형과 나도 따라 웃었다.

"먼 해역으로 출동을 나가면 배가 심하게 흔들리겠지요. 그럼 수군들이 잠잘 때 허리에 새끼줄을 동여매고 잔다고 하던데 그게 사실입니까?"

둘째 형이 웃는 얼굴로 물었다.

"사실입니다. 다 그런 건 아니고요, 잠 욕심이 많은 몇몇 수군들은 그렇게 해서라도 잠을 자곤 하지요. 하하하하."

"……저, 그럼 볼일 볼 때 배가 흔들리게 되면 그땐 어떻게 해야 하는 겁니까?"

내가 불쑥 묻자 이 군관은 씨익 미소를 머금으며 대답했다.

"그건 직접 겪어보면 알게 될 겁니다."

우리 삼 형제는 모처럼 소리 내어 웃었다.

거북선을 나서자 여름 햇살이 바다 위로 내리꽂히고 있었다. 수많은 군선들이 눈부시게 명멸하는 뜨거운 물비늘을 끌어 모으며 바다 위에 물고기 떼처럼 떠 있었다. 우리는 이 군관을 따라 나무 사다리를 걸어 내려왔다.

그날 저녁 아버지의 몸종 금이가 다녀갔다. 아버지의 숙사로 건너오라는 분부였다. 나는 저녁을 먹고 아버지의 숙사로 갔다.

방엔 금이와 웬 군관 한 명이 아버지를 사이에 두고 앉아 있었다. 한 여름에 화로 불을 피워 놓고 그들은 말없이 방바닥을 내려다보고 있었다.

"송 군관, 내 막내아들 면일세."

아버지가 낮은 목소리로 말했다. 아버지는 말을 하면서 어깨 통증을 참기 위해 한쪽 눈을 지그시 감고 있었다.

"송여종이라고 합니다."

송 군관이 나를 향해 가볍게 고개를 숙였다가 치켜들었다. 민첩하고 예리한 그의 두 눈은 마치 표범의 그것처럼 반짝거렸다.

"송 군관은 말을 낮추게. 두 사람은 앞으로 친형제처럼 지내도록 하게나."

"잘 알겠습니다, 장군님."

화로 속에서 숯불이 괄게 타오르고 있었다. 숯은 바닷물 같은 푸른 화염을 쉼 없이 뿜어내고 있었다. 그 속에 칼 한 자루가 꽂혀 있었다. 예리한 단도였다.

"자, 시작하게나."

아버지는 윗도리를 차례차례 벗어 옆에 앉아 있는 금이에게 건네주었다. 금이가 아버지의 옷을 각지도록 개어 품에 안았다.

"하오면 소인……."

송 군관은 화로 속의 칼을 빼내 소주⁴ 그릇에 담갔다. 발갛던 칼끝이 본래 색으로 바뀌면서 물 파편을 튀겨냈다. 뽀얀 연기와 함께 물 졸아드는 소리가 났다.

아버지는 허리를 펴고 곧추앉아 어깨를 내밀었다. 송 군관이 칼을 들고 아버지 멱 가까이 다가앉았다. 먹이를 덮치는 표범처럼 그의 움직임은 민첩했다.

아버지의 두 눈이 감겨지면서 그의 칼끝이 아버지의 살 속을 파고들었다. 아버지의 얼굴이 일그러졌다. 하지만 신음은 새어 나오지 않았다. 대신 금이가 비명을 질렀다.

살타는 냄새가 났다. 지독한 노린내였다.

"보이느냐?"

아버지의 목소리가 노린내와 함께 방안에 흩어졌다.

"……아직은……."

다시 지직, 하며 칼끝이 아버지의 살 속을 파고들었다. 아버지가 눈을 감자 아버지의 얼굴 위로 땀방울이 흘러내렸다. 금이가 젖은 수건으로 아버지의 얼굴을 훔쳤다.

"너무 깊이 박혀……."

송 군관 역시 땀을 흘리며 칼을 곧추 잡았다.

"개의치 말고 깊이 찌르거라. 난 괜찮으니……."

"하오면……."

칼을 잡은 송 군관의 팔꿈치가 위로 치켜 들리면서 아버지의 상투가 파르르 떨렸다. 찐득한 피가 옆구리를 타고 흘러내렸다. 금이가 다시 비명을 질렀다. 비린내가 노린내와 함께 뒤섞였다.

"장군님, 손톱만 합니다요!"

송 군관의 목소리가 가벼이 변했다. 그러고는 이내 무언가를 방바닥에 툭, 던졌다.

"송 군관, 수고했네!"

송 군관이 방바닥에 던져 놓은 건 한 점의 피투성이였다. 그것은 피난 집 초가 마당에 핀 한 송이 해당화 꽃처럼 붉었다.

"하나뿐이더냐?"

"네, 장군님."

송 군관은 총알을 후벼낸 그곳에 소주를 들이부었다. 소주와 피가 섞이자 꽃잎처럼 붉던 상처 부위는 이내 묽게 변했다. 금이가 마른 수건으로 상처 부위를 감쌌다.

아버지는 자신의 어깨에서 빼낸 적의 총알을 한참 동안 들여다보았다. 아버지의 손가락에 꽃물이 배었다.

"갖다버려라!"

아버지가 총알을 방바닥에 내려놓자 금이가 그것을 집어 들고 훌쩍거리며 밖으로 나갔다.

"더운 여름철이라 뒤탈이 걱정됩니다."

송 군관이 제 자리로 물러나 칼을 헝겊에 감싸들었다. 다시 들어온 금이가 아버지의 상처 부위에 뽕나무 태운 잿물을 붓고 마른 헝겊으로 닦아냈다.

"소독에는 뽕나무 태운 물이 최고라고 하니 부디 잊지 마십시오."

"수고했네."

아버지는 송 군관에게 말린 문어포 한 줌과 곶감 한 줌을 내어
주었다.

"심심할 때 입에 넣고 씹으면 맛이 괜찮을 게야."

"저, 그럼……."

송 군관이 물러나자 나도 자리에서 몸을 일으켰다. 금이가 화
로를 들고 먼저 방을 나갔다.

아버지는 천천히 옷을 다 입고는 지긋이 나를 바라보았다. 그
눈빛이 무얼 말하는지 나는 알 수 없었다. 하지만 한없이 부드럽
고 정겨운 눈빛이었다.

아버지는 끝내 아무 말도 하지 않았다. 나는 아버지의 숙소를
물러나왔다. 그리고 내 숙소로 돌아와서도 쉬이 잠을 이루지 못
했다. 아버지는 왜 그 자리에 나를 부른 것일까? 다른 형들은 남
겨두고 하필이면 나를 그 자리에 앉힌 이유가 무엇일까?

아버지

[1]서기 1590년. 임진왜란이 일어나기 이태 전. 이때 이순신은 정읍 현감으로 근무하고 있었음.

[2]군선에서 장수가 지휘하는 높은 곳. 현재 군함의 함교에 해당함.

[3]배가 물에 잠기는 부분.

[4]안동소주. 13세기 고려를 점령한 원나라에 의해 안동소주가 전래되었다고 함.

출동

매우[1]가 끝나자 바다는 기다렸다는 듯 끓어올랐다. 계절은 여름의 한가운데로 치닫고 있었고 밤은 사슴꼬리처럼 짧아졌다. 해는 바다 위를 쉼 없이 떴다가는 지기를 반복했고, 그 치열하고도 단조로운 여정 속에서 수군들은 또 다음 출동을 준비하고 있었다.

선착장에 매어 놓은 군선들에선 꽝꽝, 망치질소리가 났고, 그럴 때마다 이물에 앉아 있던 한 무리의 갈매기 떼가 후텁지근한 바다 위로 겹겹이 날아올랐다.

수군들은 깨어지거나 어긋난 군선들을 손질하며 이따금씩 갑판 위에서 오줌을 내깔렸다. 그 노리끼리한 오줌 줄기가 내리꽂히는 곳에 해파리 떼가 춤을 추며 달려들었다.

출동 준비를 마무리하는 군관들의 다그치는 소리가 선착장으로 쉼 없이 울려 퍼졌고, 아버지는 하루에도 몇 번씩 성 밖으로 내려와 선착장을 돌며 군관들과 수졸들의 어깨를 다독거려 주곤 했다.

그런 어느 날 아버지가 나를 불렀다. 아버지의 등 뒤에는 여전히 긴 칼이 걸려 있었다.

"다음 출동은 칠월 초엿새로 정해 두었다. ……너도 함께 하겠느냐?"

아버지는 또 그 영혼을 빨아들일 듯한 눈빛으로 나를 바라보고 있었다. 나는 내심 반가웠다.

"……기다리고 있었습니다."

아버지는 잠시 고개를 숙였다가는 나를 바라보았다. 흡족한 표정이었다.

"훈련이 아니라 실전이다. 숨이 떨어지기도 하는 전쟁터 말이다. 그래도 가겠느냐?"

"아버님 가시는 곳이면 어디든지 갈 수 있습니다. 설사 그곳이 왜적 땅이라 해도……."

"넌 겨우 열여섯 살이니라. 채 피지 않은 꽃이니라. 목숨이 아깝지 않느냐?"

"목숨은 하늘에 달려 있습니다."

"흐음……."

아버지는 더 이상 입을 열지 않았다. 하지만 흡족한 표정이었다.

"저어, 왜적 중에도 저 같은 소년이 있을 법 합니다만……."

아버지는 길게 한숨을 내쉬었다. 아버지의 등 뒤에 걸려 있는 칼만큼이나 긴 한숨이었다.

"더러 있더구나. 어린 것들이 바닷물에 꽃잎마냥 떨어지는 것을 지켜보면서…… 너를 생각했느니라. 네 모습이 떠오르더구나."

나는 몸을 낮추었다. 콧날이 시큰했다.

"목숨은 소중한 것이다. 더구나……."

"나라가 있은 다음에 목숨이 있는 법이옵니다. 부모가 있은 다음에 자식이 있는 거와 마찬가집니다."

아버지의 눈빛이 다시 나를 겨냥했다. 숨이 멎을 것만 같았다.

"나라와 부모를 버리고 목숨을 부지하기 위해 항복한 왜인들은 그럼 무엇이더냐? 목숨이 부모나 나라보다 소중한 것이 아니겠느냐?"

"그들은 반드시 졸개들일 것입니다. 의식이 바로 박힌 장수된 자의 도리는 아닐 것입니다."

"흐음……."

아버지는 더 이상 입을 열지 않았다. 대신 아버지의 얼굴에 잔잔한 미소가 일었다.

"됐다. 그만 나가 보거라."

진해루를 나서자 수군들의 망치질소리와 갈매기 울음소리 가득한 선착장이 내려다보였다. 밥 익는 냄새와 된장국 끓는 냄새가 실바람에 실려왔다. 전쟁 중에도 끼니때는 어김없이 찾아왔다.

점심을 먹고 선착장으로 내려갔다가 오랜만에 막쇠를 만났다. 그는 여전히 구릿빛 얼굴로 나를 바라보며 싱글벙글 웃고 있었다.

"며칠 전에 자원해서 다시 수군으로 들어오게 되었습니다요. 본영² 소속 격군으로 근무하게 되었지요. 이놈은 나의 절친한 친구 돌만이라고 합니다요."

그러자 옆에 서 있던 삼십 대 중반으로 보이는 사내가 꾸벅 고개를 숙였다.

"저분이 바로 장군님 막내 아드님이신 이면 공이시네. 큰절을 올려야지 이놈아!"

그러자 돌만이라는 사내는 땅바닥에 넙죽 엎드려 절을 했다.

"장돌만이라고 합니다요. 친구 따라 장에 간다고, 저 막쇠라는 놈이 장군님 밑에서 노를 젓겠다고 하기에 저도 따라서 수군이 되었지요. 지난번에 있었던 신참수군 사열식 때 장군님을 처음 뵈었는데…… 그만 저도 모르게 눈물이…….."

돌만이라는 사내는 땅에 엎드린 채 옷자락으로 눈물을 훔치고 있었다.

"장하네. 자네 같은 사람들이 있으니 이 나라가 건재하지 않겠나? 참으로 장하네."

"소인, 죽을힘을 다해 노를 젓겠습니다요. 반평생 노를 저으며 산 목숨인걸요."

나는 엉거주춤 일어서 있는 사내의 손을 끌어 잡았다. 바닷바람에 잔뼈가 굵은 해송 껍질 같은 투박한 손이었다.

"아버님께 큰 힘이 될 걸세."

나는 손아귀에 힘을 주며 막쇠와 사내를 번갈아 쳐다보았다.

"……저어 도련님……."

그때 막쇠가 할 말이 있다는 듯 입을 열었다.

"지난번에 도련님 가족을 아산에서 모시고 온 뒤로 줄곧 마을에 눌러 있었는데, 백성들 민심이 말이 아닙니다요."

막쇠의 표정이 진지하게 바뀌었다.

"한양 도성 소식이 이곳 바닷가까지 파다합니다요. 임금님이 도성을 버리고 평양으로 들어가셨는데, 거기도 못 미더워 아예 명나라 요동 땅으로 망명을 떠난다는 소문까지 들립니다요."

"그래서 평양 백성들이 몽둥이를 들고 난동을 부렸다고 합니다. 궁녀들을 때리고 호조판서 어른까지 때려서 허리를 분질러놓았다고 합니다요. 오죽 했으면……."

그동안 다소곳해 있던 사내마저 입에 침을 튀기며 나섰다.

"이게 다 누구 때문이겠어요? 줏대 없는 나라님과 그 밑에서 사리사욕만 일삼는 대신들 때문이 아니겠어요?"

"인심이 흉흉합니다요. 오죽했으면 한양 백성들이 도성에 진입한 왜적들을 자신들의 새 임금님이라고 부르며 음식 대접까지 했을라고요."

막쇠와 사내는 앞서거니 뒤서거니 얼굴을 붉히며 나섰다.

"허, 말들을 삼가 하게나."

"거짓말인지 참말인지는 모르겠지만 이런 소문까지 떠돈답니다요. 왜적의 장수가 한음[3] 대감을 강박하여 그를 임금으로 앉히고 학봉[4] 어른을 정성으로 삼는다는 소문요. 이런 말이 퍼지니 사람들 마음이 뒤숭숭해질 수밖에요. 나라에서 이렇게까지 민심을 잃었으니……."

"백성들이 대궐에 불을 지르고 임해군[5]과 병조판서 홍 대감[6] 집에도 불을 질렀다고 하잖아요."

"김공량[7]의 목을 베어야 한다는 여론도 파다합니다요. 나라가 이렇게 거덜 나게 된 것은 임금이 지나치게 대국에 사대를 한 까닭도 있긴 하지만, 대신들과 외척들의 부정부패 때문이라는 여론도 만만찮습니다요. 오죽했으면 백성들이 대궐에 불을 지르고 왜적 패거리에 앞장까지 섰겠어요."

"그래서 왜적들을 조정에서 스스로 불러들였다는 말까지 나도는 게지요."

76

나는 할 말이 없었다. 이 자들의 입에서 이런 말들이 나온다는 것은 이 바닷가 변방에까지 임금과 조정의 무능함을 비웃는 여론이 만연해 있다는 얘기였다. 나는 백성들의 여론에 막연하게나마 두려움을 느끼며 입에 거품을 문 그들을 향해 물었다.

"그런데도 너희들은 제 갈 길을 마다하고 제 발로 전장에 뛰어들었지 않았느냐. 이유가 뭔가?"

막쇠가 나섰다.

"바로 장군님 같은 위인이 계시기 때문이지요. 사리사욕을 버리시고 오로지 나라를 위해 불철주야 몸을 아끼시지 않는 분이 우리 곁에 계시니까 그래도 희망이 보이잖아요."

"맞아요. 대신들이 뇌물로 곳간을 채우고 있을 때 장군님은 왜적의 침입에 대비해 이런 거북선을 만드시고……."

그때 누군가 내 어깨를 툭 치기에 돌아보니 둘째 형이 옆에 서 있었다.

"나 좀 보자."

나는 막쇠와 사내를 남겨두고 얼떨결에 둘째 형을 따라 선착장을 걸어 나갔다.

선착장을 빠져 나온 형은 성 뒤쪽에 있는 활터로 걸음을 옮겨 놓았다. 활터는 비어 있었다.

"이번이 세 번째 출동인데 이번 출동에 형님은 빠진대. 아버님께서 형님께 분부를 내리셨대. 집에 가서 좀 쉬면서 할머니랑 어머니를 모시다가 나중에 오라고. 덕분에 우리 두 사람, 함께 배를 타게 되었어."

둘째 형은 들뜬 목소리로 말했다. 상기된 얼굴 위로 땀방울이 흘렀다. 삼 형제 중 한 명은 육지에 남아 수영과 집을 오가며 식구들을 돌보아야하는 게 우리 형제들 사이의 불문율이었다. 만약 큰형이 이번 출동에도 나가겠다고 우기면 우리 두 사람 중 한 사람은 배를 타지 못할 것이 뻔한데, 마침 큰형이 빠진다고 하니 우리한테는 행운이라면 행운인 셈이었다.

"그런데 형은 뭐가 그렇게 좋아 싱글벙글하는 거야? 싸우러 나가는 마당에……."

"넌 그럼 좋지 않니? 아버님을 따라 왜적을 치러 나가는 데……."

우리는 나란히 활터에 서서 맞은편 과녁을 바라보고 있었다.

"그런데 문제는…… 배를 타고 싸운다는 거야. 그러니 말 타기 재주도 필요 없고 칼 쓰는 솜씨도 필요 없어. 최고로 치자면 활쏘기지. 저쪽 편 주 무기는 조총이고 우리 편 주 무기는 활과 화포인데, 화포는 방포군들이 맡고 있고 우리가 할 수 있는 건 활쏘기 밖에 더 있겠어? 그렇다고 우리가 노를 저을 수도 없는 일이고."

"그러게 말이야. 활이라도 잘 쏴야 할 텐데……."

"면이 너는 아버님을 닮아 활을 잘 쏘잖아!"

"형이 더 잘 쏘면서 무얼……."

"그건 아니지. 너의 말 타기와 활쏘기, 그리고 칼 쓰는 솜씨는 아버님께서도 인정해 주시는데 무얼……."

"형도 차암……."

"아닌 게 아니라 나는 걱정 돼."

"뭐가?"

"내 활쏘는 솜씨는 별로잖아. 이번 출동 때 망신당하면 어쩌지? 아니, 오늘 저녁부터 연습 좀 해야겠어. 아버님께 말씀드려서……."

"좋은 생각이야. 아버님과 군관들이 쏘지 않는 시간을 이용해서 우리 둘이 함께 연습 좀 하자고."

"좋아!"

우리는 활터를 걸어내려 왔다.

"그런데 형?"

"왜?"

"들자하니 백성들 민심이 말이 아닌가봐. 이번에 난리가 난 건 다 임금님과 대신들 때문이라고 믿는 것 같아."

"안 그래도 평양으로 장계를 가지고 갔던 군관이 돌아왔는데, 그가 전하는 말을 들어보면 육지 민심이 말이 아닌가봐. 왜적들은 벌써 임진강을 건너 개성으로 쳐들어갔고, 임금님은 또 평양을 버리고 어디론가 피난갈 곳을 저울질하고 있는 모양이야."

"육지 장군들과 병사들도 싸우려 드는 자들이 드물다지?"

"힘써 싸운 곳은 부산성과 동래성, 그리고 충주성 밖에 없고 모두 달아나기에 바빴다잖아."

"내 생각에는 경상도 조령을 지키지 못한 것이 가장 큰 실수였던 것 같아. 한양으로 가는 길목인데, 그런 천혜의 요새를 막지 않고 충주 같은 평지에서 적을 맞다니……."

"조선 최고의 장군이라는 신립의 지략이 그 정도였으니……."

"경상도 수군들은 어떻고. 경상 좌수사 박홍은 진즉에 달아났고, 경상 우수사 원균은 적이 쳐들어오기도 전에 겁부터 집어먹고 군선 백여 척과 무기들을 바다에 가라앉히고 수영을 불 질렀다잖아. 그 바람에 만여 명이나 되는 수군들이 모조리 흩어지고 말았으니."

"그래서 우리 전라도 수군들이 대신 경상도 바다로 나가 전쟁을 치루고 있잖아. 그러니 백성들 민심을 탓할 일만도 아니지."

"참으로 걱정이야. 앞으로 이 나라가 어떻게 될지."

활터를 내려오면서 둘째 형과 나는 오랜만에 허심탄회하게 얘기를 나누었다. 선착장에서는 출동을 준비하는 수군들의 망치질 소리가 끊임없이 이어지고 있었다. 찌는 듯한 여름 오후였다. 습기를 잔뜩 머금은 바람이 이따금씩 갈매기 떼를 몰고 왔다. 바닷가 해송 위로 뭉게구름이 낮게 걸려 있었다.

7월 초닷샛날 오후에 전라 좌수영 수군들이 수영 앞마당에 집결했다. 4천 명이 넘는 군사들이었다. 그 옆에 전라 우수영 군사들도 도열해 있었다. 역시 4천 명이 넘는 군사들이었다. 모두 만 명에 가까운 군사들이 수영 앞마당을 빼곡히 채우고도 모자라 선착장에까지 늘어서 있었다. 우수영 수군들과는 지난 출동 때까지만 해도 바다 위에서 만나 전장으로 대열을 이동해 갔는데, 이번 출동에서는 아예 좌수영에서 진을 합쳐 하나의 거대한 선단을 이룬 뒤 적진으로 쳐들어갈 계획이었다.

대열 앞쪽에는 대장군기를 비롯한 수많은 깃발들이 펄럭이고 있었고, 대열 뒤쪽 바다에는 백여 척이 넘는 군선들이 고기 두름처럼 열을 지어 수군들을 호위하고 있었다. 물결 따라 일렁이는 군선에서는 수많은 깃발이 펄럭이고 있었고, 그 깃발 너머론 잿빛 갈매기 떼가 원 없이 춤을 추고 있었다.

거북선 세 척과 판옥선 네 척, 도합 일곱 척의 군선에서 차례대로 천자포, 지자포, 현자포를 발사하자 하늘과 바다에는 동시에 벼락이 내리치듯 불꽃이 튀었고, 만 명에 가까운 수군들은 일제히 소리 지르며 길길이 뛰어올랐다.

"조선 수군 만세!"

대열의 맨 앞쪽에 군사들을 대표해 서 있던 우후[8] 이몽구가 만세를 부르자, 수군들이 일제히 만세 삼창을 따라 외쳤다. 수영이 통째로 떠나갈 듯한 함성이었다.

"조선 수군 만세!"

"조선 수군 만세!"

그 끊이지 않는 함성 속으로 아버지가 몸을 일으켜 세웠다. 차일을 나와 단상으로 오르는 아버지의 얼굴은 바위처럼 흔들림이 없어 보였다.

"내일 새벽이면 우리 수군은 삼 차 출동을 떠난다! 지금 왜적들은 우리 삼천리 강산을 피로 물들이며 북진 중에 있고, 임금님은 대동강을 건너 평양에 파천해 계신다. 이백 년을 이어온 궁궐이 불탔고, 선대의 혼이 깃들인 종묘가 원수들의 손에 불태워졌다. 또한 한강 남쪽에 있는 선릉도 왜적의 손에 파헤쳐져 선대의 유골이 뿔뿔이 흩어졌다."

아버지의 목소리는 비장했다. 군사들은 숨을 죽이고 단상 위의 아버지를 바라보고 있었다.

"우리는 지난 두 번의 출동에서 백여 척이 넘는 적선을 깨트렸고 수많은 왜적을 무찔렀다. 이번 출동에서도 더욱 분발하여 원수들이 더 이상 이 땅에 발붙일 수 없도록 혼신의 힘을 다해 싸움에 임해 주기 바란다. 그리고 매번 출동 때마다 하는 당부이지만, 군관에서부터 수졸에 이르기까지 경거망동하지 마라. 태산같이 신중하게 움직여라!"

그날 저녁, 군사들은 오랜만에 포식했다. 각 고을에서 보내온 돼지를 잡아 국밥을 만들었는데 너나할 것 없이 두세 그릇씩 비위냈다. 그리고 일찍 선실로 들어가 잠자리에 들었다. 긴 여름 해가 기우는 곳에 다홍빛 저녁놀이 피고 있었다.

　새벽 바다는 잠들지 못했다. 먼 하늘과 수평선의 경계가 선명하도록 바다는 눈을 밝히고 있었다. 대장선에서 길게 쇠나팔이 울었다.

　"출동하라!"

　장대에서 아버지의 목소리가 터져 나왔다.

　"출동하라! ……출동하라! ……출동하라!"

　군관들의 복창소리가 군선에서 군선으로 이어졌다. 격군장[9]의 북소리가 울려 퍼졌다. 출동 깃발이 올랐다. 대장선에서 시작된 북소리와 깃발은 백여 척이 넘는 군선으로 이어지며 울리고 또 치솟았다. 수영 앞바다가 북소리와 깃발로 뒤덮였다. 물고기 비늘처럼 늘어서 있던 군선들이 꿈틀거리며 움직이기 시작했다. 수많은 비늘은 한 줄로 길게 늘어서더니, 이윽고 거대한 장사진을 만들어 냈다. 한 마리의 용이 물결을 가르며 먼 바다로 헤엄쳐 가기 시작했다.

　"심장이 멎을 것만 같군!"

　둘째 형이 말했다.

　"장관이야! 이게 바로 조선 수군의 모습이란 말이지!"

　둘째 형은 대장선 갑판 위에 버티고 서서, 새벽 바다를 헤엄쳐

가는 백여 척의 군선을 바라보며 연신 탄성을 질렀다.

"이게 바로 아버님께서 만들어 놓으신 조선 수군의 모습이란 말이야! 면아, 기쁘지 않니?"

둘째 형의 눈가엔 눈물이 맺혀 있었다. 격군장의 북소리가 빨라지고 있었다. 격군들이 젓는 노의 움직임이 빨라지며 군선에 부딪는 물결도 높아지고 있었다. 이물은 한층 가파른 높이로 하늘과 바다를 오가며 수직의 빗금을 긋고 있었다.

둘째 형과 나는 아버지가 타는 대장선에 편승되었다. 처음 겪어보는 출동이고 전쟁이니만큼 아버지의 배려가 없을 리 없었다. 우리는 간밤에 진해루로 불려갔다. 아버지는 막 지휘관 회의를 물리고 우리 형제를 맞았다. 여전히 갑옷을 입고 있었다. 아버지의 콧등에 땀방울이 맺혀 있었다.

"처음 나가는 싸움이니 욕심 내지 말고 안전에 최선을 다하거라. 신체는 부모로부터 물려받은 것이니 지키지 못하면 불효를 범한다고 했다. 우선 싸움 구경부터 하며 담력을 기르도록 하거라. 적선을 보면 오줌부터 싸는 수졸들이 더러 있다. 그러면 아무리 좋은 무기와 힘을 가지고 있다고 해도 써먹을 수가 없느니라. 하나도 놓치지 말고 봐 두어라. 죽어가는 적의 눈초리 하나까지 익혀 두어라."

아버지의 목소리가 진해루 마룻바닥에 나직이 울려 퍼질 동안, 둘째 형의 두 무릎과 두 팔은 사뭇 떨리고 있었다.

"열아!"

아버지가 형을 불렀다. 형의 어깨가 펄쩍 솟구쳤다.

"……겁나느냐? 그렇다면 수영에 남아 식량 창고나 지키고 있거라."

"아, 아닙니다, 아버지! 면이 가면 저도……."

아버지가 오랜만에 허허 웃었다.

"그래, 면은 어떤고?"

아버지의 눈빛이 나를 아래쪽에서부터 위로 훑어 올렸다. 등줄기에 땀이 흘렀다.

"왜적놈들, 어떻게 생겼는지 궁금했습니다. 이번에 제 두 눈으로 똑똑히 확인하고 오겠습니다."

아버지가 또 웃었다. 출동을 앞둔 장군의 모습이라기보다는 전쟁을 막 끝낸 넉넉한 승자의 모습이었다. 편안함 속에 간간이 긴장이 섞여들었다.

"네 큰형 회는 지난 두 번의 출동으로 완전히 무인이 되었느니라. 군관 자리를 맡겨봐도 손색이 없을 게야."

둘째 형이 불현듯 고개를 들고 외쳤다.

"아버님, 저도 형님처럼 되고 싶습니다! 저를 군선에 태워 주십시오!"

아버지는 또 웃었다.

"알았느니라. 너희들에게 군복을 입히고 활을 내려주겠다. 하지만 싸움보다는 신체를 보존하는데 최선을 다하도록 해라. 첫 출동이니만큼 높은 파도에 적응하는 일만 해도 쉽지 않을 게야. 내 너희들을 특별히 생각해 내가 타는 대장선에 배치시켜 주겠다. 군관 송여종이 너희들을 돌봐 줄 것이다."

진해루를 나서자 군관 송여종이 푸른 군복 두 벌과 활 두 자루를 들고 기다리고 있었다.

푸른 군복을 입은 둘째 형과 나는 활을 어깨에 메고 장대 아래에 서서 시나브로 밝아오는 아침 바다를 바라보고 있었다. 붉은 해는 해면을 물들이며 한 뼘 높이로 솟아올랐다. 갈매기 떼가 길게 늘어선 선단을 따라 날갯짓을 하며 수영에서부터 따라오고 있었다. 전쟁을 치르는 바다라고는 느껴지지 않는 고요한 바다였다.

"속력을 높여라! 노량10으로 간다!"

장대에서 아버지의 목소리가 터져 나왔다. 군관들이 명령을 복창하며 배에서 배로 전달했다. 격군장이 두드리는 북소리가 한 박자 빨라졌다. 노에 부딪는 물결소리가 가파르게 분주해졌다. 기수11가 출항 깃발을 내리고 항해 깃발을 올렸다. 갑판 좌우현12으로 늘어서 있던 출항 요원들이 갑판을 떠나 제 위치로 돌아갔다.

백여 척의 군선은 일렬종대에서 이렬 종대로 장사진을 바꾸었다. 선단의 처음과 끝은 서로 아득하게 멀었다. 우리가 탄 대장선은 그 길고긴 행렬의 중간에서 육중하게 파도를 밀며 앞으로 나아가고 있었다. 이따금씩 터져 나오는 아버지의 항해 지시와 그것을 전달하는 군관들의 복창소리, 그리고 격군장이 두드리는 북소리와 거기에 맞추어 일사불란하게 움직이는 노 젓는 소리만이 아침 바다 위로 퍼져나갈 뿐이었다. 수군들은 각자 제 위치에서 숨을 죽이며 침묵하고 있었다. 소금으로 간을 한 주먹밥이 아침으로 배급되고 있었다.

곤양과 남해 사이의 바다에 이르자 경상 우수사 원균이 군선 일곱 척을 거느리고 닻을 내린 채 기다리고 있었다. 원균이 탄 배와 우리 대장선이 바다 위에서 허리를 맞대고 계류[13]했다. 잠시 후 원균과 그의 군관들이 우리 배로 넘어왔다.

"씨팔 넘! 경상도 수군 다 말아먹고 전라도 수군까지 잡아먹으려고 오는 건가! 무슨 낯짝으로…….."

"그러게 말이야! 싸움은 하지 않고 뒤에 따라다니며 죽은 왜적 놈 목이나 따는 주제에! 저 낯짝 좀 봐. 저게 사람인가! 짐승이지!"

갑판 위에 도열해 섰던 수졸들이 귓속말로 수군거렸다.

"술과 계집만 좋아하는 게 아니라 밥과 고기도 많이 드신다지? 한 끼 식사로 다섯 그릇의 밥과 서너 마리의 꿩고기를 드신다는구만!"

"어쩐지 배가 기우뚱거린다 했지……."

상갑판에서 장대로 오르는 계단이 지휘관들의 발자국 소리로 어지러웠다. 원균과 그의 군관 두 명, 그리고 전라 우수사 이억기와 그의 군관들이 차례대로 계단을 뛰어올라갔다. 뒤이어 전라 좌수영 관할의 여러 수령들도 장대로 올라갔다. 그 중에는 광양 현감 어영담도 있었다. 나는 순간 담비 아가씨를 떠올렸다. 해당화 무리 지어 피어 있는 바닷가 초가에서 조모를 모시고 있을 열여섯 살의 담비 아가씨는 지금쯤 무엇을 하고 있을까.

내 곁을 얼핏 스친 어영담의 얼굴에서 나는 담비 아가씨의 희고 고운 얼굴을 떠올렸다. 부녀는 많이 닮아 있었다. 언젠가 때가 되면 그를 찾아가 안부 인사라도 여쭐 생각이었다.

저녁 무렵, 지휘관 회의가 끝나자 아버지는 선단을 이끌고 진주 땅 창신도로 이동했다. 날은 이미 저물었고 백여 척이 넘는 군선들은 섬 가까운 바다 위에서 닻을 내린 채 밤을 보냈다.

다음날은 동풍이 크게 불었다. 적들이 있는 곳으로부터 불어오는 바람이었다. 깃발이 찢어지고 돛대가 부러질 듯 휘었다. 수졸들은 날아갈 듯한 바람 속을 뛰어다니며 돛을 접고 깃발을 내렸다.

군사들은 일렁이는 배 안에서 주먹밥으로 겨우 아침을 때우고 출항 명령을 기다리고 있었지만 바람은 쉬이 멎지 않았다. 점심 무렵이 돼서야 겨우 바람이 약해졌다. 선단은 그제야 동쪽 바다를 향해 닻을 들었다.

고성 땅 당포[14]에 이르렀을 때는 날이 저물어 있었다. 수졸들은 배에서 내려 물을 긷고 나무를 해 저녁밥을 지었다. 오랜만에 고깃국과 뜨거운 밥이 배급되었지만 나는 한 숟가락도 입에 떠넣을 수가 없었다. 뱃멀미 때문이었다. 이른 아침부터 시작된 뱃멀미는 저녁때까지 쉬지 않고 반복되었다. 노란 똥물까지 토해냈다. 뒷간과 선실을 부지런히 오가는 우리 형제를 보고 군관들은 재미있다는 듯 히죽거렸다. 나는 꼭 그들이 딴 나라 사람처럼 여겨졌다. 이런 높은 파도에도 아랑곳 않고 히죽히죽 웃어대는 그들이 나는 얄미웠다. 아산에서 피난 내려올 때 탄 협선과는 또 달랐다. 배가 크면 클수록 뱃멀미는 은근하고 지속적이었다.

"저래 가지고 내일 싸움은 어떻게 할꼬!"

"그러게 말이야. 배 처음 타는 모양이지? 저런 사람이 군관은 어떻게 됐을꼬!"

푸른 군관복을 입은 우리 형제를 보고 수졸들이 저희들끼리 키득거렸다.

출동

[1] 매화가 익을 무렵에 길게 이어지는 비. 장마의 다른 말.

[2] 현재 자신이 속해 있는 수영. 여기서는 전라 좌수영을 얘기함.

[3] 이덕형(1561~1613년). 조선 중기의 문신. 호는 한음. 오성 이항복과 절친한 사이로 기발한 장난을 많이 하여 일화를 남기기도 함.

[4] 김성일(1538~1593년). 조선 중기의 문신이자 학자. 호는 학봉, 퇴계 이황의 제자. 서애 유성룡과 함께 퇴계의 학문을 이어받은 수제자로 임진왜란 때 초유사로 순절하였음.

[5] 선조의 첫째 왕자. 성질이 난폭하여 세자에 책봉되지 못했음. 1592년 임진왜란 때 함경도로 피란 갔다가 회령에서 왜장 가토 기요마사에게 포로가 되었다가 풀려났음.

[6] 홍여순(1547~1609년). 병조판서를 거쳐 1592년 호조판서로 전임되었음. 성품이 간악하여 대간의 탄핵을 받고 순천에 유배되었음.

[7] 선조의 후궁 인빈 김 씨의 오빠. 누이가 선조의 총애를 받자 세도를 부렸음.

[8] 수영에서 실무를 맡은 총 책임자.

[9] 노 젓는 군사들의 우두머리 직책. 즉, 격군의 우두머리.

[10] 현재의 경남 하동군 금남면 노량리 앞바다.

[11] 깃발로 신호를 맡은 군사.

[12]배의 좌측과 우측 가장자리.

[13]배를 홋줄로 서로 묶어 놓음.

[14]현재의 경남 통영시 산양읍 삼덕리.

학익진

날이 밝았다. 하늘은 맑고 바다는 잠잠했다. 크고 작은 일본 군선 70여 척이 견내량[1]에 정박해 있다는 정탐꾼의 보고가 날아들었다. 선단은 지체 없이 그곳으로 향했다.

한산도 앞바다에 이르렀을 때 붉은 돛을 단 일본의 대선 한 척과 중선 한 척이 탐색을 나오다가 우리 수군을 발견하고는 재바르게 방향을 틀었다.

"쫓아라!"

장대에서 아버지의 목소리가 터져 나왔다. 쇠나팔이 길게 울었다. 격군장의 북소리가 다급하게 날아왔다. 격군들의 노가 세차게 물살을 때렸다.

"노를 멈추어라!"

서너 마장쯤 전진했을 때 아버지의 목소리가 다시 터져 나왔다.

"노를 멈추어라…… 노를 멈추어라……."

군관들의 복창소리가 군선에서 군선으로 이어졌다. 격군장의 북소리도 멎었다. 선단의 수천 개의 노가 가지런히 물살 아래로 내려앉았다.

"명령 없이는 절대 움직이지 마라! 모든 군사에게 하무²를 물려라!"

군관들의 복창소리가 이어지고 군사들에게 하무가 지급되었다. 둘째 형과 나도 하무를 물었다.

"방포군들과 사수들은 명령이 있을 때까지 그대로 대기하라!"

아버지의 얼음장 같은 명령이 군선에서 군선으로 이어졌다. 아직 화살과 철환은 지급되지 않고 있었다. 둘째 형과 나도 빈 활만 어깨에 멘 채 장대 아래에 서 있었다.

"드디어 적선 칠십여 척이 모습을 드러냈습니다! 저기를 보십시오!"

군사들에게 하무를 물리고 돌아오던 군관 송여종이 우리 곁으로 다가오며 나지막한 목소리로 속삭였다. 그의 손가락이 가리키는 곳에 울긋불긋한 깃발 수백 개가 펄럭이고 있었다. 견내량에 정박해 있는 적의 선단이었다.

그곳은 고성과 거제 땅 사이의 좁은 물목이었고, 경상 좌도 바다의 배들이 서쪽으로 나오기 위해서는 반드시 거쳐야할 길목이 기도 했다.

"견내량은 지형이 협착하고 암초가 많아서 판옥선처럼 큰 배로는 싸우기가 어렵습니다. 또한 왜적들은 형세가 궁해지면 바다 기슭을 타고 뭍으로 올라가기를 잘 하지요. 그래서 장군님께서는 저놈들을 한산도 바다 가운데로 끌어내 완전히 사로잡을 계획인 것 같습니다."

송 군관이 우리 형제에게 귀띔을 해주고 자신의 위치로 돌아갔다.

잠시 후 장대 위로 초요기[3]가 올랐다. 지휘관들을 대장선으로 부르는 신호였다. 여러 고을의 수령들이 군선을 대어놓고 대장선으로 올라왔다. 장대 안에서 다시 지휘관 회의가 열렸다.

작전 회의 결과에 따라 전라 우수영 군선 55척은 미륵도[4] 산그늘 아래로 들어가 매복했다. 우리 전라 좌수영 군선 48척은 한산도 산그늘 아래로 들어가 매복했다. 경상 우수영 군선 6척은 바다 위에 그대로 대기해 있었다. 다만 원균이 탄 판옥선 한 척만이 우리 편 대열에 합류해 있었다.

"신기전[5]을 올려라!"

장대 위에서 아버지의 목소리가 터져 나왔다. 잠시 후 맑은 하늘엔 불화살이 소리를 내며 날아올랐다. 세 대의 화살은 화약 냄새와 함께 빨간 불꽃을 달고 하늘 높이 포물선을 그리며 날아갔다. 화약 연기가 긴 꼬리를 남기며 엷게 흩어졌다. 공격 신호였다. 이윽고 바다 위에 대기해 있던 경상 우수영 군선 6척이 북을 울리며 빠르게 돌진해 들어갔다. 일본 군선 70여 척이 정박해 있는 견내량을 향해 하얀 물살을 가르며 쳐들어갔다.

"저 군선들은 누가 지휘하고 있습니까?"

군사들을 점검하고 오던 송 군관을 향해 둘째 형이 나직이 물었다. 입에 물었던 하무를 손에 빼든 형은 조금씩 떨고 있었다.

"원균의 군관인 우치적과 이운룡이 함께 지휘하고 있습니다. 꽤 유능한 군관들이지요."

송 군관의 목소리가 예사롭지 않았다. 나는 아버지의 어깨에서 총알을 빼내던 그의 모습을 떠올렸다. 그의 목소리에는 그때처럼 긴장감이 잔뜩 서려 있었다.

"지난 두 번의 출동 때는 적선이 있는 곳을 찾아다니며 부수었지만 이번에는 저놈들을 바다 한가운데로 유인해서 족칠 모양입니다. 우리 수군이 그동안 연마했던 학익진 전술을 펼치실 모양입니다. 저 경상도 배들이 적들을 유인해 끌고 나올 겁니다."

송 군관의 입에서 단내가 났다. 말은 가볍게 하면서도 속은 바짝 타들어가고 있는 모양이었다. 그는 다시 입에 하무를 물고 제자리로 돌아갔다.

군선 6척은 빠른 속력으로 미끄러져갔다. 그들이 향하는 곳은 견내량이었다. 그곳에 일본 군선 73척이 정박해 있었다.

이윽고 적 선단 가까이 다가간 우리 군선에서 요란한 굉음과 함께 노란 불꽃이 뿜어져나갔다. 화포를 발사한 것이다.

기습을 당한 일본군 선단은 재바르게 반격에 나섰다. 콩 볶는 듯한 조총 소리가 순식간에 바다를 메웠다. 우리 수군의 화포소리와 일본군의 조총소리가 한데 뒤엉기었다. 그러다가 문득 우리 수군의 화포소리가 멈추었다.

우리 군선들은 발포를 멈추고 뱃머리를 돌려 이쪽 바다로 달려 나오기 시작했다. 적을 유인해 내려는 전략에 따라 6척의 군선은 일사불란하게 움직이고 있었다. 우리 군선의 퇴각을 지켜본 일본군 선단에도 수많은 깃발이 나부끼기 시작했다.

드디어 일본군 선단에 돛이 올랐다. 70척이 넘는 일본 군선들은 붉은 돛을 올리고 수백 개의 깃발을 나부끼며 일제히 바다 위로 쏟아져 나왔다.

이 모든 것을 지켜보고 있던 아버지가 장대에서 소리쳤다.

"명령이 있기 전에는 움직이지 말라! 태산 같이 진중하라!"

한산도 산꼭대기에서 연기가 올랐다. 적진으로 쳐들어갔던 군선들이 돌아오고 있다는 신호였다.

"저, 저것 좀 봐!"

둘째 형이 입에 물었던 하무를 손에 빼들고 말을 더듬거렸다. 형이 가리키는 거제도 쪽 바다 위에는 일본 군선들이 새까맣게 몰려오고 있었다.

"아직 화살과 철환을 지급하지 마라!"

아버지의 얼음장 같은 목소리가 다시 터져 나왔다. 갑판 위에서 활을 잡고 있던 사수 한 명이 선 채로 바짓가랑이에 오줌을 지렸다. 그의 두 다리는 사시나무 떨듯 후들거리고 있었다. 새로 편입된 신참내기 수군인 모양이었다.

"저런 놈들이 사고를 치거든요. 그래서 미리 화살과 철환을 지급하지 않는 겁니다!"

어느새 송 군관이 우리 곁에 다가와 있었다.

"적선이 보이면 먼저 흥분하는 군사들이 있어요. 그래서 입에 하무를 물리는 겁니다."

"……사실은 저도 많이 흥분됩니다. 가슴이…….”

나는 둘째 형을 바라보았다. 얼굴이 하얗게 질려 있었다.

"형, 힘을 내! 용기를 내라고! 형 옆엔 내가 있잖아! 그리고 아버님이 계시잖아!"

"아, 알았어…….”

그때 한산도 산꼭대기에서 다시 연기가 피어올랐다. 우리 군선이 가까이 다가왔다는 두 번째 신호였다.

"하무를 거두고 화살과 철환을 지급하라!"

드디어 아버지의 명령이 떨어졌다. 군관들은 갑판을 뛰어 다니며 군사들로부터 하무를 거두고 화살과 철환을 지급했다. 사수들에겐 화살을, 방포군들에겐 철환을 나눠주는 군관들의 손이

부들부들 떨렸다. 나는 심호흡을 했다. 가슴이 두근거렸다. 드디어 내 손에도 화살이 쥐어졌다.

한산도 산꼭대기에서 세 번째 신호가 올랐다. 그와 동시에 적에게 쫓겨 내려오던 우리 군선 6척이 대장선 앞을 지나갔다. 곧이어 적의 선단이 한눈에 들어왔다. 순간 아버지의 칼이 높이 솟아올랐다.

"출동하라!"

아버지의 목소리가 바다 위로 쩌렁쩌렁 울려 퍼졌다. 독전기가 휘날렸다. 쇠나팔이 길게 울었다. 북소리가 거센 물결을 일으키며 군선에서 군선으로 이어졌다. 공격 신호였다. 맞은편 미륵도 산그늘 아래 매복해 있던 전라 우수영 군선 50여 척이 바다한 가운데로 미끄러져 나왔다. 한산도 산그늘 아래 매복해 있던 우리 전라 좌수영 군선 48척도 바다 한가운데로 전진해 나갔다. 그와 동시에 퇴각하고 있던 6척의 군선이 일시에 적을 향해 뱃머리를 돌렸다.

"학익진을 형성하라!"

아버지의 명령에 따라 백여 척의 군선은 일사불란하게 물살을 일으키며 앞으로 나아갔다. 격군들이 젓는 노가 물살을 때리며 물보라를 일으켰다. 둘째 형이 내 옆에서 신음을 흘렸다.

잠시 후 한산도 앞바다에 거대한 학 한 마리가 두 날개를 힘차게 펼치고 날아올랐다. 내가 탄 대장선은 학의 머리 부문에 위치해 있었다.

"거북선은 돌격하라!"

다시 아버지의 명령이 떨어졌다. 그러자 세 척의 거북선이 하
얀 물보라를 일으키며 적진으로 돌진했다. 거북선의 방포군들이
쏜 화포가 굉음을 내며 적선을 공격했다. 적의 대열은 쉽게 흐트
러졌다.

"공격하라! 공격하라!"

아버지의 공격 명령과 함께 백여 척의 군선에서 화살과 철환
이 한꺼번에 터져나갔다. 천자총통, 지자총통, 현자총통이 동시
에 불을 뿜었다. 사수들이 쏜 화살이 새떼처럼 새카맣게 적의 선
단으로 날아갔다.

적의 선단은 이내 우리의 학익진 속에 갇혀버렸다. 거대한 학
한 마리가 힘차게 날개를 펼치고 적의 선단을 옥죄었다. 갇힌 적
선은 빠져나갈 곳이 없었다. 거대한 학은 날갯짓을 하며 적의 숨
통을 조였다.

적선은 생각보다 쉽게 부서졌다. 바다 속으로 가라앉는 깨진
적선 위에서 적들은 화살을 맞고 짐짝처럼 떨어졌다. 우리 군선
에 기어올라 백병전을 벌이려던 적들은 먼 곳에서 그렇게 허물
어져 가고 있었다.

우리 수군은 적의 접근을 한 치도 허용하지 않았다. 적선이 다
가오기 전에 화포로 부수었다. 적들은 갑판에 무리지어 서서 조

총을 쏘아댔지만 총알은 이편으로 건너오기 전에 물 위에 떨어졌다.

"죽여라! 한 놈도 남기지 말고 씨를 말려라!"

소리 나는 쪽을 돌아다보니 둘째 형이었다. 둘째 형은 시위를 당기며 미친 듯 고함을 지르고 있었다. 쓰레기 더미처럼 깨져 나가는 적선을 지켜보다가 자신도 모르게 흥분한 모양이었다.

"형, 침착해야 해! 태산처럼 진중해야 해!"

나는 그렇게 소리치며 시위를 당겼다. 내가 쏜 화살이 조총을 겨냥하고 있는 적군의 가슴에 정확히 날아가 꽂혔다. 드디어 내 손으로 사람을 죽인 것이다. 적의 가슴에 꽂힌 화살이 츠르르, 하고 몸을 뜨는 것만 같았다. 내 손바닥으로 직접 화살을 박아 넣은 것처럼 뭉툭한 촉감이 내 손바닥에 와 닿았다. 나는 다시 화살 한 대를 겨냥했다.

"대장군전[6]을 발사하라!"

그때 장대 위에서 아버지의 목소리가 터져 나왔다. 상갑판 좌우현에 엎드려 있던 방포군들이 천자포 구멍에 철환 대신 대장군전을 꽂아 넣었다. 어른 키만 한 대장군전은 9백 보를 날아가 적선의 몸통을 뚫고 들어갔다. 커다란 구멍이 뚫린 적선은 한쪽으로 기울며 이내 물속으로 가라앉았다.

"조란탄[7]을 발사하라!"

아버지의 고함이 쉴 없이 터져 나왔다. 신이 난 방포군들은 이번에는 천자총통에 조란탄을 채워 넣었다. 잠시 후 마른하늘 속으로 쏴아, 하는 소리가 울려 퍼지더니 콩 볶는 소리가 하늘과 바다에서 진동했다. 새알만한 조란탄 5백여 개가 여러 대의 화포에서 동시에 뿜어져 나가며 내는 소리였다. 적의 선단 위로 무수한 철탄이 우박처럼 쏟아졌다.

적의 선단은 궤멸되어 가고 있었다. 거대한 학의 날갯짓에 이리저리 뒤채여 바다 위를 표류하고 있었다.

"적의 선단으로 바짝 다가가라! 학의 날개를 더욱 조여라!"

격군장이 두드리는 북소리는 다급해졌고 격군들이 젓는 노도 더욱 힘차게 물살을 갈랐다.

허물어져 가는 적의 선단이 내 두 눈으로 선명하게 들어왔다. 70여 척의 적선 중 이미 40여 척 이상이 물속으로 가라앉았다.

3층 누각으로 되어 있는 적의 대장선도 반쯤 물속에 잠겨 있었다. 그 주위를 열너덧 척의 군선이 에워싸며 호위하고 있었다.

"저 속에 적장이 있다! 화살을 날려라!"

군관 송여종이 장대 아래에서 소리쳤다. 나는 침착하게 화살 한 대를 겨누었다. 갑옷을 입고 있는 적장의 몸엔 이미 화살 한 대가 꽂혀 있었다. 적들은 대장을 구하기 위해 안간힘을 쓰고 있었다. 적장의 얼굴이 고통과 분노로 일그러져 있었다. 나는 그 일그러진 얼굴을 향해 화살을 겨누었다.

"죽어가는 적의 표정 하나까지 똑똑히 봐두어라!"

나는 아버지가 우리에게 이른 말을 떠올리며 조용히 시위를 당겼다. 화살은 적장의 얼굴을 벗어나 그의 한쪽 어깨에 날아가 꽂혔다. 적장의 얼굴이 한 번 더 일그러지며 허리가 꺾였다. 그런 적장을 둘러업고 적들은 대장선에서 내려 조그마한 군선으로 옮겨 탔다. 노가 유난히 많이 달린 날렵한 배였다.

"적장이 달아난다! 잡아라!"

그때 송여종 군관의 목소리가 다급하게 터져 나왔다. 사수들은 송 군관이 가리키는 곳을 향해 무더기로 화살을 날렸다. 그러나 적들은 안간힘을 다해 조총을 쏘며 노를 저어나갔다. 그 바람에 대장선에서 활을 쏘던 조선 사수 몇 명이 꼬꾸라졌다.

그날 우리 수군의 포위망을 벗어난 적은 겨우 그 대장선을 호위하던 14척의 작은 군선뿐이었다. 녀석들은 부리나케 노를 저으며 김해 쪽으로 달아났다. 적장은 죽지 않았다. 내가 쏜 화살을 한쪽 어깨에 꽂은 채 핏물이 벌겋게 번진 바다 위를 쏜살처럼 달아났다.

이제 한산도 앞바다에는 20여 척의 적선만이 남아 있었다. 모두 불타거나 부서져 전투력을 상실한 군선들이었다.

"마지막까지 한 명도 남기지 말고 박멸하라!"

아버지의 목에서 쉰 소리가 났다. 이미 여덟 시간이 넘게 계속되는 전투였다.

조선 수군들은 사조구[8]를 던져 적선을 끌어당겼다. 그러고는 창과 칼로 살아남은 적들을 찌르거나 베었다. 적들은 목이 잘리며 노을보다 붉은 피를 바다 위로 쏟아냈다.

"으액…… 으액……."

둘째 형이 입을 틀어막고 구역질을 했다. 뱃멀미 때문인지, 죽은 적의 시체 때문인지 형은 얼마 전부터 계속 토악질을 해대고 있었다.

나는 군관 송여종에게 전해 받은 칼을 한손에 움켜쥐고 갑판 위에 버티고 서서 무처럼 잘려나가는 적들의 목을 지켜보고 있었다. 조선 수군들은 적의 목을 벤 뒤 머리통은 가마니 속에 집어넣고 몸통은 바다 위로 던져버렸다.

미륵도 너머로 여름 해가 기울고 선선한 저녁바람이 불어올 때쯤에야 바다는 조용해졌다. 끝까지 저항하던 20여 척의 적선들은 쓰레기더미로 변해 바다 위를 이리저리 부유하고 있었다. 겨우 살아남은 몇백 명의 적들은 피로 붉게 물든 바다를 헤엄쳐 한산도 기슭으로 기어 올라갔다.

"대오를 정비하라!"

전투 종료를 알리는 아버지의 명령이 떨어졌을 때 바다 위는 온통 깨진 적선과 시체들로 뒤덮여 있었다. 여러 가지 무기와 의복, 식량이 바다 위를 떠다니고 있어 노를 젓지 못할 지경이었다. 적선 73척 중 14척 만이 겨우 달아나고 나머지 59척은 쓰레기더미로 변해 물속으로 가라앉았다. 타다만 적선에서 연기가 피어올랐다.매큼한 재 냄새가 바람에 실려 허공을 떠돌았다. 불에 시커멓게 그슬린 적군의 얼굴이 나를 향해 두 눈을 빤히 뜨고 있었다.

날이 어두워지자 아버지는 선단을 이끌고 견내량 안쪽 바다로 들어가 백여 척의 군선을 굴비두름처럼 잇대어 정박시켰다. 조선 군선은 단 한 척도 깨지거나 부서지지 않았다. 다만 열 명이 넘는 사망자와 백여 명에 가까운 부상자가 생겼을 뿐이었다.

싸움에 지친 군사들은 갑판에 주저앉아 주먹밥으로 허기진 배를 채웠다. 샛노란 저녁달이 가뭇한 수평선 위로 떠올랐다. 전라 좌수영에서부터 따라온 갈매기 떼가 승전을 축하하듯 찢어진 돛 위를 맴돌며 박수를 치고 있었다.

그날 밤, 광양 현감 어영담이 사로잡은 적의 군관 한 명을 끌고 우리 대장선으로 올라왔다. 군관 송여종은 그들을 상갑판에 대기시켜 놓고 아버지한테 보고했다. 잠시 후 아버지가 상갑판으로 나왔다. 아버지 옆에는 일본말을 통역할 군관 한 명이 따라붙었다. 사로잡힌 일본 군관은 마룻바닥에 꿇어앉아 있었다.

"이름이 무어냐?"

아버지가 물었다.

"야마다 소코라고 합니다."

통역 군관이 일본말을 되받아 대답했다.

"네 상관은 누구냐?"

일본 군관의 얼굴이 치켜들려 졌다. 둘째 형 또래의 나이로 보였다. 파란 이마 위로 한 줄기 핏물이 흐르고 있었다.

"이번 해전을 지휘한 와키사카 야스하루 장군입니다. 저는 그의 군관으로 전투에 임하다가 이렇게 사로잡히게 되었습니다. 어서 제 목을 베어주십시오."

"네 상관은 김해로 도망쳤다. 그는 어떤 자인가?"

"장군님께서는 원래 수군이 아니었습니다. 육군이었습니다. 육군의 선봉장으로 눈부신 전과를 올리셨습니다. 특히 용인 전투에서는 단 이천 명의 군사로 육만 명이 넘는 조선군을 무찔렀습니다. 그래서 토요토미 히데요시 관백님께서 특별 명령을 내리셨습니다. 조선 수군에게 연전연패하는 일본 수군의 지휘를 맡아 조선 수군 장수 이순신을 없애고 단숨에 전라 좌수영을 집어삼켜라. 그 기세로 서해를 거슬러 올라 한강으로 돌진하라. 그래서 관백님께서는 일본에서 새로 건조한 군선 삼백 척을 보내주시며 특별히 격려까지 해주셨습니다. 이번 해전에 동원된 73척의 군선은 그중 일부였습니다."

"나머지 군선은 어디 있느냐?"

"말할 수 없습니다. 어서 제 목을 베어주십시오."

"그럼 너도 수군이 아니었겠구나. 육군이었느냐?"

"그렇습니다. 용인 전투가 끝나고 대장님을 따라 김해로 내려왔습니다."

"네 대장이 도망친 그곳으로 보내주랴? 살아 돌아가고 싶으냐?"

"이미 장군님을 보호하지 못한 몸입니다. 다시 살아 돌아간다면 제겐 치욕일 따름입니다."

"나이가 몇이냐?"

"스물한 살입니다."

"집에는 누가 있느냐?"

"부모님과 누이동생이 있습니다. 농사를 짓고 계십니다."

"정말 살아 돌아갈 마음이 없느냐?"

"……부디 제 목을 베어주십시오."

이마가 파란 일본군 군관은 애걸이라도 하듯 아버지를 올려다보았다. 아버지의 입에서 한숨이 새어나왔다.

"조선 수군에 남아 일할 생각은 없느냐?"

"……저는 오로지 일본을 위해 목숨을 바칠 뿐입니다."

아버지의 얼굴에 환한 달빛이 차올랐다.

"……소원대로 해주어라!"

군관 송여종이 일본군 포로를 갑판 구석으로 데리고 갔다. 번쩍, 하며 칼날이 달빛을 갈랐다. 툭, 하고 머리가 굴렀다. 수졸 두 명이 시체를 들어 바다 위로 집어던졌다. 첨벙, 하는 물소리와 함께 물빛이 번쩍거렸다. 남은 머리통은 가마니 속에 집어넣었다.

아버지는 큰 기침을 남기고 선실로 내려갔다. 상갑판 위에는 광양 현감 어영담과 군관 송여종, 그리고 우리 두 형제가 멍하니 달빛을 받으며 서 있었다. 나는 뚜벅뚜벅 마룻바닥을 걸어 현감한테로 다가갔다.

"저, 이면이라고 합니다."

"이열이라고 합니다."

둘째 형도 내 곁으로 다가와 인사를 올렸다.

"참으로 장하십니다. 위험을 무릅쓰고 이런 전장에까지 따라나섰으니……."

현감의 얼굴엔 땀과 화약 연기가 소금에 절어 시커먼 땟물로 흘러내리고 있었다. 쉰을 훌쩍 넘긴 나이였다.

"신세 많이 지고 있습니다. 마당가에 핀 해당화가 얼마나 곱던지……."

나는 그 말을 하면서 담비 아가씨를 떠올렸다.

"아, 지금쯤…… 그렇겠군요. 오랫동안 집에 가보지 못했습니다."

늙은 수령의 얼굴 위로 한 줄기 달빛이 내려앉았다. 그는 때묻은 갑옷 소매로 눈가를 훔쳤다.

"전 그럼 제 군선으로 돌아가 보겠습니다. 다음에 또 뵙지요."

그는 지친 몸을 이끌고 계단을 내려갔다. 뒤뚱거리며 내려가는 그의 등에다 대고 송 군관이 소리쳤다.

"이것 가지고 가서야지요!"

송 군관이 손에 들고 있는 것은 조금 전에 베어진 일본군 군관의 머리통이었다.

"그냥 두시지요. 받은 것으로 하겠습니다."

일렁이는 배 위에서 마주보고 서 있는 두 사람의 머리 위로 샛노란 보름달이 떠오르고 있었다.

다음날은 동풍이 크게 불었다. 안골포[9]에 왜선 40여 척이 정박해 있다는 탐망선의 보고를 받고서도 선단은 출동할 수 없었다. 대단한 바람이었다.

다음날 새벽에 선단은 출동했다. 백여 척의 군선은 장사진으로 이동하다가 안골포 앞바다에서 학익진으로 진을 바꾸었다.

안골포 선착장에는 일본군의 대선 21척, 중선 15척, 소선 6척이 정박해 있었다. 그 중에 3층짜리 대선 한 척과 2층짜리 대선 두 척이 바다 위에 떠 있었고, 나머지 군선들은 물고기 비늘처럼 줄을 지어 선착장에 정박해 있었다.

우리 군선들이 여러 차례 드나들며 유인해 내려고 했지만 적들은 군선을 매어둔 채 좀처럼 따라 나오지 않았다. 그들의 선봉선단 73척이 이미 한산도 앞바다에서 대패했기 때문에 싸움을 피하려는 수작이었다.

하는 수없이 아버지는 여러 장수들에게 명령을 내려 서로 교대로 드나들며 각종 화포와 화살을 쏘게 했다. 그러자 얼마 안 있어 3층짜리 대선 한 척과 2층짜리 대선 두 척이 불길에 휩싸여 허물어졌고, 군선에 타고 있던 적들은 거의 죽거나 부상을 당했다.

적들은 죽은 자들을 하나하나 끌어내어 작은 군선에 실어 나갔다. 남은 적들은 군선을 버리고 울면서 뭍으로 도망쳤다.

우리 수군은 하루 종일 교대로 드나들며 각종 화포와 불화살을 날렸다. 결국 선착장에 정박해 있던 적선 40여 척을 모조리 불태워버렸다.

그날 밤 우리 선단은 안골포 앞바다에 닻을 내리고 고단한 몸을 쉬었다. 그런데 밤이 깊어지자 웬 협선 한 척이 횃불을 밝히고 군선 사이를 헤집고 다니기 시작했다. 나중에 알고 보니 그것은 경상 우수사 원균이 보낸 군선이었다. 군선에는 작두가 실려 있었다. 두 명의 군관이 죽은 왜적의 시체를 시커먼 어둠 속에서 갈고리로 건져 올려 목을 자르고 있었다. 나는 아버지의 서릿발 같은 목소리를 떠올렸다.

"똑똑히 들어라! 전공을 올리려는 생각으로 서로 다투어 적의 머리를 자르려 하다가는 도리어 해를 입고 죽거나 다치는 예가 많다. 이미 적을 죽였다면 비록 머리를 자르지 않는다고 해도 전공을 평가 받는 데는 조금도 문제될 것이 없다. 거듭 말하거니와 나는 적의 목을 베지 않더라도 죽을힘을 다하여 힘껏 싸운 자에게는 으뜸의 공로를 부여하겠다!"

치열한 전투가 벌어질 때만 해도 뒤에서 바라보기만 하다가, 적선이 깨지고 나면 그제야 벌떼처럼 달려들어 적의 목을 잘라 가는 것이 원균의 군사들이었다. 그것으로도 모자라 칠흑 같은 바다를 헤집고 다니며 둥둥 떠다니는 적의 시체를 건져 올려 작두로 목을 자르는 그들을 바라보며 갑판 위의 수졸들은 퉤퉤, 침을 뱉었다.

7월 6일 전라 좌수영을 떠난 우리 수군은 그달 13일에 귀항했다. 7박 8일 간의 출동이었다. 이번 출동에서 우리 수군은 적선백여 척을 깨부수거나 불태워버렸고, 헤아릴 수 없이 많은 적들을 무찔렀다.

한산도 앞바다 해전에는 만여 명의 적군이 투입되었는데, 살아 돌아간 자는 천여 명도 채 되지 않을 거라고들 했다. 대단한 성과였다. 이에 비하면 우리 수군의 피해는 아주 미미한 것이었다. 적의 조총에 맞아 죽은 군사가 19명이었고, 부상을 입은 자가 116명이었다. 그리고 군선은 단 한 척도 잃지 않았다.

돌아오는 배 위에서 군관 송여종은 가마니를 열고 적의 머리통을 끄집어냈다. 썩어가는 적의 머리통은 수박처럼 갑판 위를 굴러다녔다. 송 군관은 머리통을 한 손으로 잡고 다른 한 손엔 단도를 들었다. 그러고는 무청을 잘라내듯 머리통의 왼쪽 귀를 잘라냈다. 도려내어진 수백 개의 귀는 소금에 절여져 궤짝 속에 쟁여졌다. 한쪽 귀가 떨어져 나간 적군의 머리통을 수졸들이 바다 위로 내던졌다.

눈부시게 푸른 바다 위를 되돌아오는 선단의 갑판 위에서 군사들은 저마다 적선으로부터 노획한 진귀한 물건들을 자랑하며 흥에 겨워했다. 그리고 노를 젓는 격군들의 어깨는 끊임없이 울려 퍼지는 북소리에도 지칠 줄을 몰랐다.

나와 둘째 형은 상갑판에 주저앉아 푸른 물결 너머로 멀어져 가는 남도의 산봉우리를 바라보고 있었다. 피난 나온 경상도 바닷가 백성들이 산등성이마다 움막을 치고 있다가 연안을 항해하는 우리 선단을 발견하고는 손을 흔들어주었다. 그들의 흰 옷자락이 내 시야를 파고들자 눈이 부셨다. 나도 모르게 눈물이 흘러내렸다.

"……면아, 넌 이번 싸움에서 왜적 놈들 몇이나 쏘아 맞혔니?"

옆에서 발을 뻗고 앉아 있던 둘째 형이 힘없이 물었다.

"……그건 왜? 그러는 형은 몇이나 쏘아 맞혔어?"

"……난 꽝이야. 가슴이 떨려서…… 난 아무래도……."

둘째 형은 시무룩한 표정으로 하늘을 올려다보았다.

"이런 전쟁은 싫어. 사람이 사람을 죽인다는 것은 아무래도……."

둘째 형은 말을 얼버무리며 갑판 위로 벌렁 드러누웠다. 나는 격군들의 노에 끊임없이 부서지는 파도를 바라보고 있었다. 파도는 노와 뱃전에 산산이 부서지면서도 쉼 없이 달려들기를 되풀이하고 있었다. 그 끊임없는 반복 속으로 여름 햇살이 내려앉았고, 한 무리의 돌고래 떼가 어디론가 힘차게 헤엄쳐가고 있었다. 녀석들은 선단과 경주라도 하듯 수면 위로 몸을 날리며 질주했다.

"다음 출동에서는 적장의 심장을 쏘아 맞힐 거야!"

나는 불현듯 그렇게 소리쳤다.

"역시 너는 달라! 아버님을 닮았어."

습기를 잔뜩 머금은 뭉게구름이 우리들 머리 위에서 갖은 조화를 부리고 있었다.

학익진

[1]현재의 경상남도 거제시 사등면 덕호리와 통영시 용남면 장평리 사이의 좁은 해협. 길이는 약 3km, 폭은 약 180m에서 400m까지임. 임진왜란 때 한산 해전의 주요 배경이 되었음.

[2]군졸들이 떠들지 못하도록 입에 물리는 나무 막대기.

[3]싸움터에서 대장이 부하 장수를 부를 때 사용하던 기.

[4]현재의 경상남도 통영시 산양읍과 도남동, 봉평동, 미수동을 포함하는 섬.

[5]싸움터에서 공격 신호로 쓰던 불화살.

[6]천자총통을 이용하여 발사하는 어른 키만 한 포. 무게 30kg, 사정거리 600m. 적선을 부술 때 사용.

[7]새알 모양으로 만든 철탄. 천자총통으로 발사할 경우 한꺼번에 500개의 철탄이 발사된다고 함.

[8]적의 배를 끌어당길 때 사용하는 무기. 네 개의 갈고리가 달려 있음.

[9]현재의 경남 진해시 안골동.

고열

출동을 나간 사이에 계절이 바뀌어 있었다. 하얀 이슬이 내린다는 백로가 며칠 앞으로 성큼 다가왔다. 가을이 시작되고 있었다. 한낮이면 매미소리가 요란하다가도, 저녁이면 못가를 서성거리는 물새 떼의 깃털을 흔들며 소슬바람이 불어오곤 했다.

큰형과 나는 못가 방죽을 걷고 있었다. 밤 물안개가 달빛을 받아 연기처럼 자오록이 피어오르고 있었다.

"아버님께서 무사하시다니 다행이구나. 내일 수영으로 달려가 아버님을 뵈어야겠어."

큰형이 말했다.

"그런데 둘째가 걱정이구나."

둘째 형은 출동에서 돌아온 뒤로 병이 났다. 온몸이 불덩이처럼 달아올랐고 무시로 식은땀을 쏟아냈다. 그러다가 겨우 잠이 들면 금세 헛소리를 하며 두 눈을 부릅떴다.

"아, 저 해골의 두 눈! 이빨! 아, 저 번쩍이는 칼날……."

둘째 형은 꿈속에서도 거친 전장을 헤매고 다니는 모양이었다. 둘째 형이 식은땀을 흘리며 잠꼬대를 할 때마다 할머니는 헌 옷가지에 물을 적셔 형의 펄펄 끓는 이마를 닦아주곤 했다.

못가 버드나무 위로 초롱초롱 별이 떠올랐다.

"다음 출동 때는 우리 둘이서 가자꾸나. 둘째는 아무래도 안 되겠어."

"그래야 되겠어요."

집으로 돌아오는 길에 담비 아가씨가 거처하는 아래채를 바라보니 방안에 웬 촛불이 환하게 켜져 있었다. 그리고 방문 가득 검은 그림자가 어른거리고 있었다.

"아가씨께서 밤마다 불공을 드린다는구나. 부처님께 백팔 배를 올리며 현감 어른의 무사안녕을 빈다더구나."

큰형이 걸음을 멈추었다.

"면아?"

"예, 큰형님."

"담비 아가씨께서 다니시는 절이 있다고 하더라. 아가씨한테 길 좀 물어서 그 절에 좀 다녀오렴. 둘째가 걱정이 되는구나."

"알겠습니다, 큰형님."

방문 가득 묻어나는 담비 아가씨의 그림자는 꽃잎에 내려앉는 한 마리의 나비처럼 가벼워 보였다.

"어서 들어가자꾸나."

나는 큰형님을 따라 마당을 가로질렀다. 해당화 무리지어 피어 있던 마당가 한쪽으로 무궁화 꽃이 말없이 달빛을 맞고 있었다.

다음날 큰형이 수영으로 떠나고 나자 나는 담비 아가씨를 따라 집을 나섰다. 담비 아가씨는 마을을 다 벗어날 동안 저만치 앞에서 사슴처럼 총총 뛰다시피 걸어갔다. 나는 담비 아가씨가 선녀처럼 여겨졌다. 부처님을 찾아가 둘째 형의 완쾌를 위해 불공을 드리고 싶다는 내 청을 담비 아가씨는 기꺼이 들어주었다.

숲 속으로 들어서자 무릉도원이 따로 없었다. 상큼한 공기와 시원한 바람. 부드러운 햇살과 정겨운 새소리. 그리고 담비 아가씨와 나.

"여긴 조선 땅이 아닌 것 같군요. 마치 무릉도원에 온 것 같아요."

나는 저만치 앞서가는 담비 아가씨의 등에다 대고 무작정 입을 열었다. 담비 아가씨는 아무 말없이 서너 걸음 걷다가 이윽고 천천히 고개를 돌렸다.

"정말 좋지요? 내처 걷던 길인걸요."

살포시 웃는 담비 아가씨의 얼굴 위로 떡갈나무 잎에 물든 초록 햇살이 살며시 내려앉았다.

"부처님 찾아뵙는 길은 늘 이처럼 아름답답니다."

담비 아가씨는 부처님 얘기를 하면서 애써 웃음을 감추지 않았다. 나는 어젯밤, 방문 창호지에 스며든 그녀의 그림자를 떠올렸다. 나풀거리는 촛불 앞에서 백팔 배를 올리던 그녀의 모습은 마치 한 폭의 그림 같았다. 하지만 나는 입을 열지는 않았다.

절은 집에서 반나절 거리에 있었다. 법당 한 채와 요사채 한 채만이 고즈넉한 숲 속에 안겨 있는 아담한 절이었다. 법당 추녀 끝에서 풍경이 울고 있었다.

"부처님 전에 삼 배를 올리시고 편히 앉으시어 소원을 빌어보세요. 전 요사채로 건너가 주지 스님을 뵙고 있을게요."

담비 아가씨는 부처님 앞에 선 채 합장하고는 걸음을 옮겨 놓았다.

나는 법당으로 들어가 부처님 앞에 홀로 섰다. 부처님은 뭐가 그리 좋은지 사뭇 웃고만 있었다.

'불가에서는 살생을 금한다고 하지요? 제가 듣기로는 저 섬나라 왜적들은 모두 부처님을 섬긴다고 했습니다. 그런데 이웃나라 조선을 쳐들어와 죄 없는 백성들을 짐승 죽이듯 하는 것은 어찌된 까닭입니까? 저들이 타고 온 군선엔 번쩍거리는 금불상과 금물로 쓴 불경도 있었습니다. 그런데 저들은 부처님을 섬기면서도 망나니 보다 못한 짓들을 하고 있으니 어찌된 일입니까? 그리고 짐승만도 못한 저들의 목을 베는 우리는 어떻게 되는 겁니까? 이것도 살생인지요? 오로지 살아남기 위해 적을 죽이는 것도 살생인지요?'

나는 둘째 형의 완쾌를 위해 불공을 드리려고 부처님 앞에 앉아 있었지만, 꼬리에 꼬리를 물고 일어나는 온갖 상념에 머리가 지끈거렸다.

돌아오는 길에 나는 담비 아가씨에게 그 답을 물어보았다.

"부처님께서 평생 동안 하신 말씀을 한 마디로 표현한다면 어떤 것이 될까요? 저희 집안은 대대로 유교를 익혔습니다. 아가씨께서는 불교에 조예가 깊은 듯하니 여쭤보는 겁니다."

담비 아가씨는 뜻밖의 질문에 잠시 걸음을 멈추었다가, 이내 산 아래쪽으로 걸음을 옮겨 놓았다.

"……자비가 아닐까요? 남을 불쌍히 여기는 마음을 자비라고 하지요."

담비 아가씨는 초록 햇살을 온몸으로 받으며 숲길을 걷고 있었다.

"사랑이라 해도 되겠지요. 남을 사랑하게 되면 남을 불쌍히 여기는 마음이 생겨나고…… 그러면 또 지금의 자신보다 좀 더 나아지고 싶어지고……."

담비 아가씨의 목소리는 바위에 떨어지는 물방울처럼 맑고 깨

118

끗했다. 바위에 깨어져 흩어진 물이 어디론가 다시 흘러가듯, 담비 아가씨의 목소리는 허공 어딘가에 남아 울림을 이어가는 듯했다.

"우리가 살아가는 이 세상도 우리들 모습에 따라 변하지 않겠어요? 나아지거나 나빠지거나……."

나는 담비 아가씨의 목소리가 선녀의 목소리는 아닐까, 하고 여겨졌다. 지상에서는 좀처럼 들어볼 수 없는 천상의 목소리.

"자비는 굉장한 힘을 발휘하지요. 세상을 측은하게 여기는 마음을 일으켜 우리 모두를 좋은 쪽으로 이끌고 간답니다."

"……그러니까 남을 사랑하고, 이웃을 사랑하고, 세상을 사랑하라는 말씀인가요?"

"……그게 부처님 마음 아닐까요?"

담비 아가씨는 아름드리 떡갈나무 사이를 사슴처럼 가벼이 걸어 내려갔다. 나는 조금 속이 상했다. 담비 아가씨의 답변을 어떻게 이해해야 할까?

"……왜적들은 군선에 불상을 모시고 다니면서 남의 나라 백성들을 무자비하게 죽이고 있습니다. 그런 왜적에게까지 부처님의 마음으로 자비를 베풀어야 할까요?"

담비 아가씨는 대답하지 않았다. 부처님께서도 해주지 않던 대답이었다. 나는 말없이 산길을 내려왔다.

"……그래야 하지 않을까요? 그것이 대자대비하신 부처님 마음일 거예요."

산을 다 내려 왔을 즈음, 담비 아가씨는 그 말을 남기고 빠른 걸음으로 마을을 들어섰다.

'……적에게까지 자비를 베풀어라! 저 왜적 놈들한테까지 자비를 베풀어라!…….'

나는 집에 도착할 때까지 그렇게 속으로 중얼거렸지만, 내 입과 마음은 좀처럼 합일을 이루지 못하고 있었다. 오히려 분한 마음에 부르르 온몸이 떨릴 뿐이었다.

둘째 형이 겨우 몸을 추스른 것은 며칠이 지난 뒤였다. 둘째 형의 얼굴은 중병을 앓고 난 사람처럼 반쪽이 되어 있었다. 팔다리도 늙은이처럼 후들거렸다.

"면아, 고마워. 나를 위해 부처님께 찾아가 불공까지 드렸다니……."

나는 형이 측은해 보였다. 내 마음속에도 부처님의 자비가 있어서일까.

"형, 생각나? 아산 해암에서 배 타고 좌수영으로 피난 내려올 때 선유도 근처에서 비바람을 만났던 일 말이야. 그때 형은 근사한 뱃사람이었어. 우리 식구 모두 뱃멀미로 뻗어버렸는데, 형만 멀쩡하게 갑판을 나다니며 식구들을 보살폈잖아. 그때 형이 얼마나 부러웠는지 몰라. 나는 언제쯤 저렇게 될까, 하고 말이야."

나는 둘째 형에게 무슨 말이든 하고 싶었다. 의기소침해 있는 형에게 조금이나마 위안이 된다면 없는 말이라도 만들어 내고 싶었다.

"군선 타고 좌수영 앞바다에서 훈련할 때는 좋았지. 하지만 막상…… 전장에 나가보니…… 가슴이 떨려 아무것도…….'

둘째 형은 낮은 산등성이 너머로 하늘과 맞닿아 있는 하얀 수평선을 바라보았다. 하늘과 바다는 창호지를 펼쳐 놓은 듯 고요하기만 했다.

"난 아무래도 무인은 될 수 없을 것 같아. 갑판 위에 데굴데굴 굴러다니던 왜적 놈들의 머리…… 이마에 총알을 맞고 꼬꾸라지던 우리 수졸들을 생각하면 지금도…….'

둘째 형은 고개를 숙이고는 무궁화 잎사귀를 만지작거렸다.

"지금도 눈만 감으면 화포소리가 천둥소리처럼 들려와. 난 아무래도 군선을 탈 수 없을 것 같아. 면아, 아버님께 면목이 없구나.'

둘째 형은 눈물까지 글썽거렸다.

"걱정하지 마. 내가 있잖아. 내가 형 몫까지 다해 왜적 놈들 혼내줄게.'

"고마워.'

우리 형제는 두 손을 꼭 잡은 채 저 멀리 수평선을 바라보고 있었다. 여름 내내 빈 마을을 지키고 있던 무궁화 꽃이, 산 너머로 기울어 가는 저녁 해를 아쉬운 듯 지켜보고 있었다. 피처럼 붉은 노을이 하늘과 바다가 맞닿은 곳에서부터 촉촉이 젖어오고 있었다. 형의 몸에선 아직 미열이 오르내리고 있었다.

담비 아가씨는 장독대 옆에 앉아 나물을 다듬고 있었다. 언제나 다소곳한 모습이었다.

"내일 수영으로 들어간답니다. 현감 어르신께 전할 것이 있으면 제게 주시지요."

크고 작은 장독대 위로 고추잠자리 떼가 어지럽게 날고 있었다. 가을이 무르익어 가고 있었다.

담비 아가씨는 다듬고 있던 산나물을 땅바닥에 내려놓고 방으로 들어갔다.

"……번거로우시겠지만 이것 좀 전해주세요."

방에서 나온 담비 아가씨는 무명 보자기에 곱게 싼 대나무 바구니를 내밀었다.

"어머님께서 생전에 즐겨 입어시던 치마저고리에요. 얼마나 그리웠으면……."

담비 아가씨의 눈시울이 무궁화 꽃잎처럼 붉어졌다.

"진중에 두시고 위안을 삼으시려나 봐요."

다시 땅바닥에 쪼그리고 앉아 나물을 다듬는 담비 아가씨의 등이 유난히 가늘어 보였다.

"제 옷가지도 보내라고 하기에 저고리 하나를 넣었어요. 할머님 저고리도 넣었고요."

담비 아가씨의 고개는 더 이상 들려지지 않았다. 나는 담비 아가씨의 저고리가 곱게 개켜져 있을 대나무 바구니를 품에 고이 안았다.

"부디 몸조심하거라."

할머니가 말했다.

"장군님 잘 모시고, 큰형 잘 모시고……. 늘 먼 곳에서 천지신명님께 기도하고 있을 네 어미와 할미를 잊지 말거라."

할머니는 자신의 셋째 아들인 아버지를 언제나 장군님이라고 불렀다. 할머니의 엄하고도 부드러운 눈빛이 아버지의 얼굴을 떠오르게 했다. 아버지는 틀림없는 할머니의 아들이었다. 할머니는 영락없는 아버지의 어머니였다. 모자는 그렇게 모든 면에서 닮아 있었다.

"……이거, 아버님 약이란다. 순천 고을에서 제일 용하다는 의원님께서 보내주신 약이다. 아침저녁으로 식후에 한 알씩 드시라고 해라."

어머니가 내게 내민 것은 두툼한 약봉지였다. 온백원이라는 환약이 들어있을 것이다. 오래 전부터 위장병을 앓아오고 있던 아버지는 꾸준히 온백원을 복용해 오고 있었다.

"그리고 이건……."

어머니는 비단 보자기 하나를 더 내밀었다. 그 속엔 큼지막한 대나무 궤짝이 들어 있었다.

"……밤에 주무실 때 입으실 옷이다. 워낙 땀을 많이 흘리시는 분이라……."

어머니는 채 말끝을 맺지 못하고 고개를 떨어뜨렸다. 어머니는 몇 날 며칠 밤을 지새우며 아버지의 잠옷을 지었을 것이었다. 선실에 홀로 누워 잠을 뒤척일 때면 아버지는 식은땀으로 바지저고리를 흥건히 적셔내곤 했다. 어머니는 일 년에도 몇 번씩 아버지의 바지저고리를 지어 보내곤 했다. 땀을 쉬이 흡수할 면으로 지은 잠옷이었다.

"그리고 이건 너희 두 형제가 신을 버선이란다. 부디 몸조심하거라."

어머니는 끝내 말끝을 흐리며 손가락으로 눈가를 찍어냈다.

"그래, 아버님 잘 모시고 출동 무사히 다녀와. 여기 걱정은 하지 말고. 내가 할머님, 어머님 잘 모시고 있을게."

어느새 둘째 형도 방안으로 들어와 내 등을 두드리고 있었다.

다음날 아침 나는 집을 나섰다. 동구 밖에 서서 오래도록 손을 흔들어 주는 둘째 형의 쓸쓸한 모습이 내 마음을 아프게 했다. 병색이 완연한 둘째 형 옆엔 무궁화나무 한 그루가 우두커니 서서 바람을 맞고 있었다.

추석

좌수영 앞바다엔 166척의 군선이 모여 있었다. 판옥선 74척, 협선 92척이었다. 지난 7월 13일, 3차 출동을 끝내고 귀항한 우리 수군들은 잠시 휴식을 취한 뒤 8월 1일 정오를 기해 좌수영 앞바다로 모여들었다. 전라 좌수영과 전라 우수영 수군이었다. 3차 출동 때보다 군선은 50여 척, 군사는 3천여 명이 늘었다.

경상도 바다로 세 번 나가 싸움을 한 뒤로 가덕도 서쪽으로는 왜적들의 흔적이 끊어졌다. 하지만 팔도에 가득 차 있던 적들이 남쪽으로 잇달아 후퇴하고 있는 탓에 우리 수군은 한시도 마음을 놓을 수 없었다. 장차 적들이 도망가는 때를 타서 총 공격을 하기 위해 아버지는 전라도 수군을 한곳에 모아 좌수영 앞바다에 대기시켜 놓고 있었다.

소와 말에 바리 짐을 가득 싣고 후퇴하면서도 적들은 우리 백성들에게 풍악을 울리며 뒤따르게 한다고 했다. 이 말을 전해들은 우리 수군들은 너나 할 것 없이 빠드득 빠드득 이를 갈았다. 지난 봄, 적들이 첫발을 디딘 곳은 부산포였다. 적들이 짐을 싣고 돌아갈 곳도 그곳일 것이다. 우리 수군은 그곳에서 단 한 척의 적선도 돌려보내지 않을 것이었다.

수군들의 사기는 하늘을 찌르고도 남았다. 군선 위에 나부끼는 깃발은 약이 오를 대로 올라 있었다. 지난 세 차례의 출동에서 우리 수군은 일방적으로 적선을 깨부수었다. 죽어나간 적의 수는 세어보지 않아 셈조차 할 수 없었다. 이제 적들은 우리 군선만 보면 도망가기에 바빴고, 아버지의 이름 석 자는 조선에서뿐만 아니라 일본과 명나라에까지 두루 알려지게 되었다.

그런 어느 날 아버지가 나를 불렀다. 나는 금이를 따라 아버지의 숙소로 갔다.

아버지는 어머니가 지은 바지저고리를 입고 있었다. 오랜만에 대하는 아버지의 소탈한 모습에 나는 다소 긴장이 풀렸다. 늘 갑옷을 입은 채 벽에 걸린 긴 칼 앞에 앉아 있던 아버지의 모습만 봐오던 터여서 나는 내 눈을 의심하기까지 했다.

"……그래, 다음 출동에 또 나가겠느냐?"

책상다리를 하고 앉아 있는 아버지의 무릎 앞에 인절미 접시가 놓여 있었다. 아버지는 손으로 샛노란 콩고물이 묻은 인절미를 집어 입속으로 후딱 밀어 넣었다. 그러고는 접시를 내 쪽으로 밀어놓았다.

"햇곡식으로 빚은 떡이니라. 먹어 보아라. 추석이 머잖았으니······."

아버지는 입술 훔친 손을 툭툭 틀며 나를 바라보았다. 진해루나 선상에서 갑옷을 입고 있던 아버지의 모습은 아니었다. 전장에서 얼음장 같은 명령을 내리던 아버지는 더더욱 아니었다. 갑옷 대신 하얀 바지저고리를 입고 내 앞에 앉아 있는 아버지는 오롯이 나만의 남자, 나만의 보호자처럼 느껴졌다.

"네, 아버지. 나가겠습니다. 기필코······."

입 밖으로 콩고물이 튀었다.

"천천히 먹거라. 체할라······."

금이가 찬물 그릇을 내밀었다. 찬물은 꿀물처럼 다디달았다.

금이가 접시와 찬물 그릇을 들고 방을 나가자 아버지가 내 앞으로 다가앉았다. 아버지의 몸에서 비린내가 났다. 피 냄새 같기도 했고 시퍼런 칼날에서 풍겨 나오는 쇠 비린내 같기도 했다. 어쩌면 그것은 살아있는 날것들이 가지고 있는 그런 냄새인지도 몰랐다. 심지어 빗물이나 바닷물에서도 비릿한 날 냄새는 풍겨 나오곤 했었다.

"내 너를 부른 것은······."

아버지의 시선이 나를 아래로부터 위로 훑어 올렸다. 온몸의 피가 빨려 올라가는 듯했다.

"지난날 송 군관이 어깨살을 후비며 총알을 빼낼 때 내 너를 부른 것도……."

아버지의 숨이 가빠졌다. 아버지의 말이 자주 끊겼다.

"곁에 너를 두고 싶었기 때문이니라. 내 너를……."

아버지의 두 팔이 허공으로 치켜들려 졌다.

"내 너를…… 내 너를 품에 안아 보고 싶었기 때문이니라."

아버지가 나를 안았다.

나는 아버지의 품안에 안겨 있었다.

아버지는 함경도 변병에 오래 머물러 있었다. 할아버지는 눈을 감으면서 아버지를 보고 싶어 했지만, 아버지가 돌아온 것은 할아버지가 눈을 감은지 보름이 지난 뒤였다.

아버지는 할아버지의 빈소에 엎드려 오래도록 울었다. 그때 나는 처음으로 아버지의 우는 모습을 보았다. 아버지의 울음소리에서도 비린내가 났다. 북쪽 변방 산기슭에 소복소복 쌓이던 함박눈에서 나던 냄새일지도 몰랐다. 어쩌면 밤마다 눈보라 속에서 쩡쩡 울던 두만강 얼음장에서 풍겨나던 그런 냄새일지도 몰랐다.

한참을 울고 난 아버지는 어머니가 내민 찬물 한 사발을 들이키더니 옆에 서 있던 우리 삼 형제를 둘러보았다. 그러고는 나를 덥석 끌어안았다. 아버지는 또 한참을 울었다.

나는 그때 아버지의 차림새를 보고는 나도 모르게 울컥 눈물이 솟구쳤다. 아버지는 군복을 입고 칼을 찬 무인이 아니라, 삼베옷에 짚신을 신고 칼 대신 대나무 지팡이를 든 상주였던 것이다. 머리에 띠까지 두른 아버지는 한없이 가엾어 보였다. 나는 아버지의 품에 안겨 흐느껴 울었다. 눈물과 콧물이 내 차가운 입술 사이로 스며들었다. 비릿한 비린내가 났다. 아버지의 모습을 슬퍼하는 내 울음 속에도 삶의 비린내는 도사리고 있었다.

"……살아남아야 한다."

아버지가 말했다.

"모진 세월이긴 하지만…… 살아남아야 한다."

아버지가 내 몸에서 두 팔을 떼어냈다.

허전했다. 나는 다시 혼자가 되었다. 나는 두 팔로 방바닥을 짚고 아버지의 품으로부터 멀리 떨어져 앉았다.

"적들은 쉬이 물러가지 않을 것이다. 놈들은 경상도 연안에 진을 치고 몇 년씩이고 눌러앉아 기회를 엿볼 것이다. 지루한 싸움이 될 게야……."

하얀 바지저고리를 입고 앉아 있는 아버지의 모습이 한없이 쓸쓸해 보였다. 지난날 할아버지의 빈소에서 본 아버지의 모습처럼 가엾어 보였다.

"추석이 머잖았구나. ……그만 나가보거라."

아버지의 숙소를 나서자 선착장의 수많은 군선 위로 하얀 반달이 떠오르고 있었다. 나도 모르게 눈시울이 뜨거워졌다.

  추석날 군사들은 술 2백 동이와 돼지 2백 마리, 소 열 마리를 먹고는 취해서 더러는 노래를 부르기도 했고, 더러는 보름달을 바라보며 한숨짓다가 울기도 했다.

  큰형과 나는 수영 뒷산 봉수대 아래에서 군관 송여종을 기다리고 있었다. 큰형은 산을 오르기 전에 소주 한 병과 소고기 육회 한 접시를 챙겨들었다.

  "면아, 나대용 군관을 만나본 적 있니?"

  큰형이 물었다. 나대용 군관이라면 거북선을 만들 때 아버지랑 머리를 맞대고 궁리에 궁리를 거듭하였다던 그 군관 아닌가. 머리가 비상하고 성격이 차분한 무인이라는 것만 알고 있었다.

  "형과는 허물없이 지내는 사이란다. 물론 송 군관과도 친하지. 그래서 송 군관더러 함께 오라고 해두었다."

  큰형은 봉수대 근무를 하고 있는 수졸 한 명을 불러 주머니에 넣어온 송편 몇 편을 건네주었다. 수졸은 한손엔 창을, 한손엔 송편을 들고 머리를 주억거리며 제 자리로 돌아갔다. 수평선 위로 붉게 떠오르던 한가위 보름달은 선착장 위로 솟아오르며 맑은 얼굴로 변해갔다.

  "저기 오는구나."

  훤한 산등성이 길을 두 사람의 무인이 걸어오고 있었다. 그들도 손에 무언가 들고 있었는데, 그것은 칼이나 활이 아니라 술병과 안주 꾸러미였다.

나는 군관 나대용과 처음으로 인사를 나누었다. 그는 손에 들고 있던 술병과 안주를 큰형에게 건네주고는 내 어깨를 가볍게 끌어안았다. 그의 동작은 차분했고 입은 무거워 보였다. 나는 그에게 가벼운 목례로 인사를 대신했다.

우리는 밤이슬 내리는 산자락에 엉덩이를 깔고 앉아 하늘 높이 솟아오르는 보름달을 지켜보고 있었다. 그리고 그 달빛에 머리를 뒤채는 검은 파도와, 이따금씩 소리를 지르며 서로의 알몸을 보듬는 숱한 군선들을 바라보며 독한 소주를 목구멍 너머로 흘려보냈다.

나는 술 대신 안주를 씹어 삼켰다. 육회와 천엽에서도 비린내는 났다. 간을 씹을 때는 비린내가 구수하게까지 느껴졌다.

"풍신수길[1]이 노리는 것이 우리 조선만이 아닌 것 같습니다."

달빛 아래 검은 표범처럼 앉아 있던 군관 송여종이 입을 열었다. 그의 목소리에서도 비린내는 났다.

"생긴 것은 쥐새끼나 원숭이 같다고 하지만 생각하는 것은 천하를 뒤엎고도 남을 만한 것 같습니다."

군관 송여종은 술을 한입에 틀어넣고는 손으로 육회를 집어 꾹꾹 씹어 삼켰다.

"그러게 말입니다. 그가 거처하는 오사카 성에는 천하포무[2]라고 적힌 깃발이 내걸려 있다지요. 그는 천하를 무력으로 평정해서 편안하게 다스리는 것이 꿈이라고는 하지만, 그것은 어디까지나 위장에 불과하고 그가 진정 노리는 것은 부라고 합니다. 천하의 무역선이 집결하는 명나라 영파[3]를 손에 넣어 천하의 이익을 독점하려는 것이 그의 진정한 속내인 것 같습니다."

군관 나대용은 조용조용 얘기하면서 저 멀리 선착장으로 물끄러미 시선을 던져두고 있었다. 달빛을 받은 그의 이목구비는 다소 창백해 보이기는 했지만 윤곽만은 뚜렷했다.

"저들의 최종 목적이 명나라인 것만은 틀림없는 것 같습니다. 명나라를 손에 넣어 수도인 북경에 지금의 왜국 천황을 옮겨 앉히고, 왜국은 풍신수길 자신이 마음대로 요리하려는 계획인 것 같습니다."

큰형도 입을 열었다. 큰형의 빈 잔에 술을 채우며 이번엔 송군관이 입을 열었다.

"그래서 조선을 병참기지로 삼으려는 거지요. 조선의 곡식과 백성으로 명나라와 전쟁을 치르고, 이 땅을 발판 삼아 명나라를 손에 넣으려는 수작입니다. 바닷길로 곧장 명나라를 쳐들어가기엔 위험하니 조선을 지름길로 삼으려는 거지요. 그 속내를 파악한 명나라가 가만있을 리 있겠습니까? 그래서 지원군을 파견한 겁니다. 명나라 입장에서 보면 조선 땅이 자신들의 울타리 아니겠습니까. 순망치한이라는 말이 있습니다."

송 군관은 연거푸 술잔을 비웠다. 그의 깡마른 체구는 달빛마저 싸늘하게 튕겨내고 있었다.

"저들이 지금 명나라 군사에게 밀려 남쪽으로 퇴각하고 있지만 절대 바다를 건너가지는 않을 겁니다. 바닷가에 성채를 쌓고 십 년이고 이십 년이고 버티면서 기회를 엿볼 겁니다. 그러면 최소한 조선 땅의 반이라도 차지할 수도 있다는 계산이 깔린 거지요."

큰형이 침을 튀기며 말했다. 큰형의 목소리는 고요한 밤하늘로 울려 퍼졌다.

"명나라와 왜국이 강화를 하는 날엔 우리 조선만 두 쪽으로 갈라지겠지요. 한강 이북은 명나라가 차지하고 한강 이남은 왜국이 차지하는 상상 못할 일이 벌어질 지도 모릅니다."

군관 나대용이 한숨을 내쉬었다.

"항간에는 이런 소문이 나돕니다. 왜적이 그냥은 물러가지 않을 거라고. 조선 땅에 출병한 장군들에게 보상을 해주기 위해서라도 우리 땅 일부분을 차지해서 그들에게 나눠줄 거라고들 합니다. 그 땅이 충청도, 전라도, 경상도, 삼도가 될지, 거기에 경기도, 강원도까지 더해 오도가 될지 모를 일이지요."

송 군관이 얼굴을 치켜들고 보름달을 올려다보았다. 달빛은 주저 없이 송 군관의 얼굴을 해말끔하게 씻어 주었다. 달빛에 취기어린 얼굴을 씻은 송 군관은 주머니에서 무엇인가 끄집어냈다.

"에잇, 이러다가 정말 나라가 두 쪽으로 갈라지고 말겠어요!"

송 군관이 푸념하며 손에 빼든 것은 다름이 아니라 퉁소였다.

"그냥 두 쪽으로 갈라지기나 하면 그래도 다행이지요. 이러다가 아예 나라가 없어지지는 않을지 누가 알겠습니까!"

군관 나대용이 말을 받는 사이 송 군관은 어느새 퉁소를 입에 물고 있었다.

송 군관이 부는 퉁소소리는 은은한 달빛을 타고 선착장으로 날아갔다. 끊어질듯 이어지는 애절한 곡조가 마치 풍전등화에 놓인 조선을 대변하는 것 같아 봉수대 아래 마주앉은 네 사람의 머리가 절로 숙여졌다.

봉수대 근무를 서고 있던 두 명의 수졸이 번갈아 가며 콧물을 훌쩍거렸다. 한가위 보름달은 조선 땅만 비춰주었으면 좋으련만, 우리들의 마음은 아랑곳없다는 듯 저 혼자서만 해맑은 미소를 지으며 어디론가 자꾸만 달아나고 있었다.

추석

주석

1 도요토미 히데요시.

2 天下抱武. 천하를 무로써 포용한다는 뜻으로 오다 노부나가가 제창한 것을 도요토미 히데요시가 그 유지를 이어 받아 천하를 무로써 통일하였음.

3 중국 절강성에 위치한 무역항. 특히 명나라 때는 조선, 일본, 동남아, 아라비아 등과의 무역 중심지로 번창했음.

부산포

8월 24일 신시[1]에 조선 수군은 네 번째 출동을 떠났다. 중위장 순천 부사 권준, 중부장 광양 현감 어영담, 전부장 방답 첨사 이순신, 후부장 흥양 현감 배흥립, 좌부장 낙안 군수 신호, 우부장 녹도 만호 정운, 좌측후장 보성 군수 김득광, 우측후장 사도 첨사 김완, 좌별도장 전 만호 윤사공, 우별도장 여도 권관 김인영, 거북선 돌격장 군관 이언량, 유군장 발포 만호 황정록, 한후장 군관 나대용, 참퇴장 군관 송여종…….

노량 뒷 바다 관음포[2]에 이르자 날이 저물었다. 166척의 군선은 관음포 앞바다에 닻을 내리고 늦은 저녁을 먹었다.

아버지는 자정 무렵에 잠든 군사들을 깨워 닻을 올렸다. 격군을 교대 시키고 다시 항해 깃발을 올렸다.

"전 군선은 출항하라!"

아버지의 명령에 따라 격군장의 북소리가 울려 퍼졌다. 격군들이 젓는 노가 지네발처럼 움직이며 일제히 물결을 휘저었다.

선단은 달빛 속을 미끄러져 가고 있었다. 이 열 종대로 장사진을 이룬 선단은 부드럽게 물결을 가르며 동쪽 바다를 향해 헤엄쳐 가고 있었다. 격군들을 지휘하는 격군장의 낮은 북소리와, 찰싹찰싹 수면을 때리는 수천 개의 노만이 훤한 달빛 속에서 살아 꿈틀거리고 있었다. 허공으로 울려 퍼지는 북소리와 바다를 때리는 노에서도 진한 비린내는 풍겨왔다.

앞선 군선의 고물과 뒤따르는 군선의 이물에서 물보라가 하얗게 일었다. 달빛 속 물보라는 이른 봄, 조팝나무 가지마다 조롱조롱 매달린 작은 꽃잎처럼 희고 눈부셨다. 갑판 가장자리마다 나무토막처럼 부동자세로 서 있는 탐망 수졸[3]들이 스멀스멀 안개로 변해 기어오르는 물보라에 속절없이 군복을 적시고 있었다. 나는 잠시 담비 아가씨를 떠올렸지만 애써 지워버렸다. 대신 옆에 서 있는 큰형을 바라보았다. 큰형은 빈 활을 어깨에 맨 채 물끄러미 수면으로 부서져 내리는 새벽 달빛을 바라보고 있었다.

큰형과 나는 이번에도 대장선을 탔다. 상갑판 위 장대에서는 아버지가 여러 군관들과 함께 선단을 지휘하고 있었고, 160여 명의 군사를 태운 대장선은 선단의 중간쯤에서 쉼 없이 파도를 밀어내며 전진하고 있었다.

선단이 사천 모사량포에 이르렀을 때 날이 샜다. 하지만 안개
가 자옥하여 지척을 분간하기조차 힘들었다.

"군선과 군선 사이를 벌려라! 속력을 늦추어라!"

아버지의 명령이 군선에서 군선으로 이어지고, 장대에서 비상
나팔 소리가 길게 이어졌다. 저시정 연안 항해[4]를 알리는 신호였
다. 각 군선의 갑판 위로 수졸들이 부지런히 뛰어다니고 있었다.
방포군이나 사수들이 제 위치를 벗어나 갑판 좌우현으로 비상
배치되고 있었다. 군선은 제 자리에 멈춰 있는 듯 천천히 미끄러
져 나아갔다. 격군장의 북소리도 조심스럽게 늘어졌다.

진시[5]가 되어서야 안개가 걷혔다. 여덟 시간을 줄곧 항해한 선
단은 삼천포 앞바다에 배를 대어 놓고 늦은 아침밥을 먹었다. 안
개가 걷혀나간 선단을 이번엔 마른 햇살이 재바르게 점령했다.
가을 햇살은 새벽 내내 긴장했던 수졸들의 어깨를 뽀송뽀송 말
려주었다.

햇살 속으로 부지런히 노를 저어 당포에 이르렀을 때, 길지 않
은 가을 해는 햇살을 널름 거두어 들였다. 어둠이 내리는 바다
위에서 경상 우수사 원균의 배가 기다리고 있었다. 우리 대장선
과 원 수사의 군선이 허리를 맞대고 바다 위에서 계류했다. 원
수사가 사다리를 밟고 우리 대장선으로 넘어왔다. 원 수사는 현
문[6]을 들어서면서 현문 당직 군관의 배를 칼자루로 쿡 쑤셨다.

대장선 돛대 옆에 수사 깃발[7]이 하나 더 내걸렸다.

　밤이 이슥해지자 비가 내렸다. 선단은 가을비를 맞으며 당포 앞바다에서 출동 두 번째 밤을 보냈다. 부산은 멀고도 먼 바닷길이었다.

　이튿날 우리 선단은 한산도 앞바다를 건너갔다. 지난 번 출동 때 치열한 해전을 치른 곳이었다. 적선 59척이 불타거나 깨어져 바다 속으로 가라앉았고, 9천 명에 가까운 왜적들이 물귀신이 된 곳이 이곳이었다. 싸움이 끝난 지 한 달하고도 이십 일이 지났지만 깨어진 적선의 잔해는 지금껏 바다 위를 원혼처럼 떠다니고 있었다.

　따가운 가을 햇살을 받으며 썩어가는 왜적의 시체가 이따금씩 뱃전으로 떠밀려 와서는 격군들이 젓는 노에 부딪쳐 뼈마디가 부서져 나갔다. 군복 속에 감춰져 있는 물 먹은 왜적의 시체에서도 비린내는 났다. 그들의 시체는 모두다 목이 잘려 있었다. 잘린 머리는 원 수사의 군사들이 소금에 절여 임금이 있는 곳으로 올려 보냈을 것이었다.

　"경상도 수군들에 의하면 그때 한산도로 도망친 왜적 사백 명이 모두 굶어죽었다고 하는데 믿을 수가 없습니다."

　군관 송여종이 큰형에게 말했다. 큰형은 지난번 전투에 참가하지 않은 탓인지 좀처럼 입을 열지 않았다. 대신 군관 나대용이 송 군관의 말을 받았다.

"저쪽에서는 그렇게들 얘기하지만, 들리는 소문에 의하면 놈들은 나무를 찍어내 뗏목을 만들어 타고 거제도로 모두 도망쳤다고 합니다. 저쪽에서 감시를 소홀히 해 독 안에 든 쥐를 놓쳐놓고는 이제 와서 얼토당토않게 둘러대는 거겠지요."

백여 척이 넘는 군선과 만 명에 가까운 군사들을 이끌고 있던 아버지는 전라 좌수영으로 돌아가는 길이 바쁜 탓에 경상 우수사 원균으로 하여금 한산도를 지키게 했다. 무인도인 한산도에 오른 왜적 4백여 명은 주변 바다만 잘 지키고 있어도 독 안에 든 쥐나 마찬가지였다. 열흘만 철저히 감시를 해도 녀석들은 모두 굶어죽고 말 것이었다. 그런데 그렇게 쉬운 감시조차 소홀히 해서 다 잡은 적을 살려주고는 이제 와서 그들이 모두 굶어죽었다고 억지를 부린다고 해도 어떻게 해볼 도리는 없을 것이었다. 굶어죽은 시체는 모두 태워버렸다고 하면 그만일 테니까.

"거제도 사람들이 한산도에서 뗏목을 타고 오는 왜적 수백 명을 봤다고 하는 걸 보면 원균은 그들을 살려 돌려보낸 것이 틀림없을 겁니다."

송 군관이 어금니를 깨물며 주먹을 말아 쥐었다.

"경상도 수군 만 명과 군선 백여 척을 싸움 한번 해보지 않고 모두 없애버리고, 이제 와서 전라도 수군 뒤나 따라다니며 죽은 왜적들 목이나 따는 사람이 무슨 놈의 장군입니까! 겁쟁이도 그런 겁쟁이는 없을 겁니다!"

군관 나대용도 거들고 나섰다.

"바닥에 구멍을 뚫어 백여 척이나 되는 군선을 모조리 바다에 가라앉히고, 군량과 무기가 산더미처럼 쌓여있는 수영에는 불을 질러 잿더미로 만들었다고 하잖아요. 그리고 기껏 군선 서너 척을 끌고는 남해 어딘가로 도망쳤다지요. 그 바람에 경상도 수군 만여 명이 모두 흩어져 버렸고요. 그런 위인이 수사라는 자리에 앉아 있으니……."

"원균이 잘 하는 건 술주정과 오입질밖에 없다고 하잖습니까!"

"또 하나 있지요."

"허허, 뭡니까?"

"아부, 하면 따라갈 자가 없다고 합니다. 임금님을 비롯해 조정 대신들 여럿과 끈끈한 줄을 대고 있다고 합니다."

"……우리 장군님께서 그런 자와 함께 전쟁을 치러야 하시니 얼마나 속이 답답하실까……."

"까짓 것, 군사도 없는 장군이 장군은 무슨 놈의 장군입니까. 기껏 군선 대여섯 척으로 졸졸 따라다니는 주제에. 그냥 무시해 버리면 그만이지."

"그래도 아직 수사는 수사 아닙니까. 경상 우수사…… 하하하하……."

"이번에도 분명 술 마시고 헛소리 하느라 경비를 소홀히 했을 것이 뻔합니다. 다 잡아 놓은 왜적 사백 명을 살려 돌려보냈으니, 저들은 왜국으로 돌아가면 원균을 위해 공덕비라도 세울지 모를 테지요."

"술도 술이지만 원균은 자존심이 상한 탓에 일부러 장군님 지시를 거역했을 수도 있습니다. 같은 수사이긴 하지만 자신보다 한참 후배인 장군님 지시를 따르자니 배알이 꼬였을 테지요."

"그러게 누가 자신의 수영을 없애버리라고 했습니까. 우리 군수 물자가 적의 손에 들어가는 것을 막기 위해 그렇게 했다고는 하지만, 그래도 한번 싸워보고 죽을 땐 죽어야지요. 그게 무인된 자의 도리 아니겠습니까?"

"그러니 겁쟁이지요. 분명 잘못된 인사입니다. 그런 일개 수졸만도 못한 사람을 수사란 막중한 지위에 앉혀 놓았으니……."

"참으로 한심한 조정입니다."

송 군관과 나 군관이 침을 튀기며 울분을 토할 동안, 선단은 이미 고성과 거제도 사이 견내량을 지나 칠천도[8]로 향하고 있었다. 아직까지 일본 군선을 봤다는 다급한 보고는 어느 탐망선에서도 들어오지 않고 있었다.

적선 5백여 척이 부산포에 정박해 있다는 보고를 받은 것은 절영도[9] 앞바다에서였다. 선단은 그동안 웅천, 김해, 가덕도, 몰운대, 다대포를 거쳐 절영도 앞바다까지 와 있었다. 속력이 빠른 작은 탐망선 여러 척을 부산 앞바다로 내보내 적선을 찾아보게 한 것이 아침이었으니, 한 나절도 채 걸리지 않아서였다.

격군 네 명이 노를 젓는 탐망선에서 사다리를 타고 올라온 군관은 숨을 헐떡거리며 갑판 위에 몸을 낮추었다.

"대략 오백여 척의 적선이 부산포 선착장 동쪽 산기슭 아래 줄지어 정박해 있습니다. 선봉에 있던 대선 네 척은 멀리 초량[10] 쪽으로 이동하고 있습니다."

탐망선 군관은 대장선 상갑판 위에서 머리를 조아리며 보고를 올렸다. 장대에서 상갑판으로 내려온 아버지의 대답은 짧고 명확했다.

"수고하였다. 네 위치로 돌아가라."

군관은 사다리를 내려가 탐망선으로 돌아갔다.

잠시 후 장대에서 전라 우수사 이억기, 경상 우수사 원균이 내려와 아버지 옆에 섰다.

"우리 군사의 위세를 가지고 만약 지금 치지 않고 그대로 돌아간다면 적들은 반드시 우리를 멸시하는 마음이 생길 것입니다."

전라 우수사 이억기가 아버지를 바라보며 입을 열었다. 아버지는 긴 칼을 두 손으로 부여잡고 고개를 끄덕거렸다.

"……오백 척이라면 좀 과하지 않겠습니까? 백육십 척으로 오백 척을 친다는 건 아무래도…… 뒷날을 도모하는 것이 어떻겠습니까?"

경상 우수사 원균이 절구통 같은 배를 내밀고 아버지를 위압적으로 바라보았다. 아버지의 침묵은 오래가지 않았다.

"전라 우수사 말씀이 맞습니다. 지금이 우리 수군의 위세를 보일 때입니다."

아버지는 빠른 걸음으로 장대로 올라갔다. 두 명의 수사도 빠른 걸음으로 아버지를 따라 장대로 올라갔다.

잠시 후 장대에서 작전회의가 열렸다. 그리고 곧 공격 깃발이 내걸렸다.

먼저 군관 이언량이 거북선을 이끌고 선봉에 나섰고, 그 뒤를 우부장인 녹도 만호 정운, 전부장인 방답 첨사 이순신, 중위장인 순천 부사 권준, 좌부장인 낙안 군수 신호가 군선을 이끌고 따라 나섰다.

초량으로 향하던 적선 4척을 순식간에 따라잡아 화포로 때려 부쉈다. 적선 4척은 허물어지며 불에 타버렸고, 군선에서 뛰어내린 왜적들은 필사적으로 헤엄을 쳐 산기슭으로 기어 올라갔다.

"총공격하라!"

드디어 아버지의 명령이 떨어졌다. 공격을 알리는 쇠나팔이 길게 울었다. 격군장의 북소리가 빨라졌다.

"한 척도 남기지 말고 깨부숴라!"

144

우리 선단은 승세를 타고 깃발을 휘날리며 앞으로 나아갔다. 2열 종대로 장사진을 친 선단은 마치 두 마리 용이 입으로 불꽃을 내뿜듯 적선이 정박해 있는 선착장을 향해 돌진해 들어갔다.

좌측 장사진은 전라 좌수영 군선들이, 우측 장사진은 전라 우수영 군선들이 진을 형성하고 있었다. 2열 종대의 장사진은 어깨를 나란히 맞대고 돌진해 들어가다가 적 선단을 향해 화포와 화살을 집중적으로 퍼붓고는, 바깥 방향으로 한 척씩 회전하면서 물러나오곤 했다. 그리고 물러나온 군선은 다시 차례대로 꼬리를 물고 앞으로 나아갔다. 160여 척의 군선은 넓은 바다 위에 두 개의 타원형을 그리며 쉼 없이 화포를 쏘아대고 있었다.

5백여 척의 적 선단은 산기슭에 정박해 있었는데, 우리 수군의 기세에 짓눌려 감히 닻을 올리지 못하고 있었다. 그러다가 깨지거나 불타는 군선이 하나 둘 늘어나자 모두 총과 활을 옆구리에 끼고는 군선에서 빠져나와 산으로 기어올랐다. 큰소리로 울며 산을 오르는 자도 있었고, 부상당한 동료를 등에 업고 오르는 자도 있었다. 또는 그 와중에 엉덩이를 까붙이고 두드리면서 이쪽을 놀리려 드는 자도 있었다.

산으로 오른 적들은 여섯 군데로 나뉘어 진을 치고는 우리를 향해 내려다보면서 총알과 화살을 쏘아댔다.

"저것 좀 봐라. 저기서 활을 쏘는 사람들이 모두 조선 사람들 아니냐!"

큰형이 활을 쏘다말고 나를 힐끔 쳐다보며 말했다.

"그러게 말입니다. 어찌된 일이지요?"

"편전[11]을 쏘는 사람들은 모두 우리 백성들이다. 조선 백성들이 조선 군사들을 향해 활을 쏘고 있는 것이다."

"포로들이겠지요. 죽지 않기 위해 억지로 활을 쏘고 있겠지요."

나는 잠시 활을 내려놓고 흰 바지저고리를 입은 그들을 바라보았다. 몇백 명은 족히 될 듯한 그들은 누가 시키는 것도 아닌데 있는 힘을 다해 화살을 날리고 있었다.

"그렇다면야 오죽이나 좋을까만, 내 생각에는 저들이 모두 저쪽에 자발적으로 빌붙은 백성들인 것 같아. 고려 때도 그랬었지 않았느냐. 원나라에 자발적으로 빌붙은 인간들 말이다. 아마 저들도 그런 부류들이 틀림없을 게야."

큰형은 다시 활을 들어 시위에 화살 한 대를 먹이며 말했다.

"설마……."

나는 아직 내렸던 활을 들지 못하고 있었다. 충격 때문이었다.

"나라님과 조정이 얼마나 인심을 잃었으면 백성들이 저쪽 편에 붙었을까……."

큰형의 그 말을 듣고 나자 나는 조금 위안이 되었다. 그랬다. 잘못은 나라님과 조정 대신들에게 있을 것이었다. 우리 백성들은 아무런 잘못이 없었다. 위정자들이 나라를 바르게 다스리기만 하면 순진한 저 흰옷 입은 백성들은 다시 이쪽 편으로 돌아올 것이 틀림없었다. 나는 애써 그렇게 자위하며 다시 화살을 움켜쥐었다.

산 위에서 적들이 쏘는 총과 화살이 우박처럼 갑판 위로 떨어지고 있었다. 적들이 투석기[12]로 날린 사발만한 돌은 갑판 위로 떨어지며 우리 군사들의 어깨나 등을 짓이겼다. 하지만 우리 군사들은 위험을 무릅쓰고 교대로 적 선단 가까이 드나들며 화포와 화살을 날렸다.

"면아, 몇 명이나 쏘아 맞혔니? 난 벌써 열 명 째야!"

우리가 타고 있는 대장선이 적진 가까이 다가갔을 때 큰형이 고함을 질렀다. 큰형은 조금의 두려움도 없이 화살을 날리고 있었다.

"난 아직…… 네 명밖에…….”

나도 힘차게 활줄을 당겼다. 내가 쏜 화살은 비명을 지르며 허공을 날아가 말을 타고 선두에서 지휘하고 있던 왜적의 왼편 가슴을 꿰뚫었다. 왜적이 말에서 떨어져 나뒹굴자 옆에 서 있던 졸개들이 모여들어 그를 참호 속으로 끌고 들어갔다. 내 화살에 맞은 왜적은 분명 지휘관일 것이었다. 하지만 그가 죽었는지 살았는지는 알 길이 없었다. 나는 또 다른 왜적을 향해 화살을 겨누었다.

그때 장대에서 아버지를 보필하고 있던 우후 이몽구의 목소리가 터져 나왔다.

"장군님, 이러시면 안 됩니다!"

나는 큰형과 함께 장대 위로 뛰어올라갔다.

아버지는 손수 활을 잡고 시위를 당기고 있었다. 큰형이 달려가 아버지의 팔을 잡고 소리쳤다.

"어째서 몸을 아끼지 않으십니까?"

아버지는 기어코 겨눈 화살을 날렸다. 말을 탄 채 칼을 휘두르던 적 지휘관 한 명이 꼬꾸라졌다.

"장군께서 목숨을 보전하셔야 이 나라를 구할 수 있습니다!"

우후 이몽구가 다시 소리쳤다.

"내 명은 저 하늘에 있거늘 어찌 너희들만 시켜서 적을 무찌르라 할 수 있겠느냐!"

아버지의 신들린 듯한 활 솜씨에 왜적 서너 명이 한꺼번에 꼬꾸라져 벼랑 아래로 굴러 떨어졌다. 눈물이 핑 돌았다.

나는 젖은 눈으로 아버지 옆에 서서 활을 치켜들었다. 아버지가 쏜 화살 한 대가 적 지휘관의 금가면을 맞추자, 금빛으로 번쩍거리는 지휘관의 금가면이 땅바닥으로 데구루루 굴렀다. 나는 때를 놓치지 않고 화살을 날렸다. 내가 쏜 화살은 아기 울음소리를 내며 바다 위를 날아가, 머리가 훤히 드러난 적 지휘관의 이마를 꿰뚫었다. 적 지휘관은 내 화살을 이마에 꽂은 채 벼랑 아래로 굴러떨어졌다.

"면의 솜씨가 제법이구나."

그제야 아버지는 활을 내려놓고는 군관들이 들고 있는 방패로 몸을 가렸다.

"그 아버지에 그 아들입니다! 참으로 대단한 활 솜씨입니다!"

우후 이몽구가 눈을 휘둥그레 뜨고 나를 쳐다보았다. 나는 활을 옆구리에 끼고 장대를 빠른 걸음으로 내려왔다. 그때 상갑판을 엎어질듯 달려오는 자가 있었다. 녹도[13] 제1선의 군관이었다. 그는 숨을 헐떡거리며 장대로 뛰어올라가 몸을 엎드렸다.

"장군님, 저희 녹도 만호[14] 어르신께서…… 전사하셨습니다!"

녹도 만호라면 아버지가 가장 믿고 의지하던 정운 장군이 아닌가. 나는 갑자기 눈앞이 캄캄해졌다.

싸움은 해가 지고서야 끝이 났다. 이른 아침부터 시작된 전투는 화약 연기 자욱한 바다 위로 저녁놀이 내릴 때에야 끝이 났다.

죽은 적들의 숫자는 파악할 수가 없었다. 모두 산으로 올라가 싸움을 한 탓에 죽은 자의 목도 벨 수가 없었다. 그렇다고 산에 참호까지 파놓고 진을 치고 있는 그들을 수군들이 무리하게 쫓아올라 갈 수도 없었다.

해가 지면서부터 바람이 거세게 불었다. 하루 종일 적진 가까이 드나들며 해전을 벌인 탓에 우리 군선들도 저희들끼리 부딪치며 깨진 곳이 많았다.

우리 선단은 그날 밤 자정 무렵에 가덕도로 돌아와서 밤을 지냈다.

다음날 아침 아버지는 166척의 군선을 이끌고 귀항 길에 올랐다. 지난 8월 24일 전라 좌수영을 떠난 우리 수군은 7박 8일 간의 출동을 끝내고 귀항 길에 오른 것이다. 이번 제4차 출동에서 우리 수군은 부산포에 정박해 있던 적선 5백여 척 중 백여 척을 깨부수거나 불태워버렸다. 죽은 왜적의 숫자는 파악할 수가 없었다. 우리 편 피해는 녹도 만호 정운 외에 전사자가 5명, 부상자가 25명이었다.

돌아오는 길에 아버지는 녹도 만호 정운의 죽음을 슬퍼하는 애도시를 지었다.

아, 인생에는 반드시 죽음이 있고
죽고 사는 데에는 반드시 천명이 있으니
사람이 한번 죽는 것이야 정말로 아까울 게 없으나
유독 그대의 죽음에 대해서만 나의 가슴이 아픈 까닭은 무엇인지요.
국운이 불행하여 섬 오랑캐들 쳐들어오니
영남의 여러 성들 바람 앞에 무너지고
몰아치는 그들 앞에 막아서는 자 하나 없고
도성도 하루 저녁에 적의 소굴로 변했다오.

천 리 먼 길 관서로 임금님의 수레 넘어가시니

북을 향해 바라보며 장탄식할 때 간담 찢어지듯 하였지만

아, 나는 노둔하여 적을 쳐서 섬멸할 계책이 없었는데

그대와 더불어 의논하니 구름 걷히고 밝은 해 나타나듯 하였다오.

작전을 세운 후 칼 휘두르고 배를 잇달아 나갈 적에

죽음 무릅쓰고 자리 박차고 일어나 앞장서서 쳐들어가니

왜놈들 수백 명이 한꺼번에 피 흘리며 쓰러졌고

검은 연기 하늘을 뒤덮었고 슬픈 구름 동쪽 하늘에 드리웠지요.

네 번이나 싸워 이겼으니 그 누구의 공이었는가.

종묘사직 회복함도 몇 날 남지 않은 듯 하였을 때

어찌 알았으랴, 하늘이 돕지 않아 적의 총알에 맞을 줄을.

저 푸른 하늘이시여, 당신의 뜻은 참으로 알기 어렵나이다.

배를 돌려 다시 쳐들어가 맹세코 원수를 갚고 싶었지만

날은 이미 어두워지고 바람조차 불순하여

소원 이루지 못해 평생 원통함이 이보다 더할 수는 없다오.

이 일을 말하고 나니 나의 살 에듯이 아픕니다.

믿고 의지했던 것은 오직 그대였는데 앞으로는 어이하리.

진중의 여러 장수들 원통해 하기 그지없다오.

백발의 늙으신 부모님은 장차 그 누가 모실는지.

황천까지 뻗친 원한 언제 가서야 눈을 감을는지.

아버지, 이순신 151

아, 슬프도다. 아, 슬프도다.

그 재주 다 못 폈을 때 지위는 낮았으나 덕은 높았으니

나라의 불행이고 군사들과 백성들의 복 없음이로다.

그대와 같은 충의야말로 고금에 드물었으니

나라 위해 던진 몸 죽었으나 오히려 살아 있음이어라.

아, 슬프다. 이 세상에 그 누가 내 마음 알아주랴.

슬픔 머금고 극진한 정성 담아 한잔 술 바치니

아, 슬프도다.

정운은 제1차 옥포 해전, 제2차 당포 해전, 제3차 한산도 해전에서 매번 선봉에 서서 큰 공을 세웠고, 이번 제4차 부산포 해전에서도 하루 종일 앞장서서 군선을 이끌다가 이마에 적의 철환을 맞고 죽었다. 그의 얼굴은 알아볼 수 없도록 부어 있었다고 했다.

돌아오는 군선 위에서 군사들은 지친 몸을 갑판에 의지한 채 두 다리를 뻗고 앉아 가을 햇볕을 쬐고 있었다. 더러는 젖은 군복을 벗어 햇볕에 말리기도 했고, 더러는 군복에 섞여 있는 벼룩을 잡아 손톱으로 짓이기기도 했다.

아버지는 녹도 만호 정운의 죽음을 끔찍이 슬퍼했다. 적선 백여 척을 깨부순 승리의 기쁨보다도, 가장 믿고 의지하던 부하 장

수 정운의 죽음에 더욱 마음을 쏟고 있었다.

정운의 시신이 실린 녹도 제1선의 돛대에는 검은 돛이 내걸렸고, 아버지는 돌아오는 내내 그 검은 돛을 바라보며 깊은 슬픔에 잠겨 있었다.

"여러 장수들 중에서 권준, 이순신, 어영담, 배흥립, 정운 이 다섯 장수는 따로 믿고 의지하는 바가 있어 서로 같이 죽기를 기약하고 매사를 함께 의논하고 계책을 세워왔는데…… 이번 싸움에서 정운이 죽었으니…… 내가 무슨 정신으로 밥을 먹겠느냐……."

큰형과 함께 찾아간 아버지의 선실에서 아버지는 밥상을 밀쳐놓은 채 깊은 상념에 잠겨 있었다.

가을 바다는 눈이 시리도록 푸르렀다. 바다와 잇닿은 산기슭에는 노랑 저고리를 입은 나무들이 키를 재며 서 있었고, 가뭇한 수평선 너머 하얀 하늘에는 한 무리의 기러기 떼가 편대를 지어 북쪽 하늘로 날아가고 있었다. 우리 선단의 귀항을 축하하듯 기러기 떼는 순식간에 선단 위를 날아가며 박수를 쳤다.

우리 형제는 전투에서는 승리하고서도 기분은 꽤나 무거워 있었다. 그것은 정운의 죽음과 아버지의 상심에서 비롯된 선내의 침체된 분위기 탓이었다. 오로지 우리 형제의 가라앉은 기분을 달래주는 것은 군관 나대용의 군선에 대한 해박한 지식뿐이었다. 아버지와 함께 머리를 맞대고 거북선을 만들었다는 그의 군선에 대한 남다른 지식은 전라 좌수영에서는 모르는 사람이 없었다. 그는 침울한 표정으로 상갑판에 앉아 있는 우리 형제에게 쉼 없이 입담을 풀어 놓고 있었다.

"장군님께서도 말씀하셨지만, 왜적이 싸움에서 패한 것은 그들이 해전에 능하지 못해서가 아닙니다. 바로 우리 군선 때문이지요."

그는 거침없이 입을 열었다.

"우리 주력선인 판옥선은 갑판 위에 다시 갑판을 올리고, 그 위에 지휘소인 장대를 설치했습니다. 그래서 격군들과 사수들은 사면이 나무판으로 둘러싸인 판옥 안에서 활을 쏘고 노를 저을 수가 있지요. 덕분에 방포군들은 높은 상갑판 위에서 적선을 내려다보며 공격할 수가 있고요."

그는 마른 입술을 침으로 적셨다.

"왜적들은 빠르게 접근해서 우리 군선에 뛰어올라 백병전을 벌이는 것이 장기랍니다. 칼을 잘 쓰기 때문이지요. 하지만 우리 판옥선이 높고 크기 때문에 만만하게 접근할 수가 없었을 겁니다. 또한 우리 수군이 멀리서부터 화포로 공격한 뒤에 불화살을 날려 배를 불태우는 바람에 접근하기가 더더욱 어려웠겠지요."

우리 형제는 고개를 끄덕이며 그의 열변에 호응했다.

"우리 판옥선이나 거북선은 배 밑 부분이 둥그스름하게 돼 있어 방향을 쉽게 바꿀 수 있습니다. 흘수선이 얕기 때문에 짧은 거리에서 빠른 회전이 가능하지요. 저번 한산도 해전에서 선보인 학익진 같은 전술을 펼칠 때 유리한 배의 구조입니다. 이에 비해 일본 수군의 주력선인 안택선[15]은 우리 판옥선보다는 가볍고 날렵하지만 삼나무로 만들었기 때문에 약한 것이 단점이지요. 나무판이 얇기 때문에 판옥선과 충돌하면 쉽게 부서지고요. 배 밑바닥이 뾰족해서 물의 저항을 적게 받기 때문에 속력은 빠르지만 방향을 바꾸는 데는 시간이 오래 걸린답니다. 아까도 말씀드렸지만, 왜적들의 전술은 화포보다는 조총에 의존해서 상대방의 군선에 빠르게 접근하는 겁니다. 군사들을 상대편 배 위로 올려 보내 일대일로 맞붙어 싸우게 하지요. 하지만 높고 튼튼한 판옥선과 거북선이 화포를 싣고 다니며 먼 곳에서부터 공격하는 바람에 왜적들은 속수무책으로 당할 수밖에 없었습니다. 이 모두가 자랑스러운 우리의 판옥선과 거북선 덕분이 아니고 무엇이겠습니까. 배 만드는 기술은 우리 조선이 왜국이나 명나라보다 낫습니다."

그의 설명을 듣고 있는 사이, 선단은 어느새 남해 미조항 앞바다를 지나고 있었다. 저 멀리 해가 떨어지는 곳에 순천 땅 전라좌수영 뒷산이 어슴푸레 모습을 드러내고 있었다. 오랜만에 텁텁한 남도의 흙냄새가 북서풍을 타고 날아왔다.

[1] 申時. 십이지지의 아홉 번째 시. 오후 3~5시.

[2] 현재의 경남 남해군 고현면 차면리.

[3] 망을 보는 수군.

[4] 안개 등으로 시야가 흐릴 때 조심스럽게 연안을 항해하는 항해술.

[5] 辰時. 십이지지의 다섯 번째 시. 오전 7~9시.

[6] 군선의 출입구.

[7] 수사가 군선에 머무는 동안 달아놓는 깃발.

[8] 경남 거제시 하청면에 딸린 섬. 정유년, 원균은 이곳에서 조선의 전 수군을 잃는다.

[9] 현재의 부산시 영도.

[10] 현재의 부산시 동구 초량동.

[11] 짧은 화살.

[12] 돌을 투척할 때 사용하는 무기.

[13] 전라 좌수영 소속 5포 중의 하나. 현재의 전라남도 고흥군 도양읍 봉암리.

[14] 조선시대의 종4품 무관직.

눈물에
지워져
기우는 달

서리가 내린다는 상강이 지나자 산하는 기를 쓰고 아름다워졌다. 독기까지 품고 몸치장을 하는 것 같았다. 그것은 마치 죽음을 앞둔 아녀자가 남편 앞에서 마지막 몸단장을 하는 것과 흡사했다.

그해 가을, 마을 사람들은 모두 울긋불긋 몸치장을 한 산하를 둘러보며 눈물을 흘렸다. 할머니도 울었고 어머니도 울었다. 둘째 형도 울었고 담비 아가씨도 울었다. 죽이고 죽는 전쟁 중에서도 산하는 어째서 이처럼 아름다운 것일까?

"제가 부처님께 의지하지 않았다면 아마 정신을 놓고 말았을지도 모르겠어요."

절로 이어지는 산길은 굴속 같았다. 노랗고 빨간 나뭇잎들이 두텁게 하늘을 가리고 있었다. 전쟁에서 죽은 젊은이들의 원혼이 산하를 이처럼 붉게 만드는 것일까?

"정해년[1] 왜적과의 싸움에서 수군으로 수자리[2] 하던 오빠가 죽고, 그 뒤로 어머니께서 몸져누워 앓다가 이태 뒤에 오빠 곁으로 떠나시고…… 아버지마저 전쟁터에 나가 계시니…… 제겐 늙으신 할머님밖에 의지할 분이 없으신데…… 할머님을 따라 절에 다니고부터 부처님의 존재를 알게 되었어요. 지금 제가 의지할 곳이란 부처님밖에 없답니다."

담비 아가씨는 저만치 보이는 절을 향해 가벼운 발걸음을 옮겨 놓았다. 나는 그녀에게 무언가 힘을 북돋아 줄 것이 없을까, 생각하다가 속으로 이렇게 중얼거렸다.

'저를 믿고 의지하세요, 담비 아가씨! 제가 당신의 반쪽이 되어 주고 싶군요.'

그러는 사이, 담비 아가씨는 어느새 법당 안으로 들어가 백팔 배를 올리고 있었다. 나는 그녀가 절을 하는 동안 저 만치 거리를 두고 앉아 두 눈을 감고 호흡을 가다듬었다.

'왜적의 우두머리 풍신수길은 부처님을 믿고 따르는 불교도라고 들었습니다. 그런데 부처님의 가르침과는 달리 수십만 명의 군사를 동원해 죄 없는 이웃나라 백성들을 무자비하게 도륙하고 있으니, 이것은 도대체 어찌된 노릇입니까? 부처님, 제게 한 말씀만 내려 주십시오.'

나는 아직 풀지 못한 그 수수께끼를 다시 가슴 속에서 끄집어
냈다.

'가등청정[3]이란 왜적 장수는 일련종[4]이라는 불교 종파의 신도
라고 합니다. 놈은 가는 곳마다 나무묘법연화경이라고 쓴 깃발
을 들고 다니며 칼을 휘두르는데, 잔인하기가 이루 말할 수 없다
고 합니다. 법화경[5]을 소의경전[6]으로 떠받드는 불교 신도로서 이
렇게 잔악무도할 수가 있습니까?'

부처님 앞에 절을 올리는 담비 아가씨는 한 송이 연꽃처럼 아
름다웠다. 옥양목 흰 치마저고리가 마룻바닥 위에서 연꽃처럼
나풀거렸다.

'소서행장[7]이란 왜적 장수는 야소교[8] 신자라고 합니다. 야소를
믿고 따르는 야소교 신자들은 남을 사랑하고, 남을 위해 희생하
는 것을 제일 큰 기쁨으로 삼는다고 하는데, 어찌된 일인지 놈은
야소가 못 박혀 죽었다는 십자가를 부대의 표식으로 들고 다니
면서 늘 전쟁의 선봉에 선다고 하니 도무지 이해할 수 없는 일입
니다. 부처님, 이런 것들을 어찌 이해해야 할까요? 이 땅에서 열
여섯 해를 산 저로서는 도무지 이해할 수가 없답니다.'

부처님과 담비 아가씨는 말이 없었다. 그저 말없이 고운 미소
만 흘릴 뿐이었다.

산길을 내려오는데 발갛게 물든 산감나무 잎이 담비 아가씨의

어깨 위로 떨어져 내렸다.

"천축국[9]의 아육법왕[10]도 처음에는 방탕하고 포악한 왕이었다고 해요. 전쟁으로 얼마나 많은 사람을 죽였던지 시체가 산을 가릴 정도였다고 합니다. 하지만 부처님의 진리를 받아들이고부터는 많은 선정을 베풀어 위대한 전륜성왕[11]으로 거듭났다고 하지요."

담비 아가씨의 까만 머리카락 위로 노란 산뽕나무 잎이 하늘하늘 떨어져 내렸다.

"힘들긴 하겠지만…… 그들도 이처럼 거듭 나길 빌어야겠지요."

나는 순자[12]의 성악설[13]이 떠올랐다. 인간은 누구나 태어날 때 악한 기질을 타고 나는데, 이것을 선으로 순화시키는 것은 교육밖에 없다고 순자는 역설했다.

"인간은 악한 존재로 태어나는가 봅니다. 저 왜적들 하는 짓거리를 보면……."

나는 담비 아가씨를 향해 혼자처럼 중얼거렸다.

"……불교에서는 그와 반대로 가르치고 있습니다. 인간은 누구나 태어날 때 부처님의 모습으로 태어난다고 합니다. 그러니 어느 누구 할 것 없이 모두 부처님이지요."

나는 그렇게 얘기하는 담비 아가씨가 얄밉기까지 했다. 이처럼 처참한 전쟁을 치르는 마당에 어느 누구 할 것 없이 부처님이라니.

"저 왜적의 우두머리들도 모두 부처님이란 말씀입니까?"

나는 조금 가파른 목소리로 물었다.

"그렇지요."

담비 아가씨는 담담하게 대답했다. 나는 순간 가슴이 퍽, 하고
막혀왔다. 부처님의 침묵과 담비 아가씨의 담담한 대답이 나를
한층 숨 막히게 했다.

"……그저 깨닫지 못한 까닭이지요. 자신이 부처라는 것을 깨
닫지 못한 죄입니다. 저 하늘을 보세요. 태양은 언제나 밝게 빛
나고 있지요. 우리가 바로 저 태양입니다. 부처님이지요. 우리들
마음에 드리워진 검고 축축한 구름을 걷어내면 우리는 늘 세상
을 비추는 태양이지요. 부처님이지요."

담비 아가씨의 얘기를 듣고 있자니 마치 내 마음에 한 줄기 빛
이 스며드는 것 같았다. 담비 아가씨는 언제 저렇게 부처님 공부
를 한 것일까?

"주지 스님 말씀을 듣고 있자면 이 세상에 두려울 게 없다 싶
어요. 그분은 단지 부처님 말씀을 제게 전하실 뿐인데요."

담비 아가씨는 불교 공부에 퍽 심취해 있는 모양이었다. 나는
그런 그녀가 다행스럽게 여겨졌다.

"그 주지 스님 한번 뵙고 싶습니다. 대단하신 분인 것 같아요.
우리 담비 아가씨를 이처럼 감동케 하다니."

산을 다 내려왔을 즈음 내가 말하자, 담비 아가씨는 사슴처럼 마을 초입으로 깡충 뛰어가며 입을 열었다.

"글쎄요. 그분이 여승이시라 도련님 같은 남자 분을 만나나 줄지……."

"심지 좀 올리거라."

할머니는 호롱불 아래 한지를 길게 펼쳤다. 어머니가 먹을 가는 동안 할머니는 눈을 지그시 내리감고 몇 번인가 심호흡을 했다.

"준비됐습니다, 어머님."

어머니가 벼루 위에 먹을 내려놓으며 말했다.

할머니는 가는 붓을 들고 언문으로 글을 쓰기 시작했다. 아버지한테 쓰는 편지였다.

할머니가 편지를 써내려가는 동안, 어머니는 하얀 종이 위에 한 자 한 자 늘어가는 사연들을 할머니 어깨 너머로 넘겨다보면서 눈시울을 훔쳤다.

"……어멈아, 할 말이 없느냐?"

편지 쓰기를 마친 할머니가 어머니를 돌아보며 넌지시 물었다.

"……네, 어머니. 그저 이쪽과 저쪽이 무사하면 다행이지요."

"알았다."

붓을 거두고 한지를 곱게 말아 대통에 넣는 할머니의 여윈 손이 파르르 떨렸다. 며칠 후면 이 편지를 읽는 아버지의 손도 파르르 떨릴 것이었다.

"장군님께서 좋아하시는 도림[14] 장조림은 준비되었느냐?"

할머니가 어머니에게 물었다.

"네, 어머님. 육포도 좀 떠 놓았어요."

어머니의 칼끝으로 뜬 소고기 육포는 얼마 후면 아버지의 맛있는 간식거리가 될 것이었다.

둘째 형은 완전히 기력을 되찾았다. 여름과 가을 두 철을 나면서 둘째 형의 심신은 차츰 안정되어 가고 있었다. 할머니는 수영에서 보내온 노루 고기를 둘째 형한테는 절대 먹이지 않았다. 안 그래도 팔짝팔짝 잘 놀라는 둘째 형에게 노루 고기를 먹이면 더욱 심약한 사람이 될 거라며 할머니는 극구 반대했다. 대신 피를 맑게 한다는 미역과 심신을 안정시킨다는 소고기만 줄기차게 먹였다. 미역에 소고기를 넣어 국을 끓이기도 했고, 소뼈 곤 사골 국물에 미역튀각을 반찬으로 내놓기도 했다.

내가 수영으로 떠나는 날, 둘째 형은 동구 밖까지 따라 나왔다.

"……아버님께 면목이 없구나. 찾아가 뵈어야 할 텐데."

둘째 형은 홀쭉한 목을 길게 빼고 머리를 긁적거렸다.

"대신 내가 안부 전할게 걱정 마. 할머님이랑 어머님이나 잘 모셔."

164

"형님한테도 안부 전해줘."

"걱정 마."

"내년에는 나도 수영으로 가 아버님을 도와드려야겠어."

"내년에는 전 수군이 군선을 이끌고 경상도 바다로 장기 출동을 나갈 모양이야. 괜찮겠어?"

"……그, 글쎄……."

나는 웃었다. 둘째 형도 하릴없이 따라 웃었다.

"참 곱지? 저 단풍 좀 봐."

둘째 형이 앞산을 가리키며 말했다.

"봄이면 꽃이 피어 아름답고, 가을에는 단풍이 들어 저리 곱잖아. ……눈물이 나."

둘째 형은 가을 단풍을 바라보며 눈시울을 적셨다.

"사람들은 죽어가도 단풍은 저리도 고우니……."

"단풍만 고운 게 아니야. 저 하늘 좀 봐."

우리는 나란히 하늘을 올려다보았다. 높디높은 가을 하늘은 눈이 시리도록 푸르기만 했다.

"저 낮달 좀 봐."

"참 곱네. 수줍게 비껴선 새색시 얼굴 같아."

하얀 낮달은 망망대해의 돛단배처럼 어디론가 하염없이 흘러가고 있었다. 나는 순간 담비 아가씨를 떠올렸다. 담비 아가씨는 저 낮달처럼 어디론가 정처 없이 흘러갈 것만 같았다. 가슴에서 무언가 쿵, 하고 무너지는 소리가 났다.

"그만 가봐."

둘째 형은 눈물을 글썽거리며 여전히 낮달을 올려다보고 있었다.

수영에 도착한 이튿날, 부산포에서의 승첩 장계를 가지고 임금이 머무는 평안도 의주로 떠났던 군관 송여종이 한 달 만에 돌아왔다.

그는 낮이면 숨고 밤이면 달려 맨발로 천 리 길을 다녀왔다. 그가 진해루에서 아버지를 뵙고 나온 그날 저녁, 큰형은 활터에 멍석을 깔아 놓고 술자리를 마련했다. 군관 나대용도 함께 했다.

"고생 많았소이다. 그야말로 남쪽 땅 끝에서 북쪽 땅 끝까지 다녀왔구려."

큰형이 송 군관의 술잔에 술을 따르며 말했다.

"의주라면 압록강가가 아닙니까. 강만 건너면 명나라 땅이지요. 참으로 먼 길을 다녀왔습니다."

군관 나대용도 가만있지 않고 거들었다.

"짚신 스무 켤레를 차고 갔는데, 의주 못 미쳐서 다 떨어지는 바람에 남은 이백여 리 길은 맨발로 달렸지요. 그 바람에 임금님께서 저를 어여삐 봐주신 것 같습니다. 하하하."

송 군관은 거친 바람과 찬 이슬에 들짐승처럼 변해버린 얼굴을 들고 큰소리로 웃었다. 달빛 속에 웅크리고 앉은 그의 몸은 피에 굶주린 표범이나 늑대 같았다.

"고생도 고생이지만 어찌 보면 남다른 경험도 했을 법 합니다요. 어디 재미있는 얘기 좀 들어봅시다 그려."

술이 한 순배 돌자 큰형은 웃음 띤 목소리로 송 군관을 재촉했다.

"임금님께서는 이제 더 이상 명나라 땅으로 망명 떠나신다는 말씀은 안 하시던가요? 의주에 나도는 소문은 어떻던가요?"

나 군관이 참지 못하고 나섰다.

"명나라 조정에서는 우리 임금님이 만약 명나라 요동 땅으로 망명한다면 다 허물어져가는 그곳 빈 관아에 거처하게 하려고 했답니다. 그래서 임금님이 실망한 나머지 의주에 오랫동안 머물 작정을 하셨다고 합니다."

송 군관이 그렇게 대답하고 나자, 큰형과 나 군관이 약속이라도 한 듯이 술을 들이켰다.

"에잇, 한 나라의 국왕을 빈 관아에 머물게 할 작정이었다니…… 이쯤 되면 명나라도 믿을 게 못 되는 것 아닙니까?"

나 군관이 안주 챙겨 먹는 것도 잊은 채 울분을 토해냈다.

"명나라도 명나라지만, 백성들을 버리고 남의 나라 땅으로까지 몸을 피하려는 우리 임금님의 처사가 먼저 비난 받아야할 것 같습니다 그려!"

큰형이 안주를 집어먹으며 통명스럽게 내뱉었다.

"그러니 국경인[15] 같은 배신자가 생겨나는 거지요. 그와 회령 사람들은 피난 간 왕자들이 머물고 있는 객사를 둘러싸고 임해군, 순화군[16] 두 왕자와 대신들을 붙잡아 포승줄로 묶은 다음 방 한 칸에 물건 쌓듯 가두어두었답니다. 그러고는 왜적 장수 가등 청정에게 보고했더니, 가등청정이 가마를 타고 와서 두 왕자와 여러 신하들의 험한 꼴을 보고는 국경인을 몹시 꾸짖었답니다. 그리고 포승줄을 끌러내고는 자신들의 부대 안에 머물게 하면서 맛있는 음식을 대접해 주고 있다고 합니다. 우리 백성들이 이렇게까지 반역을 하는 데는 다 그럴만한 이유가 있는 게지요."

송 군관이 보고들은 것을 설명하고 나자 큰형이 입을 열었다.

"명나라 장수가 유성룡 대감에게 한 말이 있다지 않습니까! 너희 나라 국왕과 대신들이 낮에는 하는 일이 무엇이고, 밤에는 생각하는 것이 무엇인가? 하고 말입니다. 이 수치스러움을 어찌 다 씻을 수 있겠습니까!"

큰형의 목소리는 달빛을 타고 수영 앞바다까지 날아갔다. 달빛 내리는 바다에는 검은 군선들이 잠을 이루지 못하고 뒤척이고 있었다.

"들리는 소문에 의하면 조선에서 땅을 떼어주고 화의를 맺으면 왕자들을 돌려보내 주고 군사도 물린다고 합니다만⋯⋯."

나 군관이 말끝을 흐리며 한숨을 내쉬었다.

"흉측하고 영악한 저 적들은 야망이 크다고 합니다. 먼저 조선 땅을 빼앗은 다음 명나라까지 침범하려는 계획이라고들 합니다."

송 군관이 말했다.

"명나라를 대표해서 온 심유경[17]이라는 작자는 왜적과 화의를 맺고 대동강 이남을 떼어서 일본에 소속시키려 한답니다."

큰형이 말했다.

"이런 절박한 시기에 우리 임금님과 조정에서는 무얼 하고 있는지……."

나 군관이 한숨을 내쉬었다.

"……간혹 우리 관군과 의병들이 길목에 매복해 있다가 외로이 떨어져 나다니는 왜적들을 치고는 하는데, 말들이 많은 모양입니다. 다른 사람이 죽인 적의 머리를 자기 것이라고 우기기도 하고, 혹은 죽은 우리 조선 사람의 목을 베어 왜적의 머리라고 속이고는 상 받기를 바라는 이들도 있다고 합니다."

송 군관이 아버지가 쓴 승첩 장계를 가지고 의주까지 갔다가 돌아오는 길에 수집한 소문들을 얘기하는 동안, 세 사람은 모두 울분에 겨워 연신 술잔을 비워냈다. 어린 나도 참다못해 두 잔의 술을 마셨다. 처음 마셔보는 술이었다.

"일반 군사들이야 말할 것도 없지요. 수군 장수라는 자도 그런 짓을 하는 판에……."

큰형이 지칭하는 사람은 원균이었다. 그는 자신의 군관들을

시켜 고기잡이하는 조선 어부들의 목을 베어 왜적의 수급이라고
속이고는 조정으로 올려 보내곤 했다.

"조선 사람들 하는 짓이 왜 이 모양인지…….."

얼큰하니 술기운이 오른 나 군관이 처량한 귀뚜라미 울음소리
를 들으며 멍하니 밤하늘을 올려다보았다. 하늘 한가운데 반달
이 떠가고 있었다.

"세상 사람들이 다 취해 있어도 나 홀로 깨어 있겠다던 초나
라 위인[18]이 생각납니다. 우리 장군님이 꼭 그런 분이지요."

나 군관이 옷소매로 눈물을 훔쳤다.

"장군님께서 홀로 이 나라를 지키시느라 얼마나 힘드시겠습
니까. 온 세상이 혼탁해 있고, 온 세상 사람들이 취해 있어도 장
군님께서 혼자 깨어 있자고 하시니 얼마나 힘드시겠습니까!"

송 군관도 눈물을 훔쳤다. 늦가을 밝은 달빛이 그의 두 눈에
고인 눈물을 비추었다.

"……아버님의 짐이 참으로 무거우실 겁니다…….."

큰형도 눈시울을 붉혔다.

나는 복받쳐 오르는 울음을 애써 눌러 참으며 하늘을 올려다
보았다. 한없이 높고 검은 하늘 속으로 영롱한 반달이 유유히 떠
가고 있었다. 하지만 나는 그 달을 또렷이 바라볼 수가 없었다.
자꾸만 내 눈물에 지워져 기우는 달을 나는 애써 붙잡아둘 수가
없었다.

눈물에 지워져 기우는 달

¹서기 1587년. 임진왜란이 일어나기 5년 전.

²국경을 지키는 일.

³가토 기요마사.

⁴니치렌조사(日蓮祖師)가 창시한 일본 불교의 한 종파.

⁵불교 경전의 한 가지. 나무묘법연화경의 준말임.

⁶각 종파에서 믿고 의지하는 근본 경전을 일컫는 말.

⁷고니시 유키나카. 도요토미 히데요시가 아끼던 장수. 가토 기요마사와는 사이가 좋지 않았음.

⁸예수교.

⁹인도.

¹⁰인도의 아소카왕. 인도를 최초로 통일한 왕이라고 함.

¹¹불교에서 정법으로 온 세상을 다스리는 왕. 전륜왕이라고도 함.

¹²중국 전국시대 말기의 사상가. 맹자의 성선설을 비판했으며 성악설을 주장했다.

¹³인간의 본성은 악하다고 하는 순자의 설. 성선설의 반대말.

¹⁴소고기.

[15] 조선 중기의 반란자. 회령부 아전으로 임진왜란 때 무리를 모아 반란을 일으켰음. 피난 와 있던 왕자 임해군과 순화군을 포박, 왜장 가토 기요마사에게 넘겨주었음.

[16] 조선 선조의 6번째 왕자. 성질이 포악하여 사람을 함부로 죽이고 재물을 약탈하는 등 불법을 저질렀음. 순화군의 군호까지 박탈당하였으나 사후에 복구되었음.

[17] 임진왜란 때 조선에서 활약한 명나라 사신. 평양성에서 왜장 고니시 유키나가와 만나 화평 협상을 하였으나 나중에 매국노로 몰려 처형되었음.

[18] 옛 중국 초나라의 굴원(屈原)을 이르는 말.

한산도

임진년이 저물고 계사년[1]이 밝아오는 동안 전세는 우리 쪽으로 유리해져 가고 있었다. 임진년 12월에는 명나라 장수 이여송이 군사 4만여 명을 이끌고 압록강을 건너왔고, 이듬해인 계사년 1월에는 드디어 조선과 명나라 군사가 평양성을 포위하고 일본군을 공격했다. 마침내 일본군은 평양성 싸움에서 대패하여 남쪽으로 후퇴했다.

계사년 2월, 아버지는 전라 좌우도 수군을 이끌고 다섯 번째 출동을 나갔고, 권율 장군은 행주산성 싸움[2]에서 일본군을 크게 무찔렀다. 그해 4월, 일본군은 드디어 한양을 버리고 남쪽으로 퇴각했고, 아버지는 두 달간에 걸친 기나긴 출동을 마치고 수영으로 귀항했다.

명나라 군사의 원정과 우리 의병들의 활동으로 수세에 몰리고 있던 일본군은 그해 6월, 진주성을 대규모로 에워싸고 여러 날에 걸친 공격 끝에 드디어 성을 함락시키고 지난날의 패배[3]를 설욕했다. 이 싸움에서 우리 조선의 황진, 김천일, 최경희, 서례원, 이종인, 고종후 등 여러 장수들이 전사하였고, 군사와 백성 등 6만여 명이 죽임을 당했다고 했다.

이 진주성 싸움[4] 이후 일본군은 남쪽 바닷가로 물러가 울산의 서생포에서 동래, 김해, 웅천, 거제에 이르기까지 한 줄로 진을 치고는 모두 산을 의지하고 바다를 등진 채 성을 쌓았다. 그리고 해자[5]를 파서는 오랫동안 머물 계획을 세웠다.

그해 7월, 아버지는 전라 좌우도 수군을 한산도로 옮겼다. 한산도는 거제에서 남쪽으로 30리 떨어져 있었는데, 산이 둘러싸고 있어 군선을 감추어 두기에 유리했다. 또한 왜적이 전라도로 쳐들어가자면 반드시 거쳐야만 하는 길목이기도 했다. 아버지는 한산도에 군선을 감춰 놓고 거제도 서쪽 바다를 왜적으로부터 지켜내려 했다.

그해 8월 25일, 아버지를 삼도 수군통제사로 임명하는 임금의 교서[6]가 한산도 진중에 도착했다. 교서를 가지고 온 선전관[7]은 아버지가 승선해 있는 대장선의 상갑판 위에서 임금의 교서를 큰 소리로 읽었다.

"왕은 이와 같이 이르노라. ······그대는 일생동안 고절을 지

174

켜 국가의 만리장성이 되었다. 뿔뿔이 흩어졌던 잔약한 병사들을 규합하여 전라도와 경상도의 요해처를 틀어잡고 강한 왜적들을 맞받아침으로써, 한산도와 당항포[8]에서 기이한 전공을 보고하였다. 부지런히 애쓴 것이 모든 군영 중에서 두드러졌으며, 세 번의 대첩으로 표창을 받고 승진함이 누차 빛났었다. ……적들은 겉으로는 부산에서 창과 칼을 거두어 철병할 의사가 있는 것처럼 보이면서, 다른 한편으로는 바다에서 군량을 운반해 오는 등 다시 들고 일어날 음모를 속으로 꾸미고 있는 바, 이에 대응하여 계책을 세우기는 지난 때보다 더욱 어려운 실정이다. 그래서 그대에게 지금 맡고 있는 직책에다 전라, 충청, 경상 삼도 수군통제사의 직책을 겸하여 맡도록 하는 것이다. ……그대 휘하 장수로서 명령을 따르지 않는 자는 그대가 군법대로 시행하도록 하고, 군사들 중에 고집 세고 아둔한 자가 있거든 그대가 충효의 도리로써 타일러 주도록 하라. 바다 밖의 적들을 끊어 막음으로써 사방에서 우리를 업신여기는 자가 없게 하는 일은 그대가 잘할 수 있는 일인즉, 우리의 잠자리 옆에서 코 고는 자가 있어 삼도의 백성들이 편히 쉴 수 없게 되는 것은 그대의 수치이니, 그대는 힘쓰도록 하라. ……만약 그대가 적들을 크게 무찌르는 일에 전심전력해 준다면 나로서는 큰 다행일 것이다. ……건국 초기의 좋은 의도를 따라서 나라를 중흥시킬 위대한 사업을 이룩하도록 힘쓰기를 바라면서 이에 교서를 내리는 바이니, 그대는 잘 헤아려 일하도록 하라."

아버지는 상위에 올려 진 교서 앞에 네 번 큰절을 올렸다.

다음날, 아버지는 축하 인사차 방문한 여러 장수들에게 막걸리를 대접했다. 충청 수사 정걸과 전라 우수사 이억기 등 수사 두 명과 순천 부사 권준, 광양 현감 어영담, 흥양 현감 배흥립, 낙안 군수 신호, 보성 군수 김의겸, 방답 첨사 이순신, 사도 첨사 김완, 여도 권관 김인영, 발포 만호 황정록 등 전라 좌수영 소속 5관 5포[9] 장수들이 모두 모인 가운데 조촐한 술자리가 마련되었다. 전라 좌수사인 아버지가 삼도 수군을 통괄하는 삼도 수군통제사로 임명된 탓에 진중의 어느 누구 하나 기뻐하지 않는 사람이 없었다. 나 또한 큰형과 함께 대장선 상갑판 위로 불려가 아버지의 술잔에 축하의 술을 따랐는데, 아버지는 기분 좋게 술이 올라 있었다.

경상 우수사 원균이 씩씩거리며 갑판 위로 올라온 것은 그때였다. 그는 어디에서 마셨는지 이미 술이 불콰하게 취한 뒤였다. 그는 임금님의 교서에 숙배[10]도 하지 않은 채 방석 위에 털썩 주저앉아 술잔을 내밀었다.

"어디 전라도 수군 술맛 좀 봅시다 그려!"

큼지막한 그의 얼굴엔 못마땅한 기색이 노골적으로 드러났다. 나이로 보나 경력으로 보나 자신보다 한참 후배인 아버지에게 삼도 수군통제사 자리가 돌아간 것에 대해 원균은 노골적으로 불만을 드러내고 있었다.

"먼저 교서에 숙배부터 올리지요!"

아버지가 점잖게 타일렀다. 간곡하기 이를 데 없는 아버지의 요청에 원균은 마지못해 큰기침을 큰큰거리며 자리에서 몸을 일으켰다.

"으, 으음!"

뱃전이 떠나가도록 큰 기침을 한 원균은 임금님의 교서가 놓여 있는 상을 향하여 육중한 몸을 기울였다.

"어이쿠⋯⋯."

그는 절구통 같은 허리를 굽히다가 그만 절도 하기 전에 옆으로 꼬꾸라지고 말았다. 그의 짚둥우리 같은 몸이 갑판 위를 몇 번 구르는 동안 이를 지켜보고 있던 여러 장수들이 웃음을 참느라 먼 곳으로 시선을 돌렸다.

"이게 무슨 불충입니까! 임금님의 교서는 곧 임금님의 옥체와 한가지온데 무례하기 짝이 없습니다. 다시 정중하게 절을 올리시지요!"

보다 못한 방답 첨사 이순신이 발끈해서 한마디 하자, 원균은 마지못해 다시 절을 올렸다.

"여러 장수들이 한자리에 모였기에 원 수사께도 군관을 보냈는데, 어이하시다가 이제야 나타나셨는지요?"

아버지는 시종일관 웃음을 잃지 않고 있었다. 아버지의 지긋한 눈빛을 외면한 채 원균은 빈 술잔만 뚫어지게 내려다보고 있었다.

"자, 제 술 한잔 받으시지요!"

아버지가 술병을 들고 원균을 바라보자 그는 부들부들 손을 떨며 술잔을 억지로 거머쥐었다. 그러고는 술을 단숨에 들이키고는 쾅, 하고 술잔을 상 위에 내려놓았다.

"원 수사께서도 통제사님께 한잔 올리시지요?"

순천 부사 권준이 원균의 무례함을 지적하듯 나지막한 목소리로 다그치자, 원균은 시선을 딴 곳으로 돌린 채 쥐어박는 목소리로 내뱉었다.

"이 수사께서 지난날 싸움에서 큰 공을 올린 것도 따지고 보면 이 사람 덕분입니다! 삼도 수군통제사란 큰 직함을 받은 것도 어찌 보면 이 원균이 있었기 때문에 가능했단 말씀입니다!"

술상을 가운데 두고 둘러앉은 여러 장수들의 두 눈이 휘둥그레졌다.

"함께 싸우자고 이 원균이 수차례 청을 넣지 않았다면 과연 전라도 수군들이 경상도 바다까지 출동을 나왔겠습니까?"

적반하장이란 이를 때 쓰는 말인가. 광양 현감 어영담도 더 이상 참지 못하고 나섰다.

"원 수사께서 너무 지나치십니다. 괴멸된 경상도 수군을 도와 경상도 바다에서 왜적을 걷어낸 것이 누구신데 함부로 망발을 하는 것입니까! 물에 빠진 사람 건져주었더니 봇짐 내놓으라는 속담이 이를 두고 하는 말인 모양입니다 그려!"

어영담의 한마디에 자존심이 구겨질 대로 구겨진 원균은 허리에 차고 있던 칼을 빼 허공에다 겨누었다.

"네 이놈! 한낱 종육품 현감인 주제에 감히 내게 대들다니……이 수사! 전라도 수군들 위계질서가 이 정도밖에 되지 않습니까?"

원균은 이제 아버지를 향해 칼끝을 겨누고 있었다.

"……그 칼은 적을 베라고 임금님께서 친히 내려주신 보검으로 알고 있습니다. 함부로 휘둘러선 아니 됩니다."

아버지는 점잔하게 원균을 타일렀다. 그러고는 다시 원균의 술잔에 술을 채워주었다.

"내 원공의 은혜는 잊지 않고 있습니다. 다만 지금은 전쟁 중이라 달리 보답할 길이 없어 그저 싸움이 끝나기만을 기다리고 있지요. 자, 원 수사! 우리 힘을 합쳐 저 왜적의 무리들을 어서 몰아냅시다! 그런 다음에 내 꼭 원공에게 보답을 하리다!"

아버지의 곡진한 목소리에 고개를 숙이고 잠잠해 있던 원균은 불현듯 몸을 일으키며 입을 열었다.

"너무 억울합니다. 이 수사는 내 까마득한 후배에 지나지 않소. 저 함경도 변방에서 여진족을 토벌할 때도 내가 상관으로 있었지요. 삼도 수군통제사 자리는 마땅히 내가 맡는 게 옳은 이치

일 거요. 유 대감[11]께서 이 수사에게 지나친 편애를 하시는 것 같습니다!"

원균의 한마디에 여러 장수들의 두 눈이 다시 한 번 휘둥그레졌다. 어쩌면 저렇게 뻔뻔스러울 수가 있을까.

"나이 순서대로 통제사 자리를 맡는다면야 원 수사 말고도 얼마든지 인물은 있지요. 원 수사께서는 지난날 경상도 수군 만 명과 백여 척의 군선을 싸움 한 번 하지 않고 모두 흩어버리고서는 이제 와서 무슨 낯으로 그런 망발을 하는 겁니까! 수영도 군사도 없이 돌아다니며 죽은 왜적 놈의 목이나 따는 주제에 여기가 어디라고 감히……."

과묵하기로 소문난 광양 현감 어영담이 칼을 빼들고 원균에게 다가서며 고함을 질렀다.

"아니, 이놈이……."

원균도 허리춤에 넣었던 칼을 다시 빼들었다.

"자, 자정들 하십시다. 이번 술자리는 임금님께서 손수 마련해 주신 거와 진배없습니다. 임금님께서 조선 수군의 화합을 위해 내려주신 귀중한 교서에 먹물이 채 마르기도 전에 경상도, 전라도 장수들이 서로 드잡이 하며 싸운다는 것은 참으로 가당치도 않은 일입니다. 다들 자정들 하시고 축하의 술잔이나 듭시다."

교서를 가지고 내려온 선전관이 한마디 하자, 그제야 원균도 칼을 거두고 제 자리에 주저앉았다.

"조정에서도 서열을 건너뛰어 이 수사를 통제사로 앉히는 일에 대해 논의가 없었던 것은 아닙니다만, 지금은 전쟁 중이니만치 상식을 건너뛰어 지략과 통솔력에 있어 좀 더 나은 자를 선택할 수밖에 없는 그런 사정이 있었습니다. 그래서 지난 몇 번의 해전에서 혁혁한 공을 세운 바 있는 이 수사에게로 의견이 모아진 것 같습니다."

선전관이 삼도 수군통제사를 임명한 배경에 대해 간략하게 설명하자 모두 고개를 끄덕였다. 하지만 원균은 여전히 거친 숨을 내쉬며 얼굴을 붉히고 있었다.

"임금님께서 바라는 것이 삼도 수군의 화합입니다. 그래서 통제사란 직책을 새로 만드신 줄 압니다. 우리 충청도, 전라도, 경상도 수군들 모두 하나가 되어 왜적이 이 강토에서 물러나는 그날까지 힘써 싸웁시다."

아버지는 충청수사 정걸과 전라 우수사 이억기, 경상 우수사 원균에게 건배를 제의하며 잔을 들었다. 충청 수사와 전라 우수사는 아버지와 잔을 부딪치며 웃음을 지었지만 원균만은 여전히 요지부동이었다.

"원 수사, 어서 잔을 드시지요."

충청 수사 정걸이 재촉했지만 원균은 들은 척도 않고 이를 빠드득 빠드득 갈다가 마침내 들고 있던 술잔을 술상 위로 획, 집어 던지고는 자리를 떴다. 술상을 가운데 두고 빙 둘러 앉은 여러 장수들의 옷자락에 술이며 안주 따위가 날아가 묻었다.

아버지는 평정을 잃지 않고 있었다. 여전히 입가에 잔잔한 미소를 띠고 있었다.

"선전관, 똑똑히 보셨지요? 돌아가시거든 임금님께 보신 그대로 전해 올리세요. 이것은 불충을 넘어 반역에 가까운 짓입니다. 임금님의 교서 앞에서 이런 행패를 부리다니……."

순천 부사 권준이 부들부들 턱수염을 떨며 말했다.

"전하면 뭐합니까? 임금님께서도 은근히 원균을 편애하고 계신걸요."

다혈질인 방답 첨사 이순신이 내뱉듯이 말하자 순천 부사 권준이 제지하고 나섰다.

"그 무슨 무례한 말인가! 말을 삼가게."

그러자 이번에는 어영담이 나섰다.

"임금님뿐만 아니라 윤 대감 형제[12]를 비롯한 서인[13]들이 모두 원균을 비호하고 있습니다. 저놈들이 가만히 있지만은 않을 겁니다."

그 말에 분위기가 다시 싸늘해졌다.

"지금은 유성룡 대감께서 영상 자리에 앉아 계시니 마음은 놓입니다만, 저놈들이 언제 정국을 뒤집을지 모르는 일이지요. 걱정은 걱정입니다."

홍양 현감 배홍립도 한마디 했다.

"참으로 두렵습니다. 장군님께서 저런 자와 함께 일을 도모하고도 후환이 없을까…… 두렵습니다."

내내 침묵으로 일관하던 낙안 군수 신호도 긴 한숨을 내쉬었다.

"자, 임금님의 교서를 가지고 내려오신 선전관 앞에서 이게 무슨 추태들입니까. 오늘은 그냥 기분 좋게 술이나 마십시다. 자, 한잔씩 쭉 들이킵시다."

술잔을 기울이는 아버지는 애써 웃음을 짓고 있었지만, 아버지의 가엾은 모습을 바라보고 있는 내 가슴은 사뭇 떨리고 있었다. 저런 짐승 같은 자와 함께 일을 도모하고도 아버지의 신변에는 아무런 변고가 없을까?

나는 큰형과 함께 손바닥에 빠지직 고인 땀을 움켜쥐고 술자리를 물러 나왔다.

계사년과 갑오년[14] 이태 동안 조선은 극심한 식량난에 허덕였다. 들리는 소문에 의하면 부모가 자식을 잡아먹기도 하고, 남편이 아내를 잡아먹기도 한다고 했다.

한양 도성에서는 굶어죽은 사람의 시체가 길바닥에 널렸는데, 사람들은 시체의 살을 칼로 도려내 삶아먹기도 하고, 심지어는 산 사람을 죽이고 내장과 뇌수까지 빼먹는다고 했다.

계사년 여름, 경상도 상주에서 명나라 군사의 군량 대는 일을 맡았던 한 군관은 자신이 보고 겪은 일을 얘기하면서 눈물까지 글썽거렸다.

"명나라 군사들이 술과 음식을 배불리 먹고 길바닥에 토해 놓으면, 우리 아이들이 우르르 달려들어 토해 놓은 오물을 핥아먹곤 했지요. 그나마 기운 없는 놈은 거기에 끼지도 못해 그저 바라보며 울기만 했답니다."

일본군의 침략으로 임진년과 계사년 이태 동안 농사를 짓지 못한 조선 백성들은 비상으로 마련해 놓은 한 줌의 곡식마저 명나라 군사의 군량으로 빼앗겼다. 그러고는 너나할 것 없이 주린 배를 움켜쥔 채 길가나 도랑가에 허수아비처럼 쓰러졌다.

한산도의 수군들도 굶주리기는 마찬가지였다. 전라 좌우도의 1만 명이 넘는 수군들이 아침저녁 두 끼씩만 먹는다고 해도 하루 수십 가마니의 쌀이 필요했다.

경상도 연해안은 일찌감치 왜적들의 소굴로 변해 군량을 끌어 댈 형편이 못 되었고, 전라 좌우도의 여러 연해안 고을들도 육군과 수군에 군량을 잇달아 대느라 백성들의 창고가 거덜난지 이미 오래되었다. 더군다나 명나라 군사들의 식량과 말먹이 감마저 대야할 형편이었으므로 전라도 백성들의 고충은 말이 아니었다.

일찍이 왜적들의 발길이 미치지 않은 곳은 충청도와 전라도 두 곳 밖에 없었다. 그래서 우리 조선은 이 두 곳에 의지해 전쟁을 치러왔는데, 이곳들마저 사정이 이렇다보니 아버지는 그만 맥이 빠지고 말았다.

"여러 고을에 비축해 놓은 비상 식량마저 끌어다 먹었으니 이제 무엇으로 군사들 배를 채운단 말이야……."

아버지는 갑판 위에 쓰러져 누운 수졸들을 바라보며 긴 한숨을 내쉬었다. 뱃가죽이 등에 붙은 수졸들은 움직일 힘조차 없었는지, 삼도 수군통제사인 아버지가 눈앞을 지나가도 일어날 줄을 몰랐다. 대신 풀죽은 눈까풀만 힘없이 깜박거리며 두 줄기 눈물을 주르르 흘릴 뿐이었다.

아침저녁으로 두 끼씩 먹던 군사들은 가을철로 접어들면서 아침 한 끼만으로 하루해를 보내야 했고, 양도 네 홉에서 세 홉으로 줄어들었다. 배가 고픈 군사들은 저녁이면 샘물을 한 바가지씩 들이키고는 일찍 잠자리에 들었고, 어쩌다 찐 옥수수가 부식으로 나오는 날은 눈에 불을 켜고 달려들었다. 간혹 배고픔을 참지 못한 군사들이 군량을 몰래 훔치다가 들켜서 곤장을 맞기도 했다.

"군량을 더 이상 끌어올 곳은 없다. 자급자족하는 수밖에."

어느 날 아버지는 그렇게 말했다. 그러고는 군관 송여종을 시켜 바닷가에 대형 가마솥을 여러 개 설치하라고 했다.

"바닷물을 끓여 소금을 많이 만들거라. 그것을 팔아 군량을

사들이면 될 게야."

그리고 군관 나대용에게는 탐망 나가는 자와 병약한 자를 제외한 전 수졸들을 데리고 군선을 타고 나가 고기를 잡으라고 했다.

"바닷고기는 어종을 가리지 말고 한 솥에 넣어 푹 고아라. 거기에 시래기를 집어넣고 된장을 풀어 탕을 만들면 밥보다 못하진 않을 게야. 그리고 남은 생선은 내다팔아 군량과 바꾸어 오거라."

아버지의 그런 지시가 있은 후, 채 한 달이 지나지 않아 한산도 진중에는 몇만 섬의 군량이 쌓이게 되었다.

군량 걱정을 덜기가 무섭게 또 하나의 걱정이 진중에 들이닥쳤다. 그것은 왜적의 총칼보다 더 무서운 역병의 공포였다. 계사년 봄부터 돌기 시작하던 역병이 그해 가을이 되자 그 기세가 무섭게 사나워졌다. 열 명 중 한 명 꼴로 병에 걸렸고, 걸린 사람은 열 명 중 아홉 명이 세상을 떠났다.

아버지는 한산도에서만은 육상 병영을 만들려 하지 않았다. 원래 군선 안에서 먹고 자면서 바다를 경계하는 것이 수군의 본분이었다. 그런데 나라가 태평하다보니 언제부턴가 바닷가 육지에 병영을 짓고, 거기에서 먹고 자면서 군선은 바다에 빈 채로 매어두는 게 요즘 조선 수군의 병폐라고 지적했다. 그래서 임시 수영인 한산도에서만은 육상 병영을 짓지 않으려 했다. 하지만 속수무책으로 군사들을 잡아가는 역병의 위세 앞에 아버지는 그만 두 손 들고 말았다.

"산기슭에다 임시 병영을 짓되 세 단계로 나누어 짓거라."

큰형과 송여종 군관은 아직 병에 걸리지 않은 군사들을 시켜 한산도 산기슭에 병영을 지었다. 나무로 기둥을 세우고 가마니 때기로 칸막이를 한 임시 막사였다. 그러고는 군선 안의 병든 군사들을 그곳으로 옮겼다.

제일 아래쪽 막사에는 이제 막 병이 든 비교적 덜 위급한 군사들을, 그 다음 막사에는 병이 위중해진 군사들을, 제일 위쪽 막사에는 죽음을 앞둔 군사들을 안치시켰다. 그렇게 해서라도 아버지는 건강한 군사들을 역병으로부터 보호하려 했다.

군선 안에 있던 군사들이 병에 걸려 육상 막사로 옮겨질 때면 그들은 도살장으로 끌려가는 소처럼 희멀겋게 두 눈을 뜨고는 두 줄기 눈물을 주르르 흘리곤 했다.

동짓날, 큰형과 송여종 군관은 군사들을 데리고 가 274구의 시체를 끌어 묻었다. 언 땅을 깊숙이 파고 그 속에 시체를 넣은 후 흙으로 두텁게 덮었다.

시체를 묻고 돌아온 큰형과 송여종 군관은 언 손을 녹이며 동지 팥죽을 한 사발씩 퍼먹었다. 콧물과 눈물이 범벅이 되어 벌건 팥죽사발 속으로 툭툭 떨어졌다.

역병 못지않게 수군을 괴롭히는 것은 또 있었다. 추위였다.

옷가지 하나 제대로 입지 못한 군사들은 각 군선마다 거북이처럼 꼬부리고 앉아 신음을 토해냈다. 얼음이 쩍쩍 얼어붙는 추위에 귀신 몰골로 변한 군사들의 모습은 너무 참혹하여 차마 눈을 뜨고 볼 수가 없었다.

아버지는 꽁꽁 얼어붙은 눈보라 속의 군선을 돌아보다가 말문이 막혀 입도 열지 못하고, 그저 입고 있던 속옷 저고리를 벗어 한 수졸의 등을 덮어주었을 뿐이었다.

그해 겨울이 다가도록 조정에서는 쌀 한 톨, 버선 한 켤레 보내오지 않았다. 동상에 걸린 군사들의 손발에서 진물이 질질 흘러나오고, 역병에 걸린 군사들이 흰 똥물을 싸며 죽어나가고, 굶주림에 지친 군사들이 들쥐를 잡아먹으며 모진 생명을 이어가는 동안, 왜적들은 바다 저 건너편에서 또 한 차례의 치열한 전쟁을 준비하고 있었다.

한산도

[1] 서기 1593년. 임진왜란이 일어난 이듬해.

[2] 행주대첩을 이름. 한산대첩, 진주대첩과 더불어 임진왜란의 3대 대첩으로 불림. 권율 장군은 이 공로로 원수가 됨.

[3] 제1차 진주성 싸움을 이름. 진주대첩이라고도 함. 김시민 장군이 이끄는 조선군이 일본군을 대파함.

[4] 제2차 진주성 싸움. 조선군이 대패함.

[5] 성 밖으로 둘러 판 못.

[6] 임금이 관리에게 내리는 문서.

[7] 조선시대 때 선전관청에 딸린 관리. 왕명을 전달하는 전령 역할을 함.

[8] 현재의 경상남도 고성군 회화면 당항리.

[9] 조선시대 전라좌수영 산하의 5관(순천, 낙안, 보성, 광양, 흥양) 5포(사도, 여도, 녹도, 발포, 방답)의 고을을 뜻함.

[10] 肅拜. 왕이나 왕족에게 하는 절.

[11] 서애 유성룡을 가리킴.

[12] 윤두수, 윤근수 형제. 임진왜란 당시 서인의 우두머리였음.

[13] 조선시대 당파의 하나. 선조 때 동인과 대립하던 파.

서기 1593년과 1594년. 임진왜란이 일어난 두 번째와 세 번째 해.

눈

눈이 내렸다. 하지만 바다 위에서는 무의미하기만 했다. 바다는 그저 바다일 뿐. 그래서 바다는 내게 늘 처음이자 마지막이었다. 그 숱한 화염과 비명, 시체들이 눈처럼 내리고 또 내려도 바다는 그저 바다일 뿐이었다.

나는 그해 겨울, 그 침묵의 바다를 건너 오랜만에 가족들과 재회했다. 식구들은 무사했고, 담비 아가씨도 그 무서운 역병이나 추위로부터 벗어나 있어 다행이었다.

둘째 형의 재기를 위한 몸부림은 놀라울 정도였다. 둘째 형은 마을 뒷산에다가 손수 활터를 만들어 놓고 밥만 먹으면 거기로 올라가 활을 쏜다고 했다. 그리고 칼이며 창 쓰는 법도 스스로 익혀, 볏짚을 묶어 놓고 시범을 보일 때면 고함소리가 온 산등성이로 쩡쩡 울려 퍼지곤 했다.

"조조는 장수가 군사를 거느리고 전투에 임할 때 명심해야 할 것을 세 가지로 요약했단다. 첫째는 지형을 잘 이용하는 것이고, 둘째는 군사들의 기강을 바로 잡는 것이며, 셋째는 좋은 무기를 사용하는 것이라고 했지. 이 세 가지야 말로 병법의 기본이고, 승패는 이로부터 판가름 나는 것이라고 했어. ……아버지가 이끄는 조선 수군이야말로 이 세 가지를 모두 갖췄기 때문에 연전 연승 할 수 있었던 거야."

둘째 형은 병법에 관한 책도 읽고 있었다. 아버지 뒤를 이어 훌륭한 무인이 되기 위해서는 무술 연마뿐만 아니라 병법에 관한 이론도 공부해야 한다고 했다. 그리고 내년 봄, 한산도 진중에서 열릴 무과 시험에도 응시할 예정이라고 했다.

"통제사 어르신께서는 무고하시겠지요?"

담비 아가씨가 말했다.

"아버님께서 통제사 되신 걸 알고 계셨군요?"

내가 말했다.

"그럼요. 한산도와 수영에서 사람들이 수시로 오가는데 모를 리가 있겠어요? 두 마님께서 얼마나 좋아하셨다고요."

눈이 내렸다. 한산도 앞바다에 내리던 눈이 이곳 산자락에도 내리고 있었다.

뭍에 눈이 내리면 뭍은 몰라보게 변해갔다. 뭍은 새침때기였다. 지난 허물은 새하얀 비단 옷자락 속에 감춰두고 늘 새로운 것을 꿈꾸곤 했다. 그래서 뭍은 밉지가 않았다. 용서 받을만했다. 봄이면 초록으로 다시 시작했고, 여름이면 녹음으로 허물을 감추었다. 그리고 가을이면 단풍으로 용서를 빌었고, 겨울이면 흰 눈 속으로 숨어들었다.

뭍은 상대하기 쉬웠고 콧대가 그리 높지 않았다. 언제 보아도 익숙한 우리들의 삶 그 자체였다.

하지만 바다는 어려웠다. 까다로웠다. 애써 꾸미려 하지 않았고, 애써 덮어두려 하지 않았다. 그래서 모든 것이 적나라하게 드러났고, 언제나 그 모양이 그 모양이었다. 바람이 불면 출렁거렸고, 햇볕이 내리쬐면 그저 반짝일 뿐이었다. 그 외엔 아무런 재미도 노래도 없었다. 그래서 바다는 늘 한 가지 색이었다.

뭍이 생이라면 바다는 사였다. 뭍이 이승이라면 바다는 저승이었다. 나는 그런 생각을 하며 자신도 모르게 진저리를 쳤다.

"눈이 내려요! 첫눈이에요!"

담비 아가씨가 소리쳤다. 담비 아가씨의 목소리가 눈송이처럼 포근하게 내 두 귀를 감쌌다.

"……눈이 내리면 좋긴 하지만…… 아버님 걱정 때문에 한편으로는 마음이 무거워져요."

담비 아가씨의 표정이 금세 어두워졌다.

"식량난으로 백성들 사는 게 말이 아니라고 하던데, 한산도라고 나을게 없을 테지요?"

담비 아가씨가 또 물었다.

"……식량난에다 역병까지 겹쳐 열 명 중 한두 명은 죽어나가고 있어요. 이러다가 왜적과 싸우기도 전에……."

나는 말을 끝내지 못하고 하늘을 올려다보았다. 가뭇가뭇한 눈송이들이 화살처럼 쏟아져 내리고 있었다. 나는 두 눈을 크게 뜨고 입을 벌려 그 숱한 화살을 온몸으로 맞았다.

"……아버님께서 무사하셔야 할 텐데…… 진중에 역병이 돈다니…… 왠지 불안해져요."

나는 하늘로부터 고개를 돌려 담비 아가씨를 바라다보았다. 그녀는 가뭇가뭇한 눈발 속에 갇혀 옴짝달싹도 못하고 어깨를 움츠리고 있었다. 길 잃은 한 마리 새처럼 그녀는 길 위에 그렇게 서 있었다.

나는 용기를 내 그녀의 손을 끌어 잡았다. 그녀의 손은 마치 한 마리의 새처럼 따스한 온기를 머금은 채 내 손아귀 속으로 고스란히 들어왔다.

"걱정하지 마세요. 현감 어른께서 어떤 분이신데 그까짓 역병 따위에 굴복하시겠어요. 용기를 내세요, 담비 아가씨."

나는 가녀린 담비 아가씨의 어깨를 살며시 끌어안았다. 아가씨의 이마가 내 가슴에 폭 파묻혔다. 발갛게 불이 지펴진 화로 하나가 내 가슴속으로 들어오는 것만 같았다.

"……담비 아가씨……."

나는 담비 아가씨의 몸 전체를 품에 안았다. 어느새 세상이 하얗게 변해 있었다. 나는 이제 막 널찍한 강 하나를 건넌 기분이었다. 이렇게 흡족한 기분은 생애 처음 느껴보는 것이었다.

"오늘은 그만…… 돌아가 봐야겠어요."

담비 아가씨는 발길을 돌려 산길을 내려갔다. 나도 담비 아가씨를 따라 눈길을 내려갔다. 부처님께 가려던 발길을 돌려 우리는 꿈길을 걷듯 그렇게 눈길을 내려왔다.

식량난을 겪는 것은 집에서도 마찬가지였다. 어머니와 종들은 뒷산에서 솔잎을 따와 그것을 그늘에 말렸다. 그리고 그것을 절구에 찧어 가루를 내서는 쌀가루와 함께 섞어 물에 타 마시곤 했다.

"얼마나 배가 고팠으면 아이들이 말똥에 섞여 나오는 곡식 알갱이를 꼬챙이로 찍어먹을까."

할머니는 밥상머리에서 그렇게 입을 열었다.

"왜적들이 지나가면서, 그들이 끌고 가는 말이 똥을 싸면 마을 아이들이 달려들어 그 짓을 한다는 구나. 얼마나 배가 고팠으면……."

할머니는 수저를 들다말고 한숨부터 내쉬었다.

"어멈아, 내일부터는 저녁밥도 짓지 말거라. 저녁은 옥수수나 국수로 때우도록 하자꾸나."

할머니의 그 말에 식구들의 시선이 어머니에게로 쏠렸다. 어머니는 차분하게 식구들의 따가운 시선을 받아넘겼다.

"아무리 어려운 때라고는 하지만 하루에 두 끼는 밥을 먹어야 하지 않겠어요, 어머니?"

하지만 할머니의 대답은 단호했다.

"지금 장군님께서 식량난 때문에 어려움을 겪고 계신데 집이라고 편히 앉아 쌀만 축낼 수는 없지 않느냐. 그 쌀을 모아다가 한산도 진중으로 보내드려야겠다. 한 줌의 군량이 아쉬운 판에……."

더 이상 할머니의 주장을 반박할 사람은 없었다. 그저 말없이 고개를 숙인 채 숟가락질만 할 뿐이었다.

"어느 마을에서는 아낙네가 먹을 것이 없어 굶어 죽었는데, 어린애가 죽은 제 어미젖을 빨고 있었다지 뭐냐. 마침 지나가던 명나라 장수가 그것을 보고는 불쌍히 여겨 그 어린애를 거두어 진중에서 기르게 했다는구나."

할머니는 밥그릇을 다 비우지 못하고 수저를 내려놓았다. 어머니도 할머니를 따라 수저를 놓았다. 나는 둘째 형의 눈치를 살피고 있었다.

"……장군님께서 이 난국을 어떻게 헤쳐나가실지…… 에이 그, 나라님도 어쩌지 못하는 이 난국을 장군님께서……."

결국 둘째 형도 수저를 놓고 말았다.

"그 많은 군사들을 무엇으로 먹이고 입히고 다독거리실 지……."

할머니의 눈가에 이슬이 맺혔다. 나도 밥그릇을 다 비우지 못하고 수저를 내려놓았다.

"어멈아?"

할머니가 눈가를 훔치며 다정스런 목소리로 어머니를 불렀다.

"네, 어머니?"

"내일 아침부턴 쌀을 반으로 줄여야겠다. 장군님께서 군량미 부족으로 힘들어 하실 텐데, 우리가 집에 앉아 마냥 쌀을 축낼 수는 없지 않느냐. 조금이라도 더 모아다가 한산도 진중으로 보내드려야지."

어머니가 고개를 떨어뜨리고 콧물을 홀쩍거렸다.

"알겠어요, 어머니!"

"병법에는 딱히 정해진 형식이 있는 것은 아니지. 전투에 무슨 특별한 법칙이 있는 것도 아니고. 때에 따라 그에 적절한 묘책을 활용해야 하는 거야. 이는 결국 지휘관의 능력에 따라 전투가 달라진다는 말이거든."

둘째 형은 자신이 손수 닦아놓은 활터에서 활을 쏘면서 말했다. 형이 쏜 화살은 바람처럼 날아가 과녁의 한가운데를 정확히 꿰뚫었다.

"옛날 말에 사자 한 마리가 이끄는 양의 군대가 양이 이끄는 수만 마리의 사자 군대를 이긴다고 했어. 이는 결국 뛰어난 장수 한 사람에 의해 승패가 나눠진다는 말이거든. 여기에 조조가 말한 세 가지 요소가 더해진다면 더할 나위 없이 좋은 군대가 되겠지."

내가 쏜 화살도 과녁의 한가운데를 꿰뚫었다. 형이 다시 활을 높이 치켜들었다.

"지금 아버지의 수군이 꼭 그렇잖아. 뛰어난 지휘관에다 기강 잡힌 군사들. 여기에 막강한 화포……."

형이 화살을 날리자 나도 연이어 시위를 당겼다. 내가 쏜 화살이 형의 화살을 쪼개며 형의 과녁에 날아가 박혔다. 형의 화살은 네 갈래로 갈라지며 허공에 꽃잎처럼 떨어져 내렸다.

"그런데 문젯거리가 생겼어."

내가 말했다. 형이 두 눈을 휘둥그레 뜨고 나를 쳐다보았다.

"문제는 원균이야. 아버님께서 통제사 되신 걸 아주 고깝게 생각하고 있더라고. 다들 축하해 주는 판에 원균 혼자서만 주정을 부리며 행패를 놓던걸."

"저런!"

"아버님한테는 원수나 마찬가지야. 아주 골칫거리야."

이번에는 형이 세 개의 화살을 동시에 날렸다. 화살 세 개는 석 삼자 모양으로 날아가 과녁 중간에 나란히 꽂혔다.

"제발 아버님한테 무슨 일이 일어나지 말아야 할 텐데."

나는 다섯 개의 화살을 시위에 먹였다. 그러고는 손가락으로 시위를 한번 비틀었다가 놓았다. 내가 쏜 화살 다섯 개는 꼬리에 꼬리를 물고 긴 창처럼 하늘을 날아가서는 차례대로 과녁에 박혔다. 우박 떨어지는 소리가 났다.

"면아, 이번에도 내가 졌다. 넌 역시 아버님 칭찬을 받을 만해."

"문제는 원균이야. 조선 수군을, 아니 이 나라를 통째 말아먹을 위인이라고."

나는 둘째 형의 칭찬은 아랑곳없다는 듯 혼자서 그렇게 중얼거리며 활터를 내려왔다.

겨울 달이 곱게 떠올랐다. 저녁 일찍 떠오른 반달은 창백한 잔설 위로 한층 차가운 달빛을 쏟아냈다. 희끗희끗 잔설을 등에 업은 여남은 집의 지붕 위로 개짓는 소리가 얼음조각처럼 굴러갔다. 밤바람이 차가울수록 달은 밝게 빛났다.

"마음 같아서는 남장을 하고서라도 군선을 타고 싶어요. 군선을 타고 아버님과 함께 싸우고 싶어요. 만약…… 싸우다가 왜적의 칼에 죽는다고 해도…… 저승에서 식구들을 만날 수 있을 테니 두려울 것은 없지요."

담비 아가씨의 눈동자도 반달처럼 밝게 빛났다.

"남장을 하고서 군선을 타고 왜적과 싸울 수만 있다면 참으로 갸륵한 일일 테지요. 하지만 그건 어디까지나 마음으로나 가능한 일입니다."

까마귀 떼가 산감나무 가지를 부러뜨리며 밤하늘로 날아올랐다.

"도련님 가시는 배편에 함께 묻어 한산도 진중으로 가보고 싶어요. 그렇게 해서라도 아버님을 한번 뵙고 싶어요."

아가씨의 눈동자가 얼음 알처럼 구르다가는 이내 반짝거리는 물기를 만들어냈다. 그녀의 젖은 눈동자는 두 사람의 입김에 가려졌다.

"자꾸만 불안해져요. 어떻게 해서든지 아버님을 한번 뵙고 싶어요."

나는 아가씨의 언 손을 찾아 쥐었다. 그녀의 주먹은 언 홍시처럼 단단하고 차가웠다.

"한산도는 경상도 땅입니다. 먼 바닷길이고요. 더구나 지금은 난리 중이지요."

"알고 있어요. 하지만…… 너무 그리워요. 아버님이……."

"전쟁이 소강상태로 접어들었으니, 때가 되면 현감 어른께서도 휴가를 낼 수 있을 겁니다. 기다려 보세요."

"……남장을 하고서라도 배를 타고 가 먼발치에서나마 뵙고 싶어요."

나는 입을 여는 대신 눈물이 글썽글썽 해진 담비 아가씨를 세차게 끌어안았다. 담비 아가씨는 헌 옷가지처럼 무너지며 내 품에 안겼다.

"힘내세요! 전쟁은 끝나게 되어 있습니다. 그때까지…… 꿋꿋하게 버티세요. 현감 어른께서도 그렇게 되기를 바라고 계실 겁니다."

"……알겠어요."

나는 담비 아가씨의 어깨를 끌어당겨 그녀의 얼굴을 정면으로 바라보았다. 그녀는 울고 있었다. 달빛보다 차가운 눈물이 그녀의 두 볼 위로 흘러내렸다.

나는 두 눈을 감고 그녀의 입술 위에 내 입술을 포개었다. 입술은 차가웠다.

"사랑합니다, 담비 아가씨!"

그녀의 입술이 열렸다. 입속은 부드럽고 따스했다. 그녀의 조그마한 손이 내 등을 감싸 안았다. 희미하게 힘이 느껴졌다. 나는 격렬하게 그녀를 끌어안았다.

"……도련님…… 저 달을 잊지 않을게요."

"……기다려요. 전쟁이 끝나면 아버님과 현감 어른께 허락을 얻어…… 혼례를…….”

그녀의 따스한 눈물이 내 입술 속으로 스며들어갔다. 남쪽 바닷바람을 머금은 찝찔한 눈물이었다.

“저 또한 저 달을 잊지 않을 겁니다. 반쪽은 제가 가져갔다고 생각하세요. 전쟁이 끝나는 날, 저 반달은 또 하나의 반쪽을 찾아 온전한 보름달로 떠오르겠지요.”

“……기다리겠어요. 그날만을…….”

밤하늘 높이 떠오른 반달을 바라보며 담비 아가씨와 나는 뒷산 중턱에 그렇게 서 있었다.

씨름과 스모,
그리고 만두

격심한 식량난과 역병을 겪으면서도 아버지는 군선 만드는 일만큼은 놓지 않았다. 갑오년' 봄까지 아버지가 목표로 정한 군선수는 판옥선 250척에 협선 250척이었다. 여기에 필요한 격군과 사수 등 군사들의 수는 무려 4만 명이 넘었다. 아버지는 이 목표를 달성하기 위해 도별로 할당량을 정해주었다.

전라좌도는 판옥선 60척에 협선 60척, 전라우도는 판옥선 90에 협선 90척, 경상우도는 탐색선 40척에 협선 40척, 충청도는 판옥선 60척에 협선 60척이었다. 이렇게 하면 삼도 수군의 규모는 군선 500척에 군사 4만여 명이 넘는 대군이 되는 셈이었다. 이렇게 해서 아버지는 삼도 수군을 이끌고 바다를 뒤덮을 듯 쳐들어가 적들의 주요 거점인 부산을 회복할 생각이었다.

하지만 기한 내에 할당량을 채운 도는 전라좌도밖에 없었다. 다른 도는 갖가지 구실을 대며 기한을 맞추지 못했다.

드디어 갑오년 4월, 한산도 앞바다엔 240여 척의 군선이 집결했다. 판옥선 120척에 협선 120척이었다. 이것은 아버지가 목표로 정한 군선 수의 절반에도 미치지 못하는 숫자였지만, 여기에 필요한 군사들의 수는 2만 명에 가까웠다. 아버지에게는 군선 만드는 일도 힘들었지만, 새로 만든 군선을 부릴 군사들 채우기가 더욱 어려웠다. 하는 수없이 아버지는 목표 달성 기한을 얼마간 연기하는 수밖에 없었다.

그해 봄, 한산도에는 2만 명에 가까운 수군들이 머물면서 와자지껄한 분위기를 만들어 냈다. 굶주림과 역병으로 쓰러져간 군사들의 무덤은 새로 징집되어온 신참내기 군사들의 발길에 의해 오히려 반석처럼 다져졌다.

그해 4월 3일, 아버지는 그동안 역병으로 죽은 군사들의 혼을 위로해 주기 위해 여제²를 지냈다. 지난겨울부터 올 봄까지 병으로 죽은 군사들의 수는 정확히 1704명이었다. 아버지는 제사를 지내면서 죽은 군사들의 이름을 일일이 불러주며 술잔을 올렸다. 제사는 아침부터 저녁 늦게까지 계속되었다.

그날 밤, 아버지는 삼도 수군 1만 9천 명에게 막걸리 1080동이를 먹였다. 모처럼 술에 취한 군사들은 끼리끼리 모여 앉아 노래를 부르거나 큰소리로 떠들었는데, 전라도 군사들의 구성진 노랫가락이 썰물처럼 한 차례 쓸려 가면 경상도 군사들의 억센 사투리가 밀물처럼 밀려들었고, 다시 전라도 군사들의 노랫가락이 시작되기도 전에 충청도 군사들의 투박한 사투리가 터져 나오곤 했다.

그해 4월 8일에는 한산도 진중에 임시 과거장을 설치해 과거 시험을 보았다. 수군들만 보는 과거 시험인 만큼 말을 타고 달리면서 활을 쏘는 과목은 선 채로 활을 쏘는 시험으로 대체했다. 모두 천 명이 넘는 군사들이 응시해서 백여 명이 합격했다. 아버지는 이들을 1, 2, 3등 차례대로 주소와 나이, 이름, 부친의 성명 등을 장계에 적어 조정으로 올려보냈다.

둘째 형이 과거 시험에 응시하기 위해 일부러 한산도 진중으로 들어오는 바람에 우리 삼 형제는 오랜만에 한자리에 모여 과거 시험을 보았는데, 다행히 모두 합격에 들었다. 내가 1등급으로 합격했고 큰형과 둘째 형이 2등급으로 합격했다. 진중에 합격자 방을 내붙이던 날, 아버지가 우리 삼 형제를 대장선 아버지의 선실로 불렀다.

"열이는 이제 전쟁의 공포로부터 완전히 벗어났느냐?"

아버지가 둘째 형을 넌지시 바라보며 물었다.

"네, 아버님! 내일부터는 저도 군선을 타고 싸움터로 나가겠습니다!"

둘째 형의 목소리엔 날이 서 있었다. 시퍼렇게 날이 선 둘째 형의 목소리는 적의 목을 베고도 남을 만했다.

"내 너희들을 곁에 두고 있으니 마음이 든든하구나. 너희 삼형제 모두 무과에 합격해 조선의 진정한 무인이 되었으니 내 너희들에게 선물 한 가지씩을 내려주겠다."

아버지는 종 한경을 불렀다. 한경은 아버지의 부름을 받고 품에 무언가 한 아름 안고 들어왔다.

"조선의 대장장이 태귀련과 언복이가 철정을 두들겨 만든 장검이니라. 명장들이 만든 명품이니만큼 각오를 단단히 하고 받아야 할 게야."

아버지는 한경이 전해주는 칼을 한 자루씩 건네받아 우리 삼형제에게 내려주었다. 두툼한 칼집에 든 칼은 차갑고 무거웠다.

"칼을 뽑아보아라."

아버지가 우리 삼 형제를 내려다보며 말했다. 아버지의 두 눈에서 빛이 났다.

우리 삼 형제는 칼을 빼들고 아버지를 바라보았다.

"칼에 무어라 새겨 넣었는지 읽어보아라. 검명³ 말이다."

우리는 저마다 칼을 치켜들고 검명을 읽었다.

"일휘소탕 염혈산하⁴. 한번 휘둘러 쓸어버리니 피가 강산을 물들이도다."

"이 애비 가슴에 새겨 넣은 검명이니라. 적들은 쉬이 물러가지 않을 것이다. 부산에다 거점을 만든 뒤 기회를 보아 다시 한

번 대대적으로 쳐들어올 것이야. 그때 나와 너희들은 이 검명을 받들어 이 강산을 적의 피로 물들일 것이다. 알겠느냐?"

"네엣!"

아버지도 어느새 칼을 빼들고 있었다. 조선의 대장장이 태귀련과 언복이 만든 네 자루의 칼은 군선의 창구멍으로 스며드는 어스름 저녁 햇살을 받으며 하늘을 향해 곤두서 있었다. 얼음처럼 차가운 칼은 대기의 수증기를 끌어 모았다. 티끌 한 점 없는 칼날은 푸른빛을 띠며 차가운 광채를 뿜어냈다.

"대장부 하는 일은 하나밖에 없느니라! 오직 하나밖에……."

칼끝 너머로 부릅뜬 아버지의 눈가에도 싸늘한 수증기가 일었다.

한산도 바닷가 산기슭으로 산목련이 흐드러지게 피던 그해 늦은 봄날, 아버지는 군선 안에 가둬 놓았던 일본군 포로 200여 명을 활터로 불러내 술도 먹이고 놀이도 하게 했다. 포로들은 오랜만에 술과 떡을 배불리 먹고는 저희들끼리 무어라고 큰소리로 떠들다가 두 편으로 패를 갈라 씨름을 했다.

아버지와 삼도의 여러 장수들은 활터에 나와 앉아 놈들이 노는 모습을 구경하고 있었다. 우리 삼 형제도 여러 군관들과 어울려 놈들의 노는 모습을 구경했다.

"저놈들이 하는 씨름은 아주 요상하구나. 저 놀이가 무엇이라더냐?"

아버지가 통역 군관에게 물었다.

"네, 스모라고 합니다. 왜국의 아주 오래된 민속놀이라고 합니다."

통역 군관이 머리를 조아리며 대답했다.

"저놈들 중에서 글께나 읽은 자를 데려오느라."

아버지의 명령에 통역 군관은 포로들한테 달려가 무어라 한참 지껄이더니, 마침내 얼굴이 곱상하게 생긴 포로 한 명을 데려왔다.

"모리 스즈끼라는 놈인데 원래는 중이었답니다. 한문을 읽을 줄도 알고 쓸 줄도 안다고 합니다."

스즈끼는 통역 군관 옆에 무릎을 꿇고 앉아 머리를 조아리고 있었다.

"조선 씨름과 왜국 스모가 무엇이 다른지 물어보아라!"

아버지가 말했다.

"조선 씨름에 대해서는 잘 모른다고 하고, 제 나라 스모는…… 천 년이 넘도록 이어져 내려오는 놀이인데, 최근에는 오다 노부나가[5]라는 장군이 자신의 아즈치성[6]에서 여러 차례 스모 대회를 연 적이 있다고 합니다. 이때 참가한 리키시[7]의 수가 천오백 명에 이르렀다고 합니다."

통역 군관은 스즈끼가 머리를 조아리며 답변한 것을 재빨리 통역했다.

동편과 서편으로 갈라 시합을 벌이던 포로들은 해거름 녘이 되자 마침내 두 명의 리키시를 모래판 위에 세웠다.

"마지막까지 오른 저 두 명의 리키시를 요코즈나[8]라고 한답니다. 저들은 시합에 앞서 모래판에 올라가 부정을 씻어내는 의식을 벌인다고 합니다."

통역 군관의 말이 끝나기가 무섭게 두 명의 선수는 모래판으로 올라가 땅을 힘차게 밟기도 하고, 허공을 향해 두 손을 뻗어 올렸다가 힘껏 내리기도 했다. 그러고는 모래판 구석에 놓인 나무물통의 물을 조롱박으로 퍼서 입안을 헹구고는 마른 헝겊으로 입가의 물기를 가볍게 닦아냈다.

마침내 모래판 가운데로 나온 그들은 소금을 한 움큼씩 집어서 허공에다 흩뿌렸다. 그리고 모래판 가운데 그어 놓은 구획선 앞에 몸을 낮추어 상대방을 노려보았다. 이윽고 심판이 무어라고 소리를 지르자 두 선수는 육중하게 앞으로 튀어 나아가며 상대방과 뒤엉켰다.

"두 선수가 힘차게 일어나면서 격돌하는 저 장면을 다치아이[9]라고 한답니다. 스모의 가장 역동적인 장면이라고 합니다."

"······음."

"상대방의 몸을 먼저 땅에 닿게 하거나 모래판 바깥으로 밀어내는 쪽이 이긴다고 합니다. 이기는 순간에 쓴 기술을 가리마테

¹⁰라고 하는데 가짓수가 오십 가지가 넘는다고 합니다."

아버지가 천천히 부채질을 하며 말했다.

"조선 씨름과 유사한 점이 많구나."

"그렇습니다. 우리 씨름과 마찬가지로 주먹이나 손바닥으로 상대를 때리거나 급소를 찌르면 패하게 된답니다. 상투를 잡아도 마찬가지랍니다."

잠시 후, 터져 나오는 환호성과 함께 심판이 부채로 한 선수를 가리키면서 무어라고 큰소리로 외쳤다.

"저것은 어떤 수를 써서 이겼는지 심판이 확실하게 선언을 해 주는 것이라고 합니다. 그리고 우승자에겐 반드시 상금을 준다고 합니다."

심판이 부채에 동전을 얹어 상금으로 건네주자 우승한 선수는 오른손을 펴서 허공에 몇 차례 흔든 뒤 상금을 집어 들었다. 시합에서 이기게 해준 신에게 감사하다는 표시로 손을 흔든다고 통역 군관은 설명했다.

"……우두머리를 불러오느라!"

아버지가 느닷없이 통역 군관에게 명령했다.

"넷!"

통역 군관은 재빠르게 뛰어가 일본군 포로의 우두머리를 불러 왔다. 우두머리는 아버지 신발 앞에서 코가 땅에 닿도록 몸을 낮추었다.

"스모라…… 우리 조선 씨름과 한판 승부를 겨뤄보자!"

아버지의 눈빛이 예사롭지가 않았다.

"나대용 군관, 가서 경상도 수졸 성복이를 데려오느라!"

성복이는 지난 정월 대보름, 삼도수군 씨름 대회에서 일 등을 한 수졸이었다. 경상도 수군에서 노를 젓는 격군으로 근무하고 있었는데, 힘이 천하장사였다. 한산도 군사 2만 명 중에서 일 등을 한 자였다.

"우리 경상도 수군이 최고는 최고지! 전라도 수군은 숫자만 많았지 우리 성복이 하나 못 당하는 주제에……."

나대용 군관이 성복이를 데리러 바다로 내려간 사이, 경상 우수사 원균은 그새 참지를 못하고 입을 나불거렸다. 보다 못한 순천 부사 권준이 점잖게 한마디 했다.

"지금 경상도니 전라도니 따질 때가 아니지요. 조선 팔도 힘을 합쳐도 왜적을 못 당하는 판에……."

그제야 원균도 잔기침을 하며 입을 다물었다.

잠시 후, 불려온 성복이가 숨을 헐떡거리며 영문도 모르는 채 아버지 앞에 무릎을 꿇었다. 그는 어깨를 부들부들 떨고 있었다.

"저기를 보아라!"

아버지가 일본군 포로들을 가리키자 성복이는 엎드린 채 고개를 뒤로 돌리고 벌거벗은 몸에 누런 샅바만 두른 일본군 포로 한 명을 바라보았다. 육 척 장신에 몸통이 비석처럼 단단하게 생긴 왜적 한 명이 성복이를 쳐다보며 웃고 있었다.

"저놈들 중에서 힘이 가장 센 자라고 한다. 왜국 씨름의 일인 자니라."

아버지가 성복이를 지긋이 내려다보았다. 성복이의 어깨가 다시 떨리기 시작했다.

"조선 씨름 맛을 보여 주어라. 이기면 한 달간 휴가를 줄 것이 니라. 만약 지는 날에는…… 네 목을 내놓아야 할 게야!"

아버지의 단호한 말투에 성복이의 온 몸이 번개라도 맞은 듯 짧게 전율했다.

"알겠습니다, 장군님!"

성복이 머리를 조아리며 어금니를 사리 물었다.

"……저, 어느 쪽 방식으로 시합을 해야 할지 묻습니다."

통역 군관이 일본군 포로 우두머리의 말을 아버지에게 전했 다.

"……여긴 조선이니라. 조선의 법도를 따라야할 게야."

여러 장수들과 군관들의 시선이 아버지에게로 쏠렸다.

"조선 씨름은 군더더기 하나 없이 매끈하게 승부를 짓는 것이 매력이니라. 상대를 먼저 바닥에 매치면 이기는 것이 조선의 씨름이지. 오늘 승부도 그렇게 가르면 될 게야. 삶과 죽음은 순간 이다. 단판으로 승부를 내거라."

여러 장수들과 군관들이 고개를 끄덕거렸다. 통역 군관의 설

명에 일본군 포로 우두머리도 고개를 끄덕거렸다.

"승부에 상벌이 없을 수는 없는 법. 너희 쪽에서 이기면 오늘 저녁에 술과 고기를 마음껏 내리겠다. 만약 지면 어떡하겠느냐?"

아버지가 일본군 포로 우두머리에게 물었다. 그러자 그는 정색을 하고 큰소리로 대답했다.

"하이! 보꾸노 하라오 아께데 미세마스!"

"제 배를 갈라 보이겠다고 합니다!"

통역 군관이 재빨리 통역했다.

"일본국의 사무라이로서 패배에 대한 책임을 지고 명예롭게 죽겠다고 합니다."

통역 군관의 연이은 통역에 아버지는 천천히 고개를 끄덕거렸다.

"데리고 가거라!"

통역 군관과 나대용 군관이 성복이를 데리고 모래판으로 내려갔다. 일본군 포로 우두머리도 모래판으로 내려갔다.

한동안 모래판이 시끄럽더니 드디어 두 사람이 모래판 한가운데 마주섰다. 키와 덩치가 엇비슷했다.

일본국 포로들은 숨을 죽이고 벌거벗은 두 사람을 지켜보고 있었다. 우리 수군의 여러 장수들과 군관들도 숨을 죽이기는 마찬가지였다.

"역시 경상도 수군이 최고니라! 성복아, 네가 이기면 상금으로 황소 한 마리를 내리겠다!"

경상 우수가 원균이 손나발을 만들어 소리쳤다. 여러 장수들은 들은 척도 않고 모래판만 주시하고 있었다.

드디어 두 사람이 샅바를 잡고 모래판에 무릎을 꿇고 앉았다. 통역 군관이 무어라고 일본군 선수한테 일본말로 설명을 했다. 일본군 선수가 고개를 끄덕거렸다.

나대용 군관이 심판을 맡았다.

두 선수가 어깨를 맞대고 몸을 일으켰다.

나대용 군관이 두 선수의 등을 때리며 호각을 불었다.

"으라차차!"

순식간이었다. 성복이의 기합소리와 함께 일본군 선수의 비석처럼 단단한 몸이 허공으로 허깨비처럼 날아갔다.

사위는 물을 끼얹은 듯 조용했다. 성복이의 들배지기 한 방에 일본군 스모 선수는 서너 걸음을 날아가 모래판에 거꾸로 처박혀 꿈쩍도 않고 있었다. 모든 사람들의 시선이 아버지에게로 쏠렸다.

아버지가 조용히 입을 열었다.

"이것이 조선의 씨름이니라!"

긴 침묵을 깬 것은 원균의 방정맞은 웃음소리였다.

"히히히히, 경상도 수군 성복아! 약속대로 내 너에게 황소 한 마리를 상으로 내리겠다!"

모든 사람들의 시선은 여전히 아버지한테 고정되어 있었다.

"약속은 약속입니다. 원 수사께서 성복이에게 황소 한 마리를 상으로 내리세요. 저 또한 약속한 대로 성복이에게 한 달간 휴가를 내리겠습니다. 그리고…….

아버지는 일본군 포로 우두머리를 바라보았다. 그는 언제 달려왔는지 아버지의 발아래 무릎을 꿇고 앉아 있었다.

"약속한 대로 제 배를 갈라 보이겠다고 합니다. 할복자살로써 패자 된 책임을 지고 명예롭게 죽겠다고 합니다."

통역 군관의 목소리가 조금씩 떨렸다.

"……음."

사람들은 여전히 숨을 죽이고 아버지를 지켜보고 있었다.

"살려주어라. 살아서 우리 조선을 위해 목숨을 바치라고 하거라!"

아버지가 우두머리를 바라보며 말했다.

통역 군관이 아버지의 말을 통역 하자 우두머리는 펄떡 뛰며 아버지 가까이 다가앉았다.

"사무라이의 약속은 시위를 떠난 화살과 같다고 합니다. 다시 번복할 수 없다고 합니다."

통역 군관이 우두머리의 말을 통역하며 고개를 떨어뜨렸다.

"……이름이 뭔지 물어보아라."

"다카하시 이찌로라고 합니다."

"실행하라고 해라!"

"……칼이 필요하다고 합니다."

나대용 군관이 허리에 차고 있던 단도를 빼주었다. 우두머리
는 단도를 정중히 건네받아 양손으로 머리 높이까지 들어 올렸
다가 무릎 앞에 내려놓았다. 그리고 통역 군관 옆에 앉아 있는
모리 스즈끼에게 무어라고 부탁의 말을 했다.

"스즈끼에게 카이샤쿠닌[11]이 되어 달라고 합니다. 자신의 죽
음을 도와달라고 합니다."

통역 군관이 우두머리의 말을 통역했다.

스즈끼가 고개를 끄덕이며 자리에서 일어났다. 그는 나대용
군관의 장검을 건네받아 우두머리의 왼편에 조용히 앉았다.

이윽고 우두머리는 조용히 옷매무새를 가다듬고는 자신의 동
료들인 포로들을 향해 두 번 절을 한 뒤 그들을 등지고 아버지와
여러 장수들을 향해 돌아앉았다. 무릎과 발끝을 바닥에 붙이고
상체는 발뒤꿈치 위에서 꼿꼿이 세웠다.

스즈끼는 그의 왼편에 앉아 그의 일거수일투족을 지켜보고 있
었다. 드디어 우두머리는 예리하게 날이 서 있는 단도를 양손으
로 받쳐 들고 머리 높이까지 들어 올렸다가 무릎 앞에 내려놓았
다. 그리고 아버지와 여러 장수들에게 정중히 절을 하고 입을 열
었다.

"이 몸은 일본국 스모 선수가 조선국 씨름 선수와의 시합에서 진 것을 책임지고 할복하려 합니다. 일본국 사무라이와 조선국 수군통제사와의 지엄한 약속을 지킴으로써 두 나라 무사들의 명예가 한층 빛나기를 바랍니다. 여러분들을 번거롭게 해서 정말 죄송합니다."

그는 말을 마치고 나서 고개를 다시 한 번 정중하게 숙이고는 상의를 허리띠까지 벗어 내렸다. 하얀 그의 상반신이 드러나자 그는 천천히 단도를 들어 올려 마치 애정이라도 쏟듯 진지한 눈빛으로 칼끝을 바라보았다. 마지막 순간을 위해 정신을 모으는 모양이었다.

드디어 그는 칼끝으로 힘껏 왼편 하복부를 찌르고는 천천히 오른쪽으로 잡아당겼다. 그러고는 비스듬히 왼편 위쪽으로 그어 올렸다. 이 모든 동작을 마칠 동안 그는 얼굴 표정 하나 일그러뜨리지 않았다.

"참으로 독한 놈이로구나!"

원균이 침을 튀기며 말했다. 아버지는 여전히 입을 다문 채 그의 일거수일투족을 지켜보고 있었다.

마침내 우두머리는 복부로부터 단도를 빼낸 뒤 앞으로 몸을 숙여 고개를 내밀었다. 고통스런 표정이 그의 얼굴에 살짝 비쳤지만 신음은 내지 않았다.

그때 그의 왼편에서 모든 것을 지켜보고 있던 스즈끼가 조용히 몸을 일으켜 천천히 칼을 뽑아들었다. 그리고 칼이 번쩍 햇살을 갈랐다고 느끼는 순간 둔탁한 소리가 났다. 단칼에 우두머리의 머리가 베어져 땅에 나뒹굴었다. 머리가 떨어져 나간 우두머리의 목에서 뜨거운 피가 소리를 내며 뿜어져 나왔다.

스즈끼는 자신의 옷을 벗어 피 묻은 칼을 깨끗이 닦은 뒤 나대용 군관에게 돌려주고는 통역 군관 옆으로 돌아와 앉았다.

"……너희들의 피로 이 강산을 물들일 것이니라."

아버지가 혼자처럼 중얼거렸다.

그날 저녁 한산도 바다 위에는 피처럼 붉은 노을이 떴다. 아버지는 우두머리를 잃은 일본군 포로들에게 술과 고기를 내려주었다. 그들은 활터 주위에 둘러 앉아 아귀처럼 닭다리를 뜯고 걸신들린 것처럼 떡과 막걸리를 마셨다.

나는 통역 군관과 함께 스즈끼를 가운데 두고 앉아 있었다. 스즈끼는 울고 있었다. 조금 전에 소리를 내며 뿜어져 나온 우두머리의 피처럼 그의 눈물도 그렇게 뜨거워 보였다.

그는 동족의 목을 벤 자책감에 우는 것 같지는 않았다. 그의 울음은 조용했고, 지속적이었고, 골이 깊었다. 나는 종 무재를 금이에게 보내 명나라 음식인 만두를 가져오게 했다.

"진주에 주둔하고 있는 명나라 진영에서 보내온 음식입니다. 좀 드셔보시지요."

통역 군관이 내 말을 통역하자 스즈끼는 고개를 들고 나를 겨우 쳐다보았다. 그의 두 눈은 토끼눈처럼 발갛게 충혈되어 있었다.

"만두를 처음 빚게 한 것은 제갈공명이라고 하네."

나는 지난 달 진주에서 명나라 장수의 공문을 가지고 내려온 한 젊은 명나라 군관의 목소리를 떠올렸다. 그는 열아홉 살이었고 절강성[12] 출신이라고 했다.

"제갈공명이 남만[13]을 공격할 때 어떤 남만인이 말하기를, 이곳에서는 사람을 죽여서 그 머리를 제물로 하여 제사를 지내는 풍속이 있는데 그렇게 하면 하늘이 은밀하게 도움을 준다고 하였다네. 하지만 제갈공명은 그렇게 하지 않고 사람 대신 양과 돼지를 잡아 소를 만들었다네. 그리고 그것을 밀가루 반죽에 싸서 사람 머리 모양으로 만들어 제사를 지냈다고 하더군."

명나라 군관은 의기양양하게 말했다. 나는 그의 말을 전하는 통역 군관의 말을 들으며 심한 구역질을 느꼈다. 명나라 군관은 아랑곳없다는 듯 김이 모락모락 피어오르는 만두를 꾹꾹 씹어 삼켰다.

"후세 사람들이 이것을 남만의 머리라는 뜻으로 만두[14]라 부르다가 오늘날 음식 이름으로 굳어진 것이지. 자, 자네도 한번 먹어 보지 그래."

명나라 군관은 나에게도 만두를 건넸지만 나는 속이 메슥거려 그것을 받아먹을 수가 없었다.

"제갈량의 어진 덕을 물려받은 우리 대국은 이처럼 백성들의 목숨을 소중하게 여긴다네. 맹자께서는 인[15]은 반드시 불인[16]을 이긴다고 하셨네. 그것은 물이 불을 이기는 것과 같은 이치일세."

열아홉 살밖에 되지 않은 명나라 군관은 한껏 거드름을 피우며 마치 나에게 훈시라도 하듯 말했다. 나는 그저 듣고만 있었다.

"인을 행하는 자는 불붙은 수레에 한 바가지 물을 끼얹는 것과 같다고 맹자께서는 말씀하셨지. 따라서 인의 마음을 가진 자는 항상 고통과 고난에 처해 있는 이웃을 배려해야 한다네. 우리 명나라 황제께서는 왜적의 침략에 신음하고 있는 조선 백성을 구하기 위해 대군을 파견하셨다네. 이것은 바로 맹자의 가르침을 실천하려는 제갈공명의 사상이 우리 황제폐하에게까지 면면이 이어져 내려오고 있다는 증거가 아니고 무엇이겠나!"

명나라 군관의 입 밖으로 만두소가 튀어나왔다. 나는 더 이상 참을 수가 없었다.

"옛 말에 양두구육이라는 말이 있습니다. 양머리를 걸어 놓고 개고기를 판다는 뜻이지요. 지금 명나라 하는 짓이 꼭 그 모양새입니다. 겉으로는 왜적으로부터 조선을 구한다고 하면서도 속으로는 자국의 실속만 차리고 있는 것 아닙니까? 순망치한이라는

말이 있습니다. 입술이 없으면 이가 시리다는 뜻이지요. 명나라
가 이라면 우리 조선은 입술이지요. 명나라는 예부터 우리 조선
을 자신들의 울타리로 여겨왔습니다. 울타리가 없어지면 안방도
위태로워지겠지요. 만약 왜국이 우리 조선을 집어삼키면 명나라
는 곧장 왜국과 국경을 맞대게 되니 위태롭기가 바람 앞의 등불
같겠지요. 그래서 왜적과의 싸움을 자국의 영토 안에서 치르는
게 아니라 조선 땅에서 치름으로써 자국의 피해를 줄이겠다는
속셈이 깔려 있는 것이지요. 그 외에 뭐가 더 있겠습니까?"

내 말에 명나라 군관은 펄쩍 뛰었다.

"아, 아, 아니지. 그럴 리가……."

시커먼 만두소가 내 옷에까지 튀었다.

"아니라면 조선 백성들은 왜 그렇게 괴롭히는 겁니까? 인을
실천하러 파견된 황제의 군사가 왜 개만도 못한 짓거리를 하고
다니는 겁니까?"

명나라 군관의 얼굴이 벌겋게 달아올랐다.

"남쪽으로 내려온 명나라 군사들이 마을을 드나들면서 재물
을 빼앗아 가고, 들판의 곡식을 거두어 가고, 여염집 아녀자들을
겁탈하고…… 명나라 군사가 지나가는 곳마다 아수라장이 되니,
백성들은 명나라 군사가 오는 것을 멀리서 보기만 해도 달아나
는 실정입니다. 이렇게 하고도 과연 제갈공명이니 맹자니 할 수
있겠습니까? 백성들의 목숨을 소중히 여기는 제갈공명의 어진

마음은 지금 이 만두 속에는 없는 것 같습니다.”

나는 명나라 군관이 준 만두를 산기슭 아래로 집어던졌다. 냄새를 맡은 산비둘기 한 마리가 공중으로 날아올랐다.

“아, 아니, 황제께서 내려주신 음식을 내팽개치다니…….”

명나라 군관이 몸을 일으키며 고함을 질렀다.

“내게는 황제 따위는 필요 없습니다. 오로지 조선의 임금과 백성이 있을 뿐이지요!”

그날 명나라 군관은 진주에 있는 자신의 군영으로 돌아가기 전에 내 숙소로 찾아와 정식으로 사과했다. 그리고 자신의 속내를 털어놓았다.

“사실 명나라에서는 조선의 사정은 안중에도 없다네. 명나라의 속국인 조선이 섬나라 왜국에게 먹히면, 수도인 북경과 천진 등이 위태롭게 될 테니 자국 방어를 위해 군사들을 파견한 것뿐이라네. 이참에 명나라는 아예 조선을 합병시켜 유능한 명나라 고관을 파견해 다스리게 할 계책도 세우고 있다고 들었네.”

나는 만두를 집어 모리 스즈끼에게 건네주었다.

“그 유명한 제갈공명께서 만드신 만두라고 합니다. 드셔보시지요.”

나도 만두 하나를 집어 꼭꼭 씹어 삼켰다. 꿩고기와 두부로 다져진 만두소가 입속에서 으깨어지며 고소한 냄새를 풍겼다.

“고향이 어디신지? 물론 가족도 있겠지요?”

내 물음에 모리 스즈끼는 입에 넣은 만두를 씹으며 말문을 열었다.

"비전[17]이라는 곳인데…… 부모님은 고기를 잡아 생활하고 계시고 나는 어릴 때 용궁사라는 절에 들어가 사미승이 되었는데, 거기에서 한문을 배워 많은 불경 책을 읽었지요. 서너 해 전에 절을 나와서는 집에 머물면서 명나라를 드나들며 장사할 계획을 세우고 있었는데, 그만 난리가 나는 바람에……."

스즈끼의 눈가에 물기가 어리었다. 그는 배가 고팠던지 내가 건네준 명나라 만두를 아주 맛있게 씹어 삼켰다.

"너무 가슴 아파할 것 없습니다. 당신도 어쩔 수 없는 일이었으니……."

"……내가 우는 건 오늘 일 때문이 아닙니다. 일본국에서 할복자살은 일상다반사로 있는 일이지요. 내가 우는 건…… 불쌍한 자신 때문입니다. 그리고 고향에서 나를 기다리고 있을 가족들 때문이지요."

그리고 그는 마침내 소리 죽여 흐느껴 울었다. 콧물과 눈물은 흘리면서도 입에 든 만두는 흘리지 않았다. 한동안 고개를 숙이고 울던 그는 다시 입안에 든 만두를 꼭꼭 씹어 삼켰다.

"우리 일본국 백성들은 떨어져 나뒹구는 사쿠라 꽃잎만도 못한 존재지요. 영문도 모르면서 그저 위에서 시키는 대로 전쟁터로 나가 개처럼 뛰어다니다가, 적의 화살을 맞고는 사쿠라 꽃잎처럼 떨어지지요. 이 모든 슬픔을 만들어 내는 사람은 도요토미 히데요시 관백입니다. 그는 자신의 욕망을 채우기 위해 우리를 이처럼 죽음으로 내몰고 있답니다."

나는 그가 몹시 불쌍하게 여겨졌다.

"……이제 우리 조선을 위해 열심히 일한다면 장군님께서도 그대들을 잘 보살펴 드릴 겁니다."

"……우린 이제 조선의 노를 젓게 되겠지요. 하지만 상관 안 해요. 어차피 우리는 사쿠라 꽃잎만도 못한 존재들이니까요."

그는 한숨을 내쉬었다.

"도요토미 히데요시 관백은 명나라를 손아귀에 넣는 게 목적이라고 합니다. 조선을 침략한 것은 그 목적을 달성하기 위한 수단에 불과하지요. 천하의 이윤이 집결하는 명나라 영파를 손에 넣어 세상의 부를 독점하고, 명나라 수도인 북경엔 일본 천황을 들여앉혀 천하를 자신의 수하에 두기 위해서지요. 이러기 위해서는 얼마나 많은 일본 백성들이 희생돼야 할까요. ……이것이 제가 우는 이유입니다."

만두를 꼭꼭 씹어 삼킨 그는 손가락으로 코를 풀어 풀잎에 문질러 닦았다.

"그래도 조선 백성들은 행복하다고 생각해요. 목숨을 바칠 명분이라도 있으니까요. 적으로부터 자신들의 강토를 지킨다는 대의명분 말이지요. 하지만 우리 일본 군사들에겐 이것마저 없으니…… 전쟁의 당위성이 없으니 군사들 사기는 말이 아니고, 그저 패할 날만 손꼽아 기다리고 있는 실정이지요. 왜 싸우는지도 모르면서 그저 위에서 엉덩이를 걷어차면 앞으로 나아가고…… 모두 히데요시 관백이 죽을 날만 손꼽아 기다리고 있는 형편이랍니다."

그의 말을 듣고 있자니 나는 그가 몹시도 가엾게 여겨졌다. 비록 우리 조선을 침략한 적군의 포로이긴 했지만, 이런저런 속사정을 듣고 있자니 일본이나 조선이나 백성들의 아픔은 매 한가지리라 여겨졌다.

"그래서 미꾸라지 한 마리가 온 강물을 흐려 놓는다는 말이 있잖습니까? 지금 히데요시 관백 한 사람 때문에 온 세상 백성들이 고통을 겪고 있는 것이지요."

"맞습니다. 바람이 불면 힘없는 풀잎은 눕게 되어 있지요. ……힘을 내세요. 끝까지 살아남으세요. 그리고 당신들 가족이 기다리고 있는 옛집으로 돌아가세요. 제가 힘닿는 데까지 도와드리겠습니다."

나는 비록 그가 적군이긴 했지만, 마치 오랫동안 만나온 친구처럼 여겨져 그의 손을 꼭 잡고 그렇게 덕담을 했다. 그의 큰 동공 가득 눈물이 고였다.

씨름과 스모, 그리고 만두

[1] 서기 1594년. 임진왜란이 일어난 세 번째 해.

[2] 厲祭. 귀신을 위로하기 위하여 지내는 제사.

[3] 칼에 새기는 글귀.

[4] 一揮掃蕩染血山河. 이순신이 자신의 장검에 새긴 글귀. 현재 현충사에 보관되어 있음.

[5] 직전신장(1534~1582년). 일본 전국시대의 무장. 혼란기였던 전국시대를 평정하였으며 그의 천하통일의 위업은 도요토미 히데요시에게 계승되었음.

[6] 오다 노부나가가 천하통일의 거점으로 삼은 아즈치 산 위에 세운 성.

[7] 역사(力士). 힘센 장사.

[8] 횡강(橫綱). 정점에 오른 최고 실력의 역사.

[9] 두 역사가 웅크린 자세에서 힘차게 일어나며 격돌하는 모습.

[10] 승부수.

[11] 개착인. 할복자의 뒤에 서 있다가 그의 목을 쳐서 죽음을 도와주는 후견인. 대개 할복자와 친분이 있는 자가 이 역할을 맡는다.

[12] 중국 동부의 동중국해 연안에 있는 성. 주도는 항주이며 중국어로는 저장성이라고 함.

¹³南蠻. 중국 남쪽에 살던 미개한 민족을 옛 중국인들이 부르던 말. 현재의 인도차이나 지역임.

¹⁴饅頭, 원래 만두는 남만인들의 음식이라 함.

¹⁵仁. 공자가 강조한 유교의 가장 기본적인 덕목. 어진 마음과 자애로운 정으로 자신을 완성하는 덕.

¹⁶不仁. 인의 상대적인 말.

¹⁷備前. 현재의 후쿠야마 지방.

무덤
앞에서의
약속

조금 수그러들던 역병이 다시 기성을 부리던 그해 여름, 아버지와 광양 현감 어영담도 그만 병에 걸리고 말았다. 아버지는 이틀 동안 심한 고열과 싸우더니, 사흘째 되는 날은 거의 사람을 알아보지 못하는 지경에까지 이르렀다. 조정에서 내려온 의원이 약을 달이고 침을 열여섯 군데나 놓자 나흘째 아침부터는 기운을 조금 차렸다.

하지만 광양 현감 어영담은 일어나지 못했다. 의원이 갖은 약을 쓰고 침을 놓아도 끝내 회복하지 못했다.

어영담의 시신은 군사들이 마련한 오동나무 관에 안치되어 군선에 실려졌다. 담비 아가씨가 보낸 그리운 가족들의 옷가지도 대나무 고리짝에 담긴 채 군선에 실려졌다. 그가 입던 갑옷과 그가 사용하던 칼과 활도 군선에 함께 실렸다.

검은 돛을 단 군선이 한산도 선착장을 떠나자, 부두에 늘어선 군사들이 울음을 터뜨렸다. 그 울부짖는 무리 어디쯤에 아버지의 모습도 눈에 띄었다. 아버지는 눈가를 훔치며 멀어져 가는 군선을 향해 천천히 손을 흔들었다. 내 눈에서도 왈칵 눈물이 쏟아졌다.

어영담의 시신은 한산도에서 따라온 군사들에 의해 상여에 실려졌다.

"인제 가면 언제 오나 어허이 어홍…….”

상여가 해당화 곱게 피던 사립문을 나서자, 넋을 잃고 상여 뒤를 따르던 담비 아가씨는 더 이상 참지 못하고 울음을 터뜨리고 말았다. 요령잡이는 더욱 구성진 목소리로 만가를 불렀다.

"북망산천 멀다더니 건너 산이 북망일세!”

"어하 어하 어허이 어홍!”

"가세 가세 어서 가세 남은 길이 구만리라!”

"어하 어하 어허이 어홍…….”

나는 의연한 척 하려고 했지만 자꾸만 눈시울을 데우며 흘러나오는 눈물은 어쩔 수 없었다. 담비 아가씨의 우는 모습을 보면 더욱 마음이 미어졌다.

"못 가겠네 못 가겠네 조선 땅 버리고 못 가겠네!”

"어하 어하 어허이 어홍!"

마을 어귀에서 노제를 마친 상여가 다시 길을 떠나자, 담비 아가씨는 또 한 차례 울음을 쏟아냈다. 요령잡이는 더욱 신이 나 막걸리 묻은 입술로 침을 튀기며 목청을 돋웠다.

"명사십리 해당화야 꽃 진다고 설워마라!"

"어하 어하 어허이 어홍!"

"명년 춘삼월에 너는 다시 피련마는!"

"어하 어하 어허이 어홍!"

"우리 인생 한번 가면 다시 오기 어려워라!"

"어하 어하 어허이 어홍!"

어영담을 실은 상여는 둑길을 지나 개울을 건넜다. 졸졸거리는 물가에도 이름 모를 들꽃이 앙증맞게 피어 있었다. 상여는 이제 몇 자락 밭뙈기를 지나 뒷산 기슭으로 기어올랐다.

"가네 가네 나는 가네 이 세상 버리고 나는 가네!"

"어하 어하 어허이 어홍!"

"잘 가거라 잘 가거라 산천초목으로 잘 가거라!"

"어하 어하 어허이 어홍!"

"가네 가네 나는 가네 산천초목으로 나는 가네!"

"어하 어하 어허이 어홍!"

그랬다. 무성한 초목처럼, 이름 모를 잡초처럼 그렇게 평생을 살아온 어영담은 죽어서도 그 이상은 바라지 않을 것이었다.

집안에 빈소를 차려 놓고 아침저녁으로 곡을 하며 젯밥을 올리던 담비 아가씨를 만난 것은 내가 한산도 진중으로 떠나기 전날 밤이었다.

담비 아가씨는 며칠 사이에 파리하게 야위어 있었다.

"……저도 아버님을 따라 저승으로 가고 싶어요."

우리는 어영담의 무덤 앞에 앉아 있었다. 봉분의 잔디를 쓰다듬는 담비 아가씨의 가녀린 어깨 위로 무심한 달빛이 폭포수처럼 쏟아져 내렸다.

"……그런 말씀은 마세요. 현감 어른께서 들으시면 얼마나 섭섭하시겠어요. 끝까지 살아남아서 왜적들 도망가는 걸 보셔야지요."

나는 담비 아가씨의 손을 끌어 잡았다. 은빛 폭포수는 우리들의 손등 위로도 거침없이 쏟아져 내렸다.

"차라리 싸우시다가 적의 화살에 맞아 돌아가셨다면 이처럼 억울하진 않을 텐데…… 역병에 걸려 유명을 달리하셨으니 저승에 가서도 얼마나 마음이 아프실까……."

담비 아가씨는 옷고름으로 눈물을 찍어 달빛에다 헹구어 냈다.

"왜구의 칼에 돌아가신 오빠, 그 때문에 병을 얻어 돌아가신 어머니의 원수를 갚으시겠다고 그렇게 맹세를 하셨는데 그만 몹

쓸 병에 걸려 돌아가시다니…… 너무 안타깝고 억울한 생각이 들어요."

담비 아가씨의 싸릿대 같이 가녀린 몸이 달빛 속에서 파르르 떨었다. 나는 그녀의 차가운 어깨를 꼭 끌어안았다.

"현감 어른께서는 저승에 가서도 이 나라 조선을 위해 싸우실 겁니다. 현감 어른의 영혼이 우리 수군을 도와 저 부산에 머물고 있는 왜적들의 배를 모조리 뒤엎고 말 겁니다."

"제발 그렇게나 되었으면……."

나는 두 팔로 한 줌도 채 되지 않는 그녀의 온몸을 감싸 안았다. 흰 상복을 입은 그녀의 몸에서 차가운 밤이슬 냄새가 났다.

"할머니께서 돌아가시고 나면 전…… 머리를 깎고 절로 들어가…… 비구니가 되고 싶어요."

"……왜 그런 말씀을……."

나는 담비 아가씨를 더욱 힘주어 끌어안았다. 그러자 담비 아가씨의 눈에서 왈칵 눈물이 쏟아져 나왔다.

"……마음 같아서는 지금이라도 당장 머리를 깎고 절로 들어가고 싶어요."

얼마나 힘들었으면 이런 말을 다할까 생각하니 가슴이 무너져 내리는 것 같았다. 나는 하릴없이 담비 아가씨의 손만 힘주어 잡을 뿐이었다.

"저 달을 보며 맹세한 약속을 벌써 잊으셨나요? 전쟁이 끝나면 혼례를 올리자고 철석같이 약속하셨잖아요?"

나는 조금 야속한 생각이 들어 따지듯 입을 열었다. 그러자 그녀는 대답 대신 눈물을 훌쩍거리며 내 품에 얼굴을 묻었다.

"힘들더라도 기다리세요. 전쟁이 끝나면 아버님께 말씀 드려 꼭 담비 아가씨를 신부로 맞아들일 테니……."

담비 아가씨는 흐느껴 울기 시작했다. 그녀의 흐느끼는 소리가 달빛을 타고 희뿌연 밤하늘로 날아올랐다.

"현감 어르신! 저희들의 혼례를 허락해 주시는 거지요? 전쟁이 끝나면 담비 아가씨를 저희 아산 집으로 모시고 가 제 신부로 맞아들일 겁니다! 현감 어르신, 저희들의 결혼을 축하해 주시는 거지요?"

내가 그렇게 소리치자 담비 아가씨는 더욱 서럽게 울었다. 나는 그런 담비 아가씨를 끌어안았다. 싸늘하던 그녀의 몸이 금세 따스해졌다.

다음날 한산도 진중으로 돌아온 나는 곧장 아버지의 숙소를 찾았다. 아버지는 여전히 갑옷을 입은 채 긴 칼 앞에 앉아 있었다.

나는 아버지를 만나면 다짜고짜 담비 아가씨 얘기를 꺼내려고 했지만, 막상 아버지 앞에 서자 그만 말문이 막히고 말았다.

"그래, 현감 어른의 장례는 무사히 치렀느냐?"

아버지의 눈빛과 목소리가 나를 어느새 고분고분하게 만들어
놓았다.

"네, 아버님."

"하나밖에 없는 아들이 지난 정해년 때 왜구의 칼에 죽었다더
구나. 상주 노릇할 사람도 없었을 텐데…… 여식 하나가 있다지
아마……."

나는 이때다 싶어 더 이상 망설이지 않고 입을 열었다.

"네, 아버님. 어담비라고…… 저랑 동갑내기 아가씨인데 노부
인을 모시고 있습니다."

"오호, 장하구나. 그 여식 아이가 상주 노릇을 했겠구나."

아버지는 웃고 있었다. 하지만 나는 떨고 있었다.

"어영담으로 말하자면 내가 가장 믿고 아끼던 장수였느니라.
사람이 어질고 진솔한 까닭에 따르는 사람이 많았지."

입술이 타들어갔다. 입안이 바짝 말랐다. 나는 연신 입술을
축이면서도 말문을 열지 못하고 있었다.

"매번 싸움 때마다 앞장서서 공을 세웠지. 특히 조선 남해안
물길에 대해서는 그를 따를 자가 없었느니라. 태어난 곳이 바닷
가이기도 했지만, 그는 죽는 날까지 조선 바다에 관해서 공부를
게을리 하지 않았지."

손바닥에 빠지직 땀이 고였다. 나는 허리를 비틀었다.

"그래서 그는 매번 싸움 때마다 선단의 앞에 서서 내게 물길

을 터주곤 했지. 내 그에게 빚진 게 한두 가지가 아닌데 이제 유명을 달리했으니, 어디에서 다시 만나 그 빚을 갚을꼬."

"……저, 그래서 말씀입니다만……."

"왜 그리 좌불안석이더냐? 뒷간이라도 가고 싶은 게야?"

"그게 아니라…… 담비 아가씨……."

"……담비 아가씨가 뭐 어쨌다는 것이냐? ……오라, 네 녀석이 그 처자를 좋아하나 보구나?"

가슴이 털컥 내려앉았다. 들켜 버렸다. 귀신보다 예리한 아버지의 눈빛에 그만 딱 걸려버렸다.

"하하하하, 어영담과 내가 사돈이 된다? 이거 생각지 못한 일인걸……."

나는 더 이상 숨길 것이 없었다.

"심사숙고해서 결정을 내렸습니다. 담비 아가씨를 평생 반려자로 삼기로 했습니다. 현감 어른 무덤 앞에서 우린 이미 약속했습니다. 전쟁이 끝나면 혼례를 올리기로……."

"하하하하."

아버지는 계속 웃었다. 아버지의 입이 그렇게 큰 줄은 정말 몰랐었다.

"정말 착하고 야무진 아가씨입니다. 선녀처럼 예쁘기도 하구요. 틀림없이 아버님께 어여쁜 며느리가 되어드릴 겁니다."

"하하하하."

"이참에 아버님 허락을 받을까 합니다. 저는 담비 아가씨 없이는 하루도 살 수가 없습니다."

순간 아버지는 웃음을 딱 그치고, 또 그 무시무시한 눈빛으로 나를 쳐다보기 시작했다.

"네 나이가 올해 몇이더냐?"

나는 눈앞이 하얘졌다. 머릿속이 어지러웠다.

"나이도 잊었더냐? 아무리 전쟁 중이라고는 하지만……."

"네, 저, 열여덟 살입니다."

"음…… 좋긴 좋을 때로구나. 한창 좋을 때야……."

한동안 침묵을 지키고 있던 아버지의 표정이 갑자기 어두워졌다. 그런 아버지가 불현듯 내 손을 끌어 잡았다.

"견디어라. 참아야 한다. 제발 목숨만은 부지하거라. 저 왜놈들이 물러나는 그날까지."

아버지의 눈가에 이슬이 맺혔다.

"그러면 내 허락을 하마. 담비 아가씨를 기꺼이 며느리로 삼으마."

"……아버지!"

"비록 네 위로 형이 둘씩이나 있긴 하지만, 이 애비가 차례를 뛰어넘어 네게 잔치를 열어줄 것이야. 네가 어영담의 여식과 불같은 사랑을 하고 있었다니…… 이 애비는 정말 짐작조차 못했구나."

나는 아버지에게 머리를 조아렸다.

"심히 부끄럽사옵니다."

"부끄러울 것 없다. 열여덟 살이면 충분히 그럴 나이지. 무조건 살아 남거라. 이 지긋지긋한 전쟁이 끝나는 그날까지 살아남아야 한다."

"잘 알겠습니다, 아버님!"

"그동안 숱한 파도를 보았지 않았느냐? 아무리 성난 파도라고 해도 때가 되면 잔잔해지는 법이니라."

"파도도 결국은 물이옵니다. 바람이 잠들면 잔잔해지는 법이지요."

아버지가 희미한 미소를 지으며 나를 오랫동안 바라보았다. 하지만 아버지의 미소 속에는 왠지 형언할 수 없는 어떤 슬픔이 가득 들어차 있었다.

한양으로
가는 아버지

계사년, 갑오년 이태 동안은 극심한 식량난과 역병 때문에 백성들의 삶이 말이 아니었다. 백성들이 서로 잡아먹기까지 했고, 겨우 살아남은 사람들은 역병에 걸려 또 다시 죽어갔다.

하지만 을미년, 병신년[1] 이태 동안은 전쟁이 소강상태로 접어들어 백성들이 마음 놓고 농사를 지을 수 있게 되었다. 나라엔 오랜만에 풍년이 들었고 백성들은 비로소 먹을 것이 풍부해졌다. 그 무섭던 역병도 잦아들었고 여기저기서 노랫가락도 다시 흘러나왔다.

을미년, 병신년 이태 동안은 한산도 통제영도 넉넉해졌다. 아버지는 그동안 꾸준히 군선을 만들어 목표로 정한 판옥선 250척에 협선 250척을 한산도 선착장에 메어 놓았고, 10만 석의 군량도 창고에 쌓아 놓았다. 무기고엔 화살과 철환이 그득그득 쌓였고, 바다에는 탐망선과 연락선이 수시로 드나들었다.

그 무렵 한산도엔 4만 명이 넘는 군사들이 머물고 있었다. 조선 창업 이래 최대 규모의 수군이었다. 아버지는 이 많은 군사들을 일일이 군선에 배치시켜 각종 해상 훈련을 했다.

그러는 동안 원균은 끊임없이 아버지를 헐뜯고 업신여겼다. 없는 말을 지어내 소문을 퍼뜨리는가 하면, 갖은 험담과 욕설로 행패를 부렸다. 아버지는 이 모든 것을 혼자서 묵묵히 견뎌냈다.

두 사람 간의 이런 사정은 조정에까지 알려지게 되었고, 마침내 조정에서는 원균을 수군에서 육군으로 전임시키기까지 했다. 경상 우수사로 있던 그를 처음에는 충청도 병마절도사로 전출시키더니, 얼마 안 있어 다시 전라도 병마절도사로 전출시켰다.

외진 바닷가에서 한양 가까운 육지로 옮겨 앉자 원균의 공작은 더욱 치열해졌다. 그는 자신과 연줄이 닿는 서인 세력들에게 올릴 뇌물을 한양으로 바리바리 실어 날랐고, 끊임없는 투서와 험담으로 아버지의 공을 깎아내렸다.

그리고 정유년[2]이 왔다. 정유년 2월 26일, 임금이 보낸 선전관이 한산도 진중에 도착했다. 그는 임금의 신표[3]와 밀부[4]를 아버지에게 보여주고 난 뒤, 아버지를 포박해서 한양으로 압송하라는 임금의 교서를 큰소리로 읽었다.

"조선에서 믿는 바는 오로지 수군뿐인데 통제사 이순신은 나라의 중대한 임무를 맡고서도 멋대로 속이고, 또 적을 내버려둔 채 토벌하지 아니하여, 적장 청정[5]으로 하여금 안심하고 바다를 건너올 수 있도록 하였다. 마땅히 붙잡아다가 국문하고 용서하지 않을 것이다. 나는 본래부터 원균의 충성과 용맹을 알고 있었기에, 이제 그를 경상우도 수군절도사 겸 통제사로 임명하는 것이니…….”

아버지는 임금의 교서가 놓인 상 앞에 네 번 절을 한 뒤 갑옷을 벗어 군관 송여종에게 넘겨주었다. 그러고는 순순히 두 손을 내밀어 오랏줄을 받았다. 선전관의 지시를 받은 군졸들은 아버지의 두 팔을 등 뒤로 돌려 묶은 뒤 다시 한 번 어깨 위로 오랏줄을 동여매었다.

“한양까지는 먼 길이옵니다. 그럼…….”

선전관이 재촉하자 아버지를 실은 소달구지는 덜컹거리며 선착장을 굴러갔다.

“아니 되옵니다! 이럴 수는 없습니다!”

아버지의 갑옷을 품에 안은 군관 송여종이 달구지를 가로막고 섰다.

“도대체 죄명이 무엇입니까? 모함입니다! 이것은 분명 모함입니다!”

군관 나대용도 달구지를 끄는 황소 코뚜레를 잡고 섰다.

“임금님, 이럴 수는 없습니다. 지금 나라 사정이 바람 앞의 등

불 같사온데, 적과 대치중인 통제사를 이렇게 끌고 갈 수는 없사옵니다!"

큰형이 울부짖으며 수레 앞에 무릎을 꿇자 누군가 불쑥 나서 큰형의 얼굴을 들어올렸다.

"삼도 수군통제사는 여기 있느니라! 걱정할 것 없다. 앞으로는 이 원균이 모든 것을 책임질 것이다. 얘들아, 뭣들 하느냐! 이 구역질나는 인간들을 파리 쫓듯 쫓아버려라!"

그러자 군졸들이 달려들어 큰형과 두 군관들을 흠씬 두들겨 패서는 억지로 달구지에서 떼어 놓았다.

아버지를 태운 소달구지는 굴러갔다. 바다에 떠 있는 5백 척의 군선과 4만 명의 군사들을 뒤로하고 아버지는 포승에 묶인 채 어디론가 끌려갔다.

아버지를 태운 소달구지는 한산도의 한 외진 선착장에서 갑판이 널찍한 배에 통째로 실려졌다. 수백 명의 군사들이 배를 바라보며 울부짖었다. 아버지는 여전히 두 눈을 감은 채 아무 말이 없었다.

이른 봄 바다 위로 배는 떠나갔다. 아버지를 태운 배는 고성 땅 어딘가로 떠나면서 긴 물보라를 남겨 놓았다. 거기서부터 소달구지는 기나긴 육로를 덜컹거리며 굴러가 한양에 닿을 것이었다.

나는 기가 막혀 아무 말도 나오지 않았다. 그저 계선주[6]를 부여잡은 채 속으로 아버지를 하염없이 되뇌어 부를 뿐이었다.

"둘째는 여기 한산도에 남아 돌아가는 사정을 살펴보고, 막내는 순천으로 가 식구들을 돌보고 있거라. 나는 군관들과 함께 아버지를 따라 한양으로 올라가봐야겠다."

잠시 후 큰형은 그 말을 남겨 놓고 선착장에 우두커니 서 있는 둘째 형과 나를 뒤로 한 채 어디론가 바삐 뛰어갔다. 그 뒤를 송여종 군관과 나대용 군관이 뒤따르고 있었다.

죄 없는 아버지가 원균의 모함으로 한양으로 압송되어갔다는 소식을 전해들은 할머니는 그예 몸져눕고 말았다.

"설마 임금님께서 장군님을 어떻게 하시진 않겠지? 오로지 나라를 위해 오 년 세월을 바다 위에서 살았건만…… 도대체 무슨 죽을죄를 지었다고……."

할머니는 하루 종일 자리보전을 하다가도 저녁이면 일어나 앉아 임금이 있는 북쪽을 향해 머리를 조아리며 빌곤 했다.

어머니도 식음을 전폐한 채 안절부절못하기는 마찬가지였다. 지은 죄가 없기 때문에 곧 풀려날 거라는 내 말에도 아랑곳없이 어머니는 시도 때도 없이 옷고름으로 눈물을 찍어냈다.

"죄라고는 나라 사랑한 죄밖에 없는 장군님을 누가 어떻게 모함했기에……."

어머니는 새벽마다 정화수를 길어 마당 한가운데 차려 놓고 달님을 향해 절을 올렸다.

나 또한 속이 까맣게 타들어 가기는 마찬가지였다. 큰형과 함께 아버지 뒤를 쫓아 한양까지 갔더라면 궁금증은 한결 덜했을 텐데 그러지도 못하고, 나는 하는 수없이 식구들과 함께 애간장이 녹는 듯한 조바심 속에서 그저 하루하루를 견뎌낼 뿐이었다.

그런 내게 담비 아가씨가 있다는 건 행운이었다. 나는 이따금씩 담비 아가씨와 함께 절을 찾아가 아버지의 무사 귀환을 빌곤했다. 그동안 그녀가 모시고 있던 조모도 세상을 떠나 그녀는 이태째 혼자서 살고 있었다.

"저희가 처음 만난 것이 임진년이니 벌써 다섯 해가 지났군요."

"그렇지요. 아가씨 댁으로 피난을 내려온 것이 다섯 해 전이었지요. 그때 아가씨 나이 열여섯 살이었고요."

"도련님께서도 마찬가지였지요."

우리는 함께 웃었다. 스물한 살 처녀총각의 웃음치고는 너무 힘없는 웃음이었다. 아버지의 뜻하지 않은 소식에 그녀도 한껏 조심스러워져 있었다.

우리는 나란히 산길을 걸으면서 어서 아버지가 무사히 풀려나 이 지긋지긋한 전쟁을 끝내고 우리의 혼례를 올려주기를 바랄 뿐이었다.

"아버님께 허락까지 받아놨으니 저 왜적 놈들이 물러나기만 하면 아가씨는 제 각시가 되는 겁니다."

부처님께 불공을 드리고 내려오는 길에 나는 담비 아가씨의 손을 찾아 쥐었다. 낮은 산허리마다 진달래꽃이 흐드러지게 피어 있었다.

"……도련님만 아니었으면 전 지금쯤……."

말을 다 잇지 못하고 어물거리는 그녀의 얼굴이 진달래꽃잎처럼 빨갛게 익어 있었다.

"……출가 말씀입니까?"

"……네. 지금쯤 머리를 깎고 비구니가 되어 있을 거예요."

우리는 말없이 꽃 속을 걸었다.

"부처님이 그렇게 좋습니까? 아가씨는……."

나는 조금 퉁명스런 목소리로 그렇게 불쑥 물었다.

"도련님만큼은 아닌 모양이에요. 그러니 도련님을 믿고 이렇게 속세에서 살아가고 있는 거지요."

나는 가슴이 뭉클해졌다. 나를 믿고 기다리는 아리따운 여자가 이 세상에 존재한다는 사실이 나를 문득 전율하게 했다. 나는 손아귀에 힘을 주어 그녀의 손바닥을 세차게 끌어 쥐었다. 조그마한 그녀의 손이었지만 그것은 그녀의 전부와 마찬가지라고 나는 생각했다. 그녀의 손은 작고 보드랍고, 그리고 따끈했다.

"……그런데 아무리 생각해도 모르겠어요. 원수를 사랑하라는 부처님의 말씀 말입니다."

나는 문득 자신도 모르게 심각한 표정으로 그렇게 묻고 있었다.

"원균이란 사람…… 아버지한테는 원수나 마찬가지지요. 아니, 우리 수군뿐만 아니라 나라 전체를 파국으로 치닫게 할 원흉이 틀림없습니다. 그런 위인에게까지 용서와 사랑을 베풀어야 한다면 전…… 부처님 가르침을 따를 수 없을 것 같습니다. 흑백을 분명하게 가리는 것이 공맹의 가르침이라고 알고 있거든요."

아가씨는 말이 없었다.

우리는 어영담의 무덤에 들러 절을 올리고는 해거름 녘에야 산길을 내려왔다. 산길을 다 내려올 동안 아무 말도 않던 담비 아가씨는 마을길로 접어들 때에서야 낮은 목소리로 한마디 했다.

"흑과 백은 둘이 아니랍니다. 음지가 양지 되고 양지가 음지 되는 법이지요. 하늘 아래서는 모두가 하나랍니다."

한양으로 가는 아버지

[1] 서기 1595~1596년. 임진왜란이 일어난 넷째, 다섯째 해.

[2] 서기 1597년. 일본군이 재침해서 정유재란이 일어난 해.

[3] 뒷날에 서로 표가 되게 하기 위하여 주고받는 물건.

[4] 지방 관리 및 무장에게 병란이 일어나면 곧 응할 수 있게 하기 위하여 내리는 병부.

[5] 가등청정(가토 기요마사).

[6] 군선을 묶어두던 말뚝.

귀향

한산도에 있던 둘째 형이 거친 숨을 헐떡거리며 달려온 것은 3월 하순경이었다. 그는 종 한경과 무재, 그리고 금이와 함께 밤새도록 협선을 타고 전라 좌수영에 닿아서는 아침도 그른 채 곧장 집에까지 달려왔던 것이다.

"할머니! 어머니!…… 면아! 아버님께서…… 아버님께서…….."

사립문을 들어서기가 바쁘게 숨넘어갈 듯한 목소리로 식구들을 찾던 둘째 형은 지친 몸을 마루청에 붙이고는 오뉴월 개처럼 헐떡거렸다.

"……아버님께서…….."

마루에 나와 서 있던 식구들은 순간 온몸에 소름이 오싹 끼쳤다. 혹시 아버님 신상에 무슨 좋지 못한 일이라도 생긴 건 아닐까, 하고 지레 겁을 먹고 있었던 것이다. 하지만 한경의 표정을 본 순간 그런 기우는 순식간에 달아나고 말았다.

"통제사 어르신께서……."

한경이 둘째 형 대신 웃음 띤 얼굴로 말문을 열었다.

"다음 달 초하룻날, 그러니까 사월 초하룻날 풀려나신다고 하십니다요!"

그 말 한마디에 시들어가던 할머니의 얼굴이 박꽃처럼 화사하게 되살아났다.

"지금 뭐라 했느냐? 장군님께서 감옥에서 풀려나신다 했느냐?"

"네, 할머니! 그동안 아버님을 따라 한양에 올라가 있던 군관들이 희소식을 가지고 내려왔습니다. 하지만 형님께서는 아버님을 뵙기 위해 아직 한양에 머물러 계신다고 합니다."

"……그럼, 그렇지. 장군님께서 지은 죄가 없는데 감옥살이가 다 무어란 말이냐!"

할머니는 긴 한숨을 내쉬며 옷고름으로 눈물을 찍어냈다.

"……장군님 몸은 어떠하시다 하더냐?"

어머니도 겨우 울음을 참으며 둘째 형을 바라보았다.

"한 차례 고문을 받긴 했지만 몸을 크게 상하신 것 같지는 않다고 했습니다."

"저, 저런……."

할머니가 걱정스런 표정으로 다가섰다.

"출옥하시면 다시 한산도 통제영으로 내려올 수 있다고 하더냐?"

할머니가 물었다.

"……잘은 모르겠지만…… 백의종군으로……."

둘째 형이 말끝을 맺지 못했다.

"신원회복이 되지 않는다는 말이로구나. 장군이 아니라 일개의 평민으로서 전쟁에 임한다는 말이로구나!"

"그렇습니다."

"이런, 이런 일이…… 그럼 통제영이나 좌수영으로도 돌아오실 리가 없으실 테지…… 아니 되겠다. 여기서 이렇게 시간을 낭비하다가는……. 짐을 꾸리거라! 어서 짐을 꾸려! 아산으로 올라가야 한다! 가서 장군님을 만나 뵈어야지. 출옥하시면 아산 선영부터 참배할 것이니 어서 집으로 돌아가자꾸나. 우리가 여기 있을 이유가 없지 않느냐. 하루라도 빨리 올라가 장군님 얼굴이라도 뵈어야지. 인제 내가 살면 얼마나 더 살겠느냐. 죽기 전에 장군님 얼굴이라도 한 번 더 뵈어야지 않겠느냐. 어서 짐을 꾸리거라!"

할머니의 얼굴은 굳어 있었다. 할머니는 온몸을 부들부들 떨며 다시 입을 열었다.

"열아! 면아! 너희들은 당장 순천 장터로 가 널 하나를 맞춰 오느라! 가벼운 오동나무 관으로 준비해 오면 될 게야! 관을 배에 싣고 떠날 것이니라. 혹 배에서 이 할미가 죽거든 당황할 것 없이 관에 넣어두면 될 것이야. 먼 바닷길에 이 할미마저 시체로 변하면 얼마나 일이 번거롭겠느냐."

결국 이틀 뒤, 우리는 짐을 꾸려 순천을 떠났다. 우리 식구들의 온갖 정이 배어 있는 남도의 피난 집을 떠나기 전날 밤, 나는 집 주인인 담비 아가씨를 만났다. 달빛이 유난히도 고운 밤이었다.

담비 아가씨는 울지 않았다. 애써 웃으려고 쓴 웃음만 지었다.

나는 울었다. 빈 집에 혼자 남아 있을 담비 아가씨를 생각하면 가슴이 무너져 내리는 것만 같았다. 그래서 나는 차라리 집을 비워 두고 우리와 함께 아산으로 올라가자고 했지만 담비 아가씨는 고개를 저었다.

"기다리겠어요. 전쟁이 끝나면 저를 데리러 와주세요. 통제사 어르신께서 풀려나셨다 하니 이제 곧 전쟁도 끝나겠지요."

봄은 저 혼자서 무르익어가고 있었다. 못가 방죽에 앉아 있는 우리를 밤안개가 몰래 에워쌌다. 물 오른 미루나무 가지에서 수액이 빗방울처럼 떨어졌다. 기나긴 전쟁 중에도 봄은 어김없이 찾아왔다.

"왜적들이 다시 경상도 연안으로 들어오고 있습니다. 이미 부산포에는 군량과 무기를 실은 군선들이 발 디딜 틈 없이 들어차 있다고 합니다. 이곳 순천도 위험합니다. 만약 한산도가 무너지는 날에는 전라도도 눈 깜짝할 사이에 적의 수중에 떨어지고 맙니다. 저희와 함께 아산으로 올라가시지요, 아가씨!"

나는 다시 한 번 애걸했지만 담비 아가씨는 여전히 고개를 저었다.

"돌아가신 식구들이 모두 이곳에 계시고 집 또한 멀쩡하게 남아 있는데, 이곳을 훌쩍 떠난다는 게 제 양심에 맞지 않아요. ……기다릴게요. 전쟁이 끝나면 다시 만나기로 해요. 그때까지…… 기다리겠어요."

나는 담비 아가씨를 끌어안았다. 그녀는 두 뺨 위로 흐르는 눈물을 애써 외면하기 위해 두 눈을 크게 떴다. 나는 그런 그녀가 안쓰러워 어쩔 수 없이 그녀를 더욱 세차게 끌어안았다.

"……기다릴게요……."

눈물로 반짝이는 그녀의 얼굴 너머로 봄바람에 한껏 부풀어진 노란 보름달이 유유히 제 갈 길을 가고 있었다.

좌수영 선착장을 떠난 협선은 흥양, 강진 앞바다를 지나 해남과 진도 사이 명량을 빠르게 통과했다. 그리고 목포 앞바다의 고하도를 지나 서해로 접어드는데 사흘밖에 걸리지 않았다. 날씨는 쾌청했고 바람 한 점 없는 봄 바다는 호수처럼 잔잔했다.

무안, 함평, 영광, 고창, 부안 앞바다를 지나올 동안은 남풍까지 불어 돛을 단 협선은 쏜살처럼 북쪽으로 나아갔다. 다섯 해 전에 내려온 길을 우리는 그렇게 되돌아가고 있었다.

충청도와 전라도 경계선인 군산 앞바다에 이르렀을 때 우리는 또 예전처럼 폭풍우를 만났다. 노꾼들은 이를 악물고 노를 저었지만 배는 한 치도 앞으로 나아가지 못했다. 둘째 형과 나는 비바람과 맞서며 노꾼들과 함께 노를 저었지만, 뱃전을 때리는 육중한 파도는 갑판을 수시로 넘나들며 우리들을 위협했다.

"이 근처에는 섬도 없습니다요. 장항포까지 가는 수밖에 별 뾰족한 수가 없구먼요."

나이 든 노꾼은 파도와 싸우며 우리 형제를 바라보았다.

"내려올 때도 이 근처에서 비바람을 만났었지! 그땐 선유도라는 섬으로 피신을 했었는데…….."

둘째 형이 다급한 목소리로 노꾼에게 소리쳤다.

"선유도는 이미 지났구먼요. 여기서 가장 가까운 육지는 장항포밖에 없습니다요."

노꾼의 구릿빛 얼굴 위로 뱃전에 깨어진 파도가 다시 덮쳤다. 노꾼은 두 눈을 질끈 감은 채 노를 저었다.

"거기까진 얼마나 걸리는가?"

내가 물었다.

"좋은 날씨에 반나절 거리이니, 이런 파도라면…… 장담할 수

없습니다요. 무사히 댈 수나 있을는지⋯⋯."

나는 노꾼 막쇠가 생각났다. 그가 지금 내 옆에 있다면 이런 파도에도 아무런 문제가 없을 텐데. 그는 지금쯤 한산도에서 원균의 지휘를 받고 있을 것이었다.

"하는 수 없지. 부지런히 노를 젓거라! 선실에는 지금 여든이 넘으신 할머니께서 타고 계신다. 무조건 안전한 곳으로 피해야 한다!"

"알고 있습니다요. 하지만⋯⋯."

"하지만 무어냐?"

"배에 싣고 있는 관을 바다에 버리는 게 어떨는지⋯⋯."

"무어라?"

"수영을 떠날 때부터 어쩐지 예감이 좋지 않더라고요."

"괜한 소리 말고 어서 노나 젓거라."

나는 노꾼의 하소연을 뒤로 하고 둘째 형과 함께 선실로 내려갔다.

선실은 아수라장이었다. 벌써 한나절을 파도와 싸운 탓에 식구들과 종들은 정신을 잃고 여기저기 짐짝처럼 나뒹굴고 있었다. 나는 재빨리 할머니를 찾아보았다. 여든두 살의 할머니는 정신을 잃고 선실 구석에 쓰러져 있었다. 그런 할머니를 어머니가 감싸 안고 있었다.

"할머니!"

"어머니!"

둘째 형과 나는 할머니와 어머니를 번갈아 불러보았지만 그들은 이미 의식을 잃고 쓰러진 지 오래였다. 파김치처럼 널브러진 그들의 머리맡엔 토해 놓은 음식물이 어지럽게 흩어져 있었다.

"한경아!"

"금이야!"

"무재는 어디 있느냐? 어서 찬물 좀 떠오지 않고!"

둘째 형과 나는 다급한 목소리로 종들을 불러보았지만, 그들 또한 선실 바닥에 의식을 잃고 쓰러져 있기는 마찬가지였다. 지독한 뱃멀미였다.

"안되겠구나!"

선실 한쪽에 놓여 있던 나무물통에서 찬물 한 바가지를 떠온 둘째 형은 할머니와 어머니의 얼굴 위로 찬물을 쏟아 부었다.

"할머니!"

내가 소리치며 어깨를 흔들자 그제야 백지장처럼 창백해진 할머니가 두 눈을 실낱처럼 떴다.

"어머니!"

둘째 형이 어머니의 두 볼을 가볍게 두들기자 어머니도 두 눈을 힘겹게 떴다. 하지만 다시 배는 공중그네를 타듯 너울거리기 시작했고, 할머니와 어머니는 토악질을 하며 눈을 감고 말았다.

"……파, 파도가 높은 모양이구나. 이런 파도를 헤치며 전쟁을 치루셨으니…… 참으로 장하시구나."

할머니는 두 눈을 꼭 감은 채 내 손을 부여잡고 겨우 말을 이어나갔다.

"……바람이 불면 파도가 치는 법이지. 하지만 이틀 가는 바람은 없다고 했다. 계속 노를 저으라고 해라. 쉬지 말고 올라가야지. 어서 장군님을 만나 뵈어야 해."

할머니의 바짝 마른 입속으로 나는 찬물 몇 방울을 흘려보냈다.

하루 종일 파도와 씨름한 협선은 그날 저녁에서야 가까스로 장항포에 닿았다. 식구와 종들은 배에서 기어 나와 민가에서 겨우 기운을 차렸지만, 여든두 살의 할머니는 끝내 기운을 회복하지 못했다.

다음날, 바다는 언제 그랬냐는 듯 투명한 쪽빛으로 물들어 있었다. 우리는 민가에서 하루 더 머물면서 지친 심신을 다독거린 후 떠나고 싶었지만, 연신 다그치는 할머니의 성화에 그만 닻을 올리고 말았다.

"……여기서 이러고 있을 때가 아니다. 어서 장군님 곁으로 가야지. 어서……."

할머니는 정신력 하나로 버티고 있었다. 아버지를 만나야겠다는 의지 하나로 자꾸만 잦아드는 숨을 붙들고 있었다. 곡기라고는 아무 것도 입에 대지도 않았고, 이따금씩 찬물만 한 모금씩 넘길 뿐이었다. 며칠 사이에 몸은 싸릿대처럼 말랐다. 뱃가죽은 등에 달라붙어 제대로 일어나 앉지도 못했다. 검불 같은 몸으로 선실 바닥에 누운 채 할머니는 연신 갈 길만 재촉했다.

장항포를 떠난 협선은 서천을 지나 대천 앞바다를 거슬러 올라갔다. 바다는 청동 거울처럼 매끈했고, 돛을 단 배는 빠르게 나아갔지만 할머니의 숨소리는 갈수록 잦아들었다.

어머니가 우리를 부른 것은 배가 태안반도 앞바다를 거슬러 올라갈 무렵이었다. 할머니는 어머니의 품에 안겨 힘겹게 숨을 몰아쉬고 있었다.

"할머니!"

우리 형제가 다가앉자 할머니는 번갈아 가며 우리들의 손을 잡아주었다. 마지막 있는 힘을 다해 잡는 손이었지만 손아귀에서는 힘이 느껴지지 않았다.

"……장군님 잘 모시고…… 장군님……."

할머니는 더 이상 말을 잇지 못했다. 끊어질 듯한 숨을 이어가기 위해 가슴이 몇 번 움직였을 뿐이었다.

"어머님!"

"할머니!"

할머니는 떠났다. 낯선 바다 위에서 그렇게도 보고 싶어 하던 아버지의 얼굴을 보지 못한 채 결국 저 세상으로 떠나고 말았다. 할머니의 귓전으로 두 줄기 눈물이 흘러내리고 있었다.

협선이 아산 땅 해암에 도착한 것은 4월 13일 아침이었다. 보름 동안의 머나먼 뱃길이었다. 태안반도 앞바다에서 숨을 거둔 할머니는 오동나무 관에 임시로 안치되어 다섯 해 만에 고향땅으로 돌아왔다.

흰옷을 입은 아버지가 포구로 달려온 것은 아침나절 무렵이었다. 말에서 내린 아버지는 엎어질 듯 비틀거리며 협선으로 달려 나왔다. 그 뒤를 큰형이 따르고 있었다.

한 달 가까이 감옥에 있었던 탓에 아버지의 몰골은 말이 아니었다. 얼굴은 하얗게 여위어 있었고 눈엔 핏발이 서 있었다. 갑옷을 입고 긴 칼을 차던 그런 진중의 아버지는 아니었다. 아버지는 휘청거렸고, 그리고 울부짖고 있었다.

"어머니! 저 왔습니다! 그렇게도 보고 싶어 하시던 여해¹가 돌아왔습니다!"

아버지는 선실에 올라 관을 부여잡고 통곡했다. 식구들도 따라 울었다. 해암포구가 통곡의 바다로 변했다.

두 모자간의 만남은 그렇게 이루어졌다. 아버지가 전라 좌수사로 발령받기 전, 정읍 현감으로 있을 때 잠깐 만났던 게 마지막이었으니 실로 오랜만에 이루어진 만남이었다. 여섯 해 만에 만난 두 모자는 그렇게 이승과 저승을 달리하고 있었다.

귀향

[1] 이순신의 자. 어릴 적 이름.

길

할머니의 영구를 상여에 싣고 아산 집으로 돌아와 빈소를 차린 다음날, 아버지는 남쪽으로 길을 떠나야 했다. 금부도사[1]가 보낸 서리[2]가 공주로부터 들어와 갈 길을 재촉했다.

"원수가 계시는 곳은 여기서 먼 길이옵니다. 어서 떠나시지요."

백의의 신분으로 원수 권율 장군 밑으로 들어가 군무에 임하라는 임금의 명령을 받은 아버지는 어쩔 수 없이 아산 집을 떠나야 했다. 금부도사는 서리까지 보내 아버지를 독촉하고 있었다.

아버지는 할머니의 장례도 치르지 못하고 길을 떠났다. 아버지는 할머니의 빈소 앞에서 하직을 고했다.

아버지의 울음소리는 크고 깊었다. 그것은 아버지의 등골 깊숙한 곳에서부터 우러나는 울음소리였다. 우리 삼 형제도 따라 울었다.

비가 내렸다. 굵고 세찬 빗줄기였다. 처마 밑의 흙이 사방으로 튀었다. 청개구리도 함께 튀었다.

큰형과 둘째 형은 할머니 장례식을 치르기 위해 집에 남고, 나와 종 무재는 아버지를 따라 길을 나섰다. 무재는 나귀 고삐를 손에 바짝 쥐고 있었고, 아버지는 비쩍 마른 나귀 등에 올라 앉아 비를 맞으며 하늘을 우러르고 있었다.

우리는 금곡[3], 일신역[4], 은원[5]을 거쳐 전주까지 내려갔다. 전주에서 다시 오원역[6], 남원, 구례를 지나 순천으로 내려갔다. 순천에 머무는 동안 나는 내내 담비 아가씨를 생각했다.

송치[7]에 머물던 원수가 열흘 전에 경상도 땅 합천으로 진을 옮겼다는 말을 듣고 우리는 순천을 떠났다. 이른 아침부터 세찬 빗줄기가 퍼붓는 탓에 점심을 먹고 나서야 집을 나설 수 있었다. 집주인은 된장을 끓이고 보리밥을 지어 우리를 정성으로 대접했다.

저녁 무렵에 석주관[8]에 도착하자 다시 장대비가 퍼부었다. 아버지는 조랑말에서 내려 걸었고, 무재와 내가 멘 봇짐은 비에 몽땅 젖고 말았다. 아버지는 빗길에 미끄러져 넘어지기까지 했다.

날은 어두워졌고 비는 그치지 않아 우리는 더 이상 걸을 수가 없었다. 그래서 낯선 외딴집으로 걸음을 옮겨 놓았다.

하룻밤 묵어가게 해달라는 나의 간청에 주인 남자는 고개를 흔들었다. 나는 순간 아버지를 돌아보았다. 아버지는 온몸을 빗줄기에 맡긴 채 속절없이 어둠 속에 서 있었다. 당나귀는 긴 눈썹으로 빗물을 흘려보내며 울고 있었고, 무재는 아버지 곁에서 안절부절 못하고 있었다. 나는 하는 수없이 아버지의 신분을 밝히고 사정을 얘기했다. 그제야 주인 남자는 고개를 숙이고 집안으로 들어가 방 한 칸을 치워주었다.

우리는 젖은 옷을 벗어 횃대에 걸고 호롱불 앞에 둘러앉았다. 아버지의 뱃속에서 쪼록쪼록 소리가 났다. 무재가 봇짐을 풀고 젖은 쌀을 부엌으로 내어 가 밥을 지어왔다. 우리는 빗소리를 들으며 늦은 저녁밥을 먹었다.

밥을 먹으면서 나는 웃었다.

"왜 웃느냐?"

아버지가 호롱불 너머에서 나를 바라보았다. 거뭇한 호롱불빛이 아버지의 얼굴 위로 번져갔다.

"아니옵니다."

나는 울고 있었다.

"……우느냐? 면아, 울고 있느냐?"

아버지와 나는 웃통을 홀딱 벗고 있었다. 늙은 아버지의 속살이 하릴없이 늘어져 있었다. 그래서 나는 울고 있었던 것이다. 갑옷을 입고 수백 척의 군선을 지휘하던 그런 장군의 모습은 아니었다.

"허허, 어쩌다가 이 모양 이 꼴이 되었단 말이냐. ······다 운명인 게지."

나는 알고 있었다. 조선 삼도 수군통제사 이순신을 이처럼 만든 것은 원균 한 사람만이 아니었다는 것을. 아버지를 이처럼 만든 것은 적과 우리 조선의 여러 실력자들이 한 통속이 되어, 아버지를 막다른 골목으로 몰아넣었기 때문이라는 것을 나는 들어서 알고 있었다.

조선을 손에 넣기 위해 왜적은 우리의 서해 뱃길을 열어야 했다. 육로로는 군량을 대기가 어렵기 때문에 서해를 거슬러 올라가 한강으로 들어서야만 한양을 쉬이 점령할 수 있었다. 하지만 임진년 이후 왜적은 줄곧 우리 수군에게 패전만 당했다. 이에 분함을 느낀 풍신수길은 행장[9]에게 책임을 지워 조선 수군을 반드시 쳐부수라고 명령을 내렸다. 행장은 골몰했고 끝내 해답을 찾긴 찾았다. 그것은 아버지를 삼도 수군통제사 자리에서 끌어내리는 것이었다.

행장은 자신의 부하 요시라[10]를 시켜 이간책을 썼다. 즉, 자신과 청정과의 사이가 좋지 못한 것을 이용한 간계였다. 요시라는 우리 경상 우병사[11] 김응서 진영을 드나들면서 거짓 정보를 흘렸다. 모월 모일에 청정의 배가 부산포로 향하니 조선 수군이 나가서 기다리고 있다가 치라는 정보였다. 조선 장수 김응서는 이것을 사실로 믿고 임금에게 보고했고, 임금은 선전관을 아버지에게 보내 공격 지시를 내렸다. 하지만 이것이 적들의 간계임을 미리 파악한 아버지는 끝내 군선을 움직이지 않았다. 이에 임금과 조정 대신들은 아버지에게 대역죄인이라는 죄를 뒤집어 씌어 죽일 계획을 세웠던 것이다. 여기에 원균의 간악한 무고가 더해졌다.

하지만 국문 과정에서 아버지의 무죄는 드러났고, 아버지는 한 달 만에 감옥에서 풀려났다. 만약 그때 아버지가 적들의 간계에 속아 넘어갔더라면 조선 수군은 참으로 힘든 순간을 맞았을 것이었다. 자신들의 간계를 믿고 출동하는 조선 수군을 웅포와 안골포에 숨어있던 적들은 기습공격을 했을 것이고, 여기에 일본에서 건너오는 군선까지 합세해 사방에서 협공하면 조선 수군은 졸지에 무너지고 말았을 것이었다. 그들에게 가장 골칫거리인 아버지와 조선 수군이 일시에 제거되고 마는 순간이었다. 이러한 왜적의 간계에 아버지를 제외한 조선의 임금 이하 모든 대신들과 장수들이 속아 넘어간 셈이었다. 결국 아버지는 적과 우리 내부의 합동 작전에 의해 통제사 자리에서 물러나고 만 것이었다.

"숭늉입니다. 장군님의 명성은 익히 들어 알고 있습니다만…… 워낙 궁벽한 산촌이라 대접할 것이 마땅찮아……."

주인 남자가 보리 알갱이가 둥둥 떠다니는 숭늉 세 대접을 개다리 밥상에 받쳐 들고 들어왔다.

"고맙네."

아버지의 그 말 한마디에 주인 남자는 흡족한 미소를 흘리며 문지방 너머로 엉덩이를 뺐다.

"여름이긴 하지만 군불을 넣겠습니다. 소인이 할 수 있는 일이란 이것밖에 없는 것 같사옵니다."

금세 구들장이 따뜻해졌다. 아버지와 나, 그리고 종 무재는 바지까지 벗어 방바닥에 말렸다. 비에 젖은 옷에서 김이 무럭무럭 피어났다.

벌거벗은 채 숭늉을 후룩후룩 마시던 세 남자는 곧 졸음이 쏟아졌다. 무재는 방문 앞에 누워 코를 골기 시작했고, 아버지는 횃대 밑에 누워 엎치락뒤치락 하고 있었다. 잠이 오다가 달아난 나는 방문 너머 처마 밑으로 쏟아지는 빗소리를 듣고 있었다.

"……아버지?"

내가 아버지를 불렀다. 참으로 오랜만에 불러 보는 이름이었다. 전라 좌수영이나 한산도 통제영에서는 좀처럼 마음 놓고 불러볼 수 없는 이름이었다.

"……잠이 오지 않느냐?"

아버지가 내게로 돌아누웠다. 홑이불이 펄럭이면서 아버지의 속살이 드러났다.

"궁금한 것이 있사옵니다."

"무엇이더냐, 궁금한 것이."

나는 지난날 진해루, 아버지의 집무실 탁자 뒤편에 걸려 있던 긴 칼을 떠올렸다. 그때 긴 칼은 아버지를 대신해 내게 묻고 있었다.

'너는 어느 편이냐? 가난한 백성들 편이냐, 아니면 임금이나 조정 대신들 편이냐?'

하지만 나는 그때 대답하지 못했다.

"……아버지께서는 어느 편이십니까?"

나는 냄새나는 홑이불을 만지작거리며 물었다.

"……어느 편이라니?"

"가난한 백성들 편입니까, 아니면 임금님이나 조정 대신들 편입니까? 어느 편을 위해 싸우고 계십니까?"

아버지는 대답하지 않았다. 대신 헛기침만 내뱉을 뿐이었다. 하지만 나는 알고 있었다. 아버지는 분명 가난한 백성들 편이라는 것을. 그래서 자신의 수군을 출동시키지 않았다는 것을. 무모한 적의 함정 속으로 자신의 가난한 수군들을, 백성들을 몰아넣지 않았다는 것을. 그래서 대역죄인이란 누명을 쓰고 이런 낯선 외딴집에 누워 있다는 것을 나는 어느 누구보다도 잘 알고 있었다.

"나는 어느 편도 아니니라. 다만…… 내 갈 길을 갈 뿐이지."

"그 길은 어떤 길입니까?"

"……무인의 길, 장군의 길이니라. 장군의 길이란 싸움에서 이기는 길이지. 이 전쟁에서 이기는 것만이 내가 가야할 길인 게야."

다음날은 햇볕이 쨍쨍 내리쬐었다. 주인 남자가 나귀를 마당으로 끌어내 여물을 먹이고 있었다. 느지막이 아침을 먹은 우리는 나귀 등에 봇짐을 싣고 길을 떠났다. 주인 남자가 꿀 한 병과 말린 쌀 한 됫박을 나귀 등에 얹어 주었다.

두치[12], 하동, 단성[13], 삼가[14]를 거쳐 우리는 6월 4일 한낮에 원수가 진을 치고 있는 합천에 도착했다. 아산 집을 떠난 지 한 달 보름 만이었다.

원수의 진이 바라보이는 한 초가에 여장을 풀었다. 고을 수령이 정해 주는 집이었는데 주인은 과부였다. 과부는 다른 곳으로 거처를 옮겨갔다.

나와 무재는 아버지가 거처할 방에 도배를 했다. 그날 저녁 원수가 도착했다. 아버지와 원수는 서로 절을 하고 난 뒤 마주보고 앉았다.

"이 공께서 통제영을 떠나신 뒤로 한산도 사정이 말이 아니라고 합니다."

원수 권율 장군의 목소리가 나직이 흘러나왔다.

"원균이 한산도에 부임한 뒤로 이 공께서 시행하시던 여러 규정들을 모두 폐하거나 변경하고, 그동안 이 공께 신임받던 여러 부하 장수들과 군관들을 내쫓았다고 합니다."

아버지는 말이 없었다.

"군사들은 마음속으로 원균을 원망하고 그의 처사에 몹시 분
개하고 있답니다. 또한 이 공께서 작전본부로 쓰시던 운주당[15]에
첩을 데려다가 함께 살면서, 그 주위로 이중 울타리를 쳐 놓아
장수들조차 그를 만나기가 힘들다고 합니다."

아버지의 관자놀이가 파르르 떨렸다. 아버지는 애써 울분을
참느라 두 주먹을 말아 쥐어서는 무릎 위에다 가지런히 얹어 놓
았다.

아버지는 이태 전 봄, 한산도에다 운주당이란 건물을 지었다.
아버지는 그곳에서 여러 장수들과 밤낮 가리지 않고 전투를 연
구하며 지냈는데, 아무리 계급이 낮은 수졸이라도 군사에 관한
내용이라면 언제든지 찾아와 말할 수 있게 했다. 그래서 통제영
의 모든 수군들이 군사에 정통하게 되었고, 출동을 나가기 전에
는 운주당에서 여러 장수들과 의논하여 계책을 결정하였기 때문
에, 싸움에서 단 한 번도 패한 적이 없었다. 그런 곳에다 원균은
첩을 들여앉혀 함께 산다고 하니, 아버지의 가슴이 천 갈래 만
갈래 찢어지는 건 당연한 일일 터였다.

"그는 술을 좋아해서 주정이 다반사라고 합니다. 형벌 또한
시도 때도 없이 집행되는 까닭에 군사들 사기가 말이 아니라고
하고요. 장수들도 그를 비웃으며 두려워하지 않기 때문에 통제

사로서의 품위나 명령이 전혀 지켜지지 않는다고 합니다. 수군들은 왜적을 만나면 그저 달아나는 수밖에 없다고 하면서 저마다 수군거리고들 있다고 하니…… 쯧쯧…….”

아버지는 한숨을 내쉬었다. 아버지의 입에서 단내가 났다.

“어쩌다가 일이 이 지경에 이르렀는지…….”

원수 권율 장군은 내려놓았던 칼을 다시 잡고는 말을 타고 진중으로 돌아갔다. 그날 저녁, 아버지는 내내 말이 없었다.

그날 밤 아버지는 밤을 꼬박 새우며 편지를 썼다. 한산도에 있는 여러 장수들과 군관들에게 무인으로서의 길을 끝까지 포기하지 말 것을 신신당부하는 편지였다. 다음날 아침, 무재가 편지를 들고 한산도로 떠났다.

큰형과 둘째 형이 아산 집에서 내려온 것은 6월 하순경이었다. 형들은 할머니의 장례를 무사히 치렀다고 하면서 아버지에게 큰절을 올렸다. 종 한경과 금이도 따라 내려왔다.

“집안 대소가가 두루 편안하시더냐?”

아버지가 물었다.

“네, 아버님. 큰집 백모님들과 종형들께서도 편안하십니다.”

“……네 어머니께서도 편안하시고?”

“네. 다만 가슴이 답답하다고 하십니다.”

“큰일 치르느라 마음고생이 심해서 그럴게다. 어머니 곁에 좀 더 머물다 오지 않고……."

"……집안일보다 나랏일이 걱정돼서……."

"……음…… 혼자 남은 네 어머니가 마음에 걸리는구나……."

그날 밤, 나와 둘째 형은 냇가에 나가 앉아 오랜만에 정담을 나누었다. 할머니의 장례는 무사히 치렀지만, 아산 고을엔 가뭄이 석 달째 이어져 농사는 영 가망이 없다고 했다.

"그나저나 전쟁이 또 일어난다고 하는데 어떡하지? 이미 이달 초에 왜적 십만 명이 군선 수천 척에 나누어 타고 부산포로 건너왔다던데……."

둘째 형의 목소리엔 긴장이 잔뜩 서려 있었다.

"왜적과 명나라 간의 협상이 깨졌대. 그래서 수길이 길길이 날뛰며 조선과 명나라를 치기 위해 물렸던 군대를 다시 내보냈다더군. 이번엔 목표가 전라도와 충청도래. 원균이 통제사로 있는 한산도를 점령하고, 곧바로 서쪽으로 들이닥쳐 전라도를 집어삼킨다는 전략인가 봐."

둘째 형의 목소리는 조금씩 떨리고 있었다.

"놈들이 그렇게 하기 위해서 아버지를 통제사 자리에서 끌어내리고 멍청한 원균을 그 자리에 앉혀 놓았잖아. 놈들의 계획대로 되어 가고 있는 게지. 큰일이야."

"그러게 말이야. 어쩌다가 나라꼴이 이 모양이 되었는지……."

반딧불 너머 아버지가 머물고 있는 초가 마루 위로 희미한 호롱 불빛이 새어나왔다. 앉은뱅이책상 앞에 앉아 책을 읽고 있는 아버지의 그림자가 방문에 어른거렸다.

다음날 일어나 보니 그동안 우리와 함께 먼 길을 걸었던 늙은 나귀가 죽어 있었다. 우리는 나귀를 가까운 산기슭으로 옮겨 양지바른 곳에 묻어주었다.

길

¹조선시대 때 죄인을 다스리던 의금부의 한 벼슬.

²하급 행정 실무자.

³현재의 충남 연기군 광덕면 대덕리.

⁴현재의 충남 공주시 장기면 신관리.

⁵현재의 충남 논산군 은진면 연서리.

⁶현재의 전북 임실군 오천면 선천리.

⁷현재의 전남 순천군 서면.

⁸현재의 전남 구례군 토지면 연곡리.

⁹소서행장(고니시 유키나카).

¹⁰고니시 유키나가 밑에서 조선과 일본을 오가며 이중첩자 노릇을 하였음. 대마도 사람.

¹¹경상 우도 병마절도사의 준말. 낙동강을 기준으로 좌도와 우도를 정했는데 좌도 병영은 울산에, 우도 병영은 합포(마산)에 두었음. 임진왜란 후에는 합포에서 진주로 옮겨갔음.

¹²현재의 전남 광양군 다압면 섬진리.

¹³현재의 경남 산청군 단성면.

현재의 경남 합천군 삼가면.

運籌堂. 운주(運籌)란 모든 계획을 세운다는 뜻. 이순신은 한산도의 높다란 언덕에 운주당을 짓고 이곳에서 여러 장수들과 함께 전략과 전술을 세웠음. 정유재란 때 불탄 것을 다시 지어 현재 제승당이란 이름으로 보존해 오고 있음.

비

꿈을 꾸었다. 아버지와 함께 길을 가는데 죽은 송장들이 길가에 널려 있었다. 아버지와 나는 송장을 밟기도 하고 혹은 목을 베기도 하며 길을 걸어갔다.

자고 나니 옷이 땀에 흠뻑 젖어 있었다.

"꿈을 꾼 모양이로구나."

아버지가 말했다.

"나도 꿈을 꾸었느니라. 내가 호랑이를 때려잡아 가죽을 벗겨 휘두르는 꿈이었는데 아무래도 예감이 심상찮구나."

그러면서 아버지는 나에게 자신의 칼을 던져주었다.

나는 아버지의 칼을 갈았다. 연일석[1]에 칼을 갈면서 나는 지난밤의 꿈을 곰곰이 되짚어보았다. 우리의 발아래 깔린 그 수많은 시체들은 모두 조선 백성들의 시체였다. 그렇다면 왜적이 다시 임진년 때처럼 물밀듯이 쳐들어와 우리 백성들을 도륙한다는 말인가. 그럼 아버지가 꾼 꿈은 무엇을 뜻하는가. 산 호랑이 가죽을 벗겨 휘두르는 꿈은…… 어쩐지 나쁜 것 같지는 않았다. 어쩌면 장수에게는 가장 어울리는 꿈이 아닐까. 그렇다면 전쟁이 다시 일어나 아버지가 맹호보다 더 무서운 기세로 적을 제압한다는 뜻이 아니겠는가.

나는 칼을 갈았다. 쓱싹쓱싹 숫돌에다 아버지의 칼을 갈았다.

"됐다! 이만하면 적장의 맨대가리²를 벨 만하겠구나!"

아버지는 내가 건네준 칼을 받아 햇볕에 겨누면서 말했다.

그날 저녁, 한경이 마을에서 얻어온 수박을 여러 사람이 들마루에 둘러 앉아 먹고 있는데, 아버지의 편지를 들고 한산도에 갔던 무재가 정신없이 달려오며 비보를 전했다.

"조, 조선 수군이 왜적의 기습을 받아…… 통제사 원균이 죽고…… 전 군선이 바다 속으로 가라앉았다고 합니다요! 거북선도 가라앉고……."

멀고 험한 길을 달려오느라 무재의 몸은 벌거숭이나 다름없었다. 삼베 적삼은 어디론가 날아가 버렸고 고의만 겨우 허리춤에 매달려 있었다.

"전라 우수사 어른과 충청 수사 어른께서도 화를 당했다고 합니다요. 사만 명이 넘는 수군들이 거의 죽고, 살아남은 군사들은 겨우 바다를 헤엄쳐 어디론가 뿔뿔이 흩어졌다고 합니다요. 장군님, 이를 어떡합니까요!"

무재는 마당에 주저앉아 넋을 잃고 울부짖었다. 금이가 칡 찧은 물을 한 사발 건넸지만 무재는 거들떠보지도 않고 머리를 땅에 찧으며 울부짖었다.

그날 밤, 원수 권율 장군이 아버지를 찾아왔다. 원수가 탄 말은 마당가에 걸음을 멈추며 섧게 울었다.

"이 일을 어찌해야 좋겠습니까, 장군!"

바위처럼 단단하게만 보이던 원수도 아버지 앞에서 온 몸을 부들부들 떨고 있었다.

"예상했던 일이 결국 터지고 말았습니다. 칠천량에서 원균이 대패해 조선 수군이 궤멸되고 말았습니다. 장군께서 그동안 쌓아온 노력이 일시에 물거품이 되고 말았습니다. 일이 이 지경에까지 이르렀으니 이를 어찌 수습해야 할런지요."

아버지는 할 말을 잃었는지 말이 없었다. 두 사람은 희미한 호롱불을 사이에 두고 밤이 이슥하도록 앉아 있었다.

아버지가 그토록 애지중지 길러오던 조선 수군이 하룻밤 사이에 흔적도 없이 사라져 버렸다니, 나는 도무지 믿을 수가 없었다. 아버지가 원균에게 통제사 자리를 넘겨줄 때 한산도엔 군사 4만 명과 군선 5백 척, 군량 10만 석과 화약 4천 근, 그리고 대포 3백 문 이상이 있었다. 그런 어마어마한 군대를 원균은 하룻밤 사이에 날려버리고 말았다.

아버지의 눈에 핏발이 섰다. 새벽닭이 울고 있었다.

"……제가 직접 해안 지방으로 내려가 두 눈으로 보고 두 귀로 들은 다음에 방책을 정하도록 하겠습니다. 장군께서는 너무 심려 마십시오."

아버지는 그 말을 하면서 원수의 두 손을 꼭 잡았다. 바위처럼 단단하게만 보이던 원수의 두 눈에 비로소 눈물이 고였다.

"그렇게만 해주신다면야 더 이상 바랄 것이 없지요. 조선이 믿는 것이라고는 수군밖에 없는데 일이 이렇게 되었으니……."

날이 채 밝기 전에 원수 진영에서 말 네 마리를 끌고 왔다. 싸움 말인 가라말³과 워라말⁴, 짐말인 간자말⁵과 유마⁶가 각각 한 마리씩이었다.

날이 밝자 우리는 길을 떠났다. 가라말과 워라말엔 아버지와 큰형이 타고 간자말과 유마엔 짐을 실어 합천 땅을 떠났다.

비는 줄기차게 내렸다. 삼가, 단성을 지나 진주에 이르는 동안 삼대 같은 비가 끊임없이 퍼부었다. 말은 달리고 사람은 뛰었다. 눈물과 빗물과 땀이 어우러져 속옷을 흥건히 적셨다.

곤양⁷을 지나 노량⁸에 이르자 칠천량 싸움에서 목숨을 건진 군사들과 왜적을 피해 미리 달아난 백성들이 한데 뒤엉켜 인산인해를 이루고 있었다. 군사들과 백성들은 아버지를 알아보고는 모두 땅바닥에 엎드려 통곡했다. 그 중에는 거제 현감 안위와 영등포⁹ 만호 조계종도 있었다.

"장군!"

그때 인파를 헤치고 달려오는 두 사람의 젊은이가 있었다. 송여종 군관과 나대용 군관이었다. 진흙투성이 군복을 입은 그들은 아버지 앞에 엎드려 한동안 울부짖었다.

"원균이 적을 보자 먼저 뭍으로 달아났습니다! 원균이 그동안 한 짓은 차마 입으로 옮길 수가 없습니다! 그의 살점이라도 뜯어먹고 싶습니다!"

송여종이 겨우 울음을 그치고 말했다.

"지난 칠월 보름날 밤, 우리 수군이 칠천도에 진을 치고 있는데 왜적이 밤중에 들이닥쳤습니다. 원균은 술에 취해 있어 여러 장수들이 만나려고 해도 만날 수가 없었습니다. 그날 밤 우리 수군은 전멸했고 대부분의 군선도 잃고 말았습니다. 장군님께서 애지중지 하시던 거북선 세 척도…….'"

나대용 군관은 거북선 얘기를 하면서 잠시 멈추었던 울음을 다시 토해 놓았다. 아버지와 머리를 맞대고 함께 거북선을 만들었던 그는 서럽게 울었다. 그의 야윈 어깨가 몇 번이고 들썩거렸다.

"우리 군선들은 모두 불타거나 침몰당하였고, 여러 장수들과 군사들도 불에 타고 물에 빠져 죽고 말았습니다. 신들은 통제사 원균과 함께 대장선에 타고 있었는데, 원균은 노를 빨리 젓게 하여 뭍으로 도망치기에 바빴습니다. ……그때 물에 뛰어들어 죽지 못한 게 한입니다."

송여종 군관이 주먹으로 땅을 쳤다.

"뭍에 오른 원균은 늙고 뚱뚱해 걸음조차 제대로 걷지 못했습니다. 군사들은 모두 달아났고, 원균 혼자서 칼을 짚고 소나무 밑에 무릎을 세우고 앉아 있었습니다. 신이 달려가다가 뒤돌아보니 왜적 칠팔 명이 칼을 휘두르며 원균이 있는 곳으로 달려가 그의 목을 단숨에 베었습니다."

나대용 군관이 겨우 말을 마치고 허리에 차고 있던 칼을 빼 아버지에게 내밀었다.

"신은 수풀 속으로 기어들어가 겨우 목숨을 건졌을 뿐입니다. 장군! 신의 목을 베어주십시오!"

"부끄럽사옵니다. 전라 우수사 어른처럼 물에 뛰어들어 자결이라도 했어야 했는데…… 신의 구차한 목숨을 끊어 주십시오!"

송여종 군관도 차고 있던 칼을 빼 아버지 앞에 내려놓았다.

"칼을 거두거라! 내 너희들에게 그렇게 가르쳤더냐!"

아버지가 발을 구르며 두 사람을 다그쳤다. 땅이 울렸다.

"어서 일어나 수습에 나서야지. 너희들이 이렇게 살아 돌아온 것만 해도 나는 그저 고마울 따름이다."

아버지의 두 눈에도 물기가 어리었다.

"장군!"

"장군!"

아버지는 살아 돌아온 부하 군관들을 끌어안고 어깨를 다독여
주었다. 큰형과 둘째 형의 눈에도 물기가 어리었다.

노량에서 다시 곤양을 거슬러 올라가 운곡[10]에 이르렀을 때,
한양에서 내려온 선전관이 뜻밖에 나타나 아버지에게 임금의 교
서와 유서를 전했다. 아버지는 한 민가 마당에 거적을 깔고 네
번 절을 올린 후 교서를 받았다.

"왕은 이와 같이 이르노라. 아, 나라가 의지하여 온 것은 오직
수군뿐인데 단 한 차례의 싸움에서 모두 다 없어졌으니 이후 누
가 나라를 지킬 것인가. ……생각건대 그대의 명성은 일찍이 수
사로 임명되던 그날부터 크게 드러났고, 그대의 공로와 업적은
임진년의 큰 승첩이 있은 후부터 크게 떨쳐서 변방의 군사들은
마음속으로 그대를 만리장성처럼 든든하게 믿어왔다. 그런데
지난번에 그대의 직책을 교체시키고, 그대로 하여금 죄를 이고
백의종군하도록 한 것은 역시 나의 모책이 좋지 못하였기 때문
에 그렇게 된 것이다. 그 결과 오늘의 이런 패전의 욕됨을 만나
게 된 것이니, 더 이상 내가 무슨 말을 하겠는가! 무슨 말을 하겠
는가!

이제 그대를 다시 기용하여 옛날 같이 전라 좌수사 겸 충청,

전라, 경상, 삼도 수군통제사로 임명하는 바이다. 그대는 먼저 부하들을 불러 어루만져주고, 흩어져 도망간 자들을 찾아내어 단결시켜 수군 진영을 새로 만들지어다. 그리하여 형세를 장악하여 군대의 위용을 다시 한 번 크게 떨친다면, 이미 흩어졌던 민심도 다시 안정시킬 수 있을 것이다. 또한 적들도 우리 편이 방비하고 있음을 알고 감히 방자하게 두 번 다시 들고 일어나지 못할 것이니, 그대는 이 같이 힘쓸 지어다……."

원수 밑에서 백의종군하던 아버지를 전라 좌수사 겸 삼도 수군통제사로 다시 임용한다는 임금의 교서였다. 아버지는 즉석에서 교서를 잘 받았다는 서장을 써서 봉해 올리고는 곧 바로 길을 떠나 횡보역[11], 두치를 지나 석주관에 이르러 전날 묵었던 외딴집에 다시 들렀다. 숭늉을 끓여 우리를 대접하던 주인 남자는 이미 왜적을 피해 산속으로 숨고 없었다. 우리는 빈 집에서 하루를 묵고 다시 길을 떠나 구례, 압록강원,[12] 곡성을 지나 옥과[13]에 도착했다.

옥과 장터엔 피난 가는 사람들로 인산인해를 이루고 있었다. 부슬부슬 내리는 가랑비를 맞으며 사람들은 봇짐을 진 채 소와 돼지를 몰고 산으로 오르고 있었다. 아버지가 말에서 내려 사람들 앞에 섰다.

"그대들은 어디로 가려는가?"

그러자 이고 있던 이불 보따리를 바위 위에 내려놓으며 한 아낙이 소리쳤다.

"호랑이보다 더 무서운 청정이란 놈이 경상도 서생포에서 넘어와 남원을 치려고 이곳으로 몰려오고 있다고 합니다요. 한산도가 함락됐으니 이제 전라도 지방은 바람 앞의 등불이지요."

아버지는 혀를 차며 빗속에 우두커니 서 있었다. 그때 피난 행렬 속에서 누군가 불쑥 뛰쳐나오며 아버지 앞에 무릎을 꿇었다.

"장군!"

거북선 돌격장으로 활약하던 군관 이언량이었다.

"장군님!"

그 옆엔 노를 젓던 격군 막쇠도 있었다. 두 젊은이는 진흙탕에 엎드려 또 섧게 울었다.

"살아들 있었구나!"

"장군님, 한산도 통제영이 잿더미가 되고 말았습니다. 칠천량에서 도망친 경상 우수사 배설이 한산도에 이르러 불을 지르는 바람에, 그동안 쌓아 놓은 군량이며 무기가 한 줌 재로 변하고 말았습니다. 수사 배설은 군사들을 시켜 불을 지른 뒤 배를 타고 어디론가 사라졌습니다."

군관 이언량이 흙탕물에 이마를 찧으며 울부짖었다.

"소인은 조방장[14] 김완 어른이 이끄는 배에서 죽을힘을 다해 노를 저었습니다만 중과부적이었습니다. 배는 결국 침몰되었고 조방장 어른께서는 헤엄을 쳐 바다를 건너다가 왜적 놈들한테

사로잡혀 끌려갔습니다. 저는 운이 좋아 겨우 뭍에 이르러 몇 날 며칠을 걸은 끝에…… 통제사 어른께서 이곳으로 향하셨다는 소식을 듣고 무작정 달려왔습니다요.”

막쇠는 부르튼 맨발을 엉덩이와 함께 하늘로 치켜들고 진흙 속에 엎드려 머리를 조아리고 있었다.

“어서들 일어나거라. 싸움은 아직 끝나지 않았느니라.”

아버지는 다시 말에 올라 길을 떠났다. 아버지를 따르는 무리들이 점점 늘어났다. 강정[15], 부유창[16]을 지나 순천부로 가는 길엔 피난 가는 백성들과 진을 파하고 달아나는 육군 병사들이 길을 메우고 있었다. 큰형과 군관 송여종이 군사들 앞을 가로막고 달아나는 연유를 물어보았다.

“다 병사[17] 이복남 때문입니다. 장수인 신분으로 싸울 생각은 않고 그저 적이 쳐들어온다고 떠들면서 창고에 불을 지르고 달아났으니…… 그 때문에 군사들과 백성들이 모두 흩어져 달아나고 있는 것입니다.”

큰형과 송여종은 그들에게서 말 세 필과 활이며 화살을 한 아름 빼앗아 대열에 합류했다.

우리는 저녁 무렵 순천부에 도착했다. 다섯 달 만에 돌아온 순천 땅은 성 안팎이 텅 비어 인적 하나 없이 쓸쓸하기만 했다. 관리며 백성들은 이미 왜적을 피해 산이나 바다로 숨어버렸다.

우리는 빈 관아에 들어가 피곤한 몸을 뉘었다. 어미 잃은 강아

지 한 마리가 어두운 골목길을 쏘다니며 힘겹게 울부짖고 있었
다.

비

¹현재의 경북 포항시 연일읍에서 나던 아름다운 숫돌.

²사카야카(月代)를 이르는 말. 이마에서 정수리까지 반달 모양으로 털을 깎은 왜인 남자의 머리 모양.

³털빛이 검은 말.

⁴털빛이 얼룩얼룩한 말.

⁵이마와 뺨이 흰 말.

⁶갈기는 검고 배는 흰 말.

⁷현재의 경남 사천군 곤양면 성문리.

⁸현재의 경남 하동군 금남면 노량리.

⁹현재의 경남 거제시 구산면.

¹⁰현재의 경남 진주시 수곡면 옥계마을.

¹¹현재의 경남 하동군 횡천면 여의리.

¹²현재의 전남 곡성군 죽곡면 압록리.

¹³현재의 전남 곡성군 옥과면.

¹⁴대장 밑에서 싸움을 돕는 장수.

15 현재의 전남 곡성군 석곡면 유정리.

16 현재의 전남 순천시 주암면 창촌리.

17 병마절도사의 준말. 종2품 무관 벼슬임.

벌리

뜬 눈으로 밤을 새운 나는 다음날 날이 새기가 무섭게 길을 떠나 담비 아가씨의 마을에 닿았다. 하지만 그 정겹던 초가 마을은 형체도 없이 사라져버렸고 매캐한 재 냄새만이 코를 찔렀다. 해당화 곱게 피던 담비 아가씨의 초가도 어디론가 간 곳이 없었다. 바다에서 가까운 마을인 탓에 이미 왜적들이 들이닥쳐 불을 지른 모양이었다.

나는 미친 듯이 산길을 뛰어 담비 아가씨가 다니던 그 절로 가보았다. 다행히 절간은 고스란히 남아 있었고, 조그만 대웅전 앞마당엔 여러 명의 아낙들이 탑 아래 거적을 깔고 앉아 있거나 누워 있었다. 나는 허둥대며 담비 아가씨를 찾았다.

"아가씨! 담비 아가씨!"

그러자 누군가 손가락으로 요사채를 가리켰고, 나는 그곳을 향해 마치 넋이라도 잃은 사람처럼 뛰어갔다.

아가씨는 그곳에 있었다.

"아가씨! 담비 아가씨!"

그러나 담비 아가씨는 대답이 없었다. 아가씨는 아랫목에 누워 있었다. 이마에는 물수건이 얹혀 있었고 턱까지 두터운 이불이 덮여 있었다. 그녀 옆에서 염주를 돌리고 있던 여승이 대신 나를 돌아보았다.

"들어오시지요. 저는 이 절의 주지승입니다."

나는 가죽신을 댓돌 위에 벗어 던지고 방안으로 들어갔다. 담비 아가씨는 그제야 눈을 뜨고 나를 저어기 바라보았다. 눈자위가 까맣게 타들어 갔고 입술이 부르터 있었다.

"어떻게 된 겁니까? 저는 아가씨의 약혼자 이면이라고 합니다."

"……들어서 알고 있습니다. 나무 관세음보살……."

주지 스님은 방안에 있는 작은 불상을 향해 합장을 하며 고개를 숙였다. 나는 이불 속으로 손을 넣어 아가씨의 손을 찾아 쥐었다. 아가씨의 손은 여전히 따스한 온기를 머금고 있었다. 내게 손을 내맡긴 아가씨의 눈가로 두 줄기 눈물이 흘러내렸다.

"……마을이 도륙 났습니다. 왜적들은 마을에 불을 지른 후 젊은 담비 아가씨를 어디론가 끌고 갔습지요."

주지 스님이 말했다.

"왜적들 뒤에는 왜국에서 건너온 여러 상인들이 따라다녔는데, 왜적들은 우리 젊은이들을 잡아다가 상인들에게 돈을 받고 판다고 합니다. 팔려간 조선 사람들은 왜국뿐만 아니라 저 멀리 남만이나 남반¹에까지 팔려간다고 합니다. 무서운 놈들이지요."

나는 아가씨의 이마에 놓였던 수건을 내리고 그 자리에 내 손을 얹었다. 이마에 몰려 있던 열이 내 손바닥으로 빠르게 스며들어갔다. 아가씨는 힘겹게 숨을 몰아쉬었다.

"며칠 동안 왜적 군선에 잡혀 있다가 밤중에 혼자서 도망쳤다고 합니다. 그때 받은 충격 때문에 말도 잃고……."

주지 스님은 채 말을 잇지 못하고 대신 두 손을 모아 합장했다.

"함께 끌려갔던 다른 젊은이들은 돌아오지 못했답니다. 아가씨는 아마…… 도련님을 만나려고 목숨을 걸고 탈출했던 모양입니다."

주지 스님의 말을 알아들었던지 담비 아가씨는 창백한 볼 위로 두 줄기 눈물을 흘려보냈다.

"며칠 요양하고 나면 기운이 돌아올 겁니다. 너무 심려 마시고…… 통제사 어른을 도와 꼭 이 나라를 되찾아주시기 바랍니다."

나는 정성들여 주지 스님에게 합장을 올렸다.

"아가씨는 제게 맡겨주십시오. 충격이 너무 커 잠시 실어증에 걸린 모양입니다. 부처님께서 잘 보살펴 주실 겁니다."

그 말을 남기고 주지 스님은 방을 나갔다. 잠시 우리에게 자리를 내준 모양이었다. 나는 순간 불안한 생각이 들어 이불을 걷어내고 아가씨의 전신을 살펴보았다. 새 옷으로 갈아입은 아가씨의 온몸은 다행히도 겉으로 보기에는 별 이상이 없는 것 같았다. 그때 아가씨가 힘겹게 다리를 구부려 바짓가랑이를 걷어 올렸다. 아가씨의 정강이와 무릎엔 무엇엔가 찢기고 긁힌 생채기가 선명하게 남아 있었다.

"놈들의 군선에서 탈출하시다가 이리 된 겁니까?"

내가 물었다. 그러자 담비 아가씨가 고개를 끄덕이며 나를 올려다보았다. 나는 허리를 구부려 담비 아가씨를 끌어안았다.

"저를 만나기 위해, 저와의 약속을 지키기 위해 죽음을 무릅쓰고 왜적의 배를 탈출하신 겁니까?"

대답 대신 아가씨의 야윈 볼 위로 두 줄기 눈물이 흘러내렸다.

"제 말이 맞는지요? 그 무시무시한 왜적의 칼날을 무릅쓰고 몸을 피하신 건, 지난날 저와의 약속을 지키기 위함이었는지요? 그날의 반달을 다시 보기 위함이었는지요?"

내가 울먹이며 묻자 아가씨는 고개를 끄덕이며 나를 올곧이 바라보았다. 나는 담비 아가씨의 가슴에 얼굴을 묻고 한동안 깊은 속울음을 삼켰다.

어디선가 요령 흔드는 소리와 목탁 두드리는 소리가 들려왔다. 마당에 진을 치고 있던 피난민들이 법당 안으로 몰려갔다. 주지 스님이 사시예불을 드리고 있는 모양이었다. 전쟁 중에도 이 절간만은 평온했다.

나는 시간이 얼마 남지 않았음을 깨달았다. 오전 중에 산을 내려가야 했다. 아버지와 형들은 나를 애타게 기다리고 있을 것이다. 나는 마음이 급했다.

"아가씨! 약조를 해주십시오! 우리 다시 만나는 그날까지 무사히…… 무사히 살아있겠다는…….”

그러면서 나는 아가씨의 두 손을 힘주어 끌어 잡았다.

"저도 약조를 드리겠습니다. 이 전쟁에서 꼭 살아남아 아가씨를 아산 집으로 모시고 가 혼례를 올리겠다는……. 그러니 아가씨께서도 약조를 해주세요. 제가 전쟁을 끝내고 돌아오는 그날까지 병을 떨치고 자리에서 일어나시겠다고. 만약 약조를 지켜주시겠다면, 제 청을 들어주시겠다면 제 뺨에…… 제 뺨에 아가씨의 뺨을 대주세요.”

담비 아가씨는 안간힘을 다해 고개를 들고 나를 바라보았다. 아가씨의 두 눈은 참으로 맑고 투명했다. 그 속에 내가 들어 있었다.

아가씨의 여윈 뺨이 내 한쪽 볼에 닿았다.

"아가씨!”

나는 내 뺨을 아가씨의 뺨에 비볐다. 문질렀다.

"아가씨…… 아가씨……."

함께 흘린 눈물이 두 사람의 뺨을 가르며 차갑게 흘러내리고 있었다.

나는 빠른 걸음으로 절을 나섰다. 지난날 아가씨와 함께 걷던 산길엔 어느새 가을이 성큼 내려앉아 있었다.

낙안, 보성, 장흥, 군영구미²를 거쳐 8월 18일 아침나절에 우리는 회령포³에 도착했다. 만나기로 약속한 경상 우수사 배설은 나타나지 않았다. 우리는 포구 관아에서 하루를 묵었다.

다음날 바다는 한없이 잔잔했다. 서늘한 기운을 머금은 가을 햇살이 은빛 물비늘을 수없이 만들어 냈다. 그 물비늘을 가르며 12척의 군선이 미끄러져 들어오고 있었다. 판옥선 12척이었다. 칠천량에서 살아남은 조선 수군의 전부였다.

군선마다 노를 젓는 격군들을 절반도 채우지 못한 탓에 노의 움직임은 가지런하지 못했고 군선의 속력은 한없이 느리기만 했다.

포구에 서 있던 대열 속에서 누군가 오열을 터트렸다. 그렇게나 용감하고 자신만만하던 조선 수군이 저런 몰골로 돌아오다니. 그 많던 격군과 사수들은 다 어디로 가고 겨우 12척의 군선에 200명도 채 못 되는 수군이라니.

아버지는 배설로부터 12척의 군선을 인수받았다.

"통제사 어른, 저는 최선을 다해 군선을 건졌습니다요. 저는 원균이 싸움에서 견뎌내지 못할 것이란 걸 미리 알았지요. 그래서 왜적이 나타나자마자 거느리고 있던 군선 열두 척을 이끌고 곧장 한산도로 들어갔습니다요. 한산도에 있던 군량과 무기 창고에 불을 지르고, 다시 군선을 이끌고 서쪽으로 서쪽으로 진군했습니다요. 비록 싸우지는 않았습니다만 신이 건진 이 열두 척의 배가 조선 수군을 재건하는데 밑거름이 되었으면 합니다요. 저는 그동안 뱃멀미가 심해…… 육지로 올라가 좀 쉬었으면 합니다만……."

"……지금 진군이라 했던가? 그건 진군이 아니라 도망일세!"

좁은 포구에 일렬로 늘어선 12척의 군선을 바라보며 아버지는 노여운 목소리로 소리쳤다.

"전라 우수사나 충청 수사처럼 바다 속에 목숨을 던졌어야 했을 것을……수군 장수인 신분으로 뱃멀미라니…… 흐훗……."

배설은 그날 육지로 오르지 못했다.

아버지는 12척의 군선을 이끌고 이진[4], 어란[5]을 거쳐 8월 29일 아침에 진도 벽파진[6]으로 옮겨 갔다. 배설은 결국 다음날 새벽, 자신의 군선에서 도망쳐 육지로 올라가 행방을 감추었다.

별리

[1] 남반(南蠻). 현재의 포르투갈이나 에스파냐를 일컫는 말.

[2] 현재의 전남 강진군 고조면.

[3] 현재의 전남 장흥군 대덕면 회진리.

[4] 현재의 전남 해남군 북평면 이진리.

[5] 현재의 전남 해남군 송지면 어란리.

[6] 현재의 전남 진도군 고군면 벽파리.

필사즉생
필생즉사

임진년의 바다는 우리 편이었다. 파도를 밀고 앞으로 나아가면 바다 속으로 무지개가 떴고, 하늘에는 갈매기 떼가 우리를 호위하며 날았다. 아버지의 호령소리는 거침없이 우렁찼고, 대포소리는 하늘과 바다를 진동시켰다. 바다의 왜적들은 쉬이 무너져 내렸고, 조선 수군의 사기는 하늘을 찌르고도 남았다.

하지만 정유년 가을, 바다는 차고 싸늘했다. 왜적들은 그 위를 쏜살처럼 달려왔고, 조선 수군은 바닷가 모래알처럼 파도 속으로 가라앉았다. 조선 수군이 묻혀버린 바닷가에는 왜적에게 코를 잘린 조선 백성들의 시체가 쓰레기더미처럼 떠내려 왔고, 떠내려 온 시체들은 포구마다 산더미처럼 쌓였다.

벽파진에 진을 친 며칠 뒤 우리는 협선을 한 척 내어 전라도

294

연해안으로 정탐을 나갔다. 둘째 형과 나, 그리고 군관 송여종과 나대용이 함께 했다. 제주도에서 보내온 소 다섯 마리를 잡아 군사들에게 먹인 탓인지 노를 젓는 격군들의 팔에는 모처럼 강한 힘이 느껴졌다.

북서풍을 탄 협선은 빠르게 동쪽으로 나아갔다. 우리는 해남 앞바다를 지나 장흥, 흥양을 거쳐 전라 좌수영 근처까지 나아갔다.

적들이 뭍으로 오른 바다는 조용했다. 조용한 바다는 우리를 무기력 속으로 몰아넣었다. 눈에 띄는 섬마다 우리 수군들과 백성들의 시체가 언덕을 이루고 있었고, 깨진 군선의 잔해와 버려진 무기들이 시체와 함께 뒤엉키면서 아수라 같은 광경을 만들어 냈다.

"전라 좌수영도 왜적의 손에 불태워졌답니다. 무기와 군량은 물론이고 장군께서 쓰시던 진해루도 불탔다고 합니다."

송여종 군관이 쓸쓸한 눈빛으로 해안 마을을 바라보며 말했다. 왜적들에게 불태워진 해안 마을은 시커먼 잿더미만 흉물스럽게 남아 있었다. 산도 들도 마을도 모두 불에 탔다.

"놈들은 불만 지르는 게 아니라 사람까지 모조리 잡아간다고 합니다. 늙은 사람들은 쳐 죽이고, 젊은이들과 아이들은 목에 쇠사슬을 묶어 개나 원숭이처럼 끌고 다닌다고 합니다. 잘 걷지 못하면 뒤에서 몽둥이로 두들겨 패는데, 지옥의 사자도 그처럼 모질지는 못할 거라고들 합니다. 놈들에게 붙잡히면 모두 쇠사슬에 묶여 인신 매매상에 팔려간다고 합니다."

군관 나대용이 빈 바다 위로 화살을 날리며 울분을 토했다.

"이번에는 전라도 지방이 그 피해가 제일 심하다고 합니다. 한산도가 무너지자 왜적들은 거침없이 전라도를 짓밟았고, 조선 병사들은 뿔뿔이 흩어져 달아나기에 바빴답니다. 왜국의 수길이란 놈은 조선 사람을 죽이면 반드시 코를 베어 자신에게 보내라고 했답니다. 왜적 한 사람 당 조선 사람 코 한 되씩을 소금에 절여 보내라는 기상천외한 명령을 내렸답니다."

이번에는 둘째 형이 거들고 나섰다.

"놈들의 표적을 피하기 위해 여자들은 얼굴에다 숯검정을 칠하기까지 했고, 일부러 누더기 옷을 걸치고 걸인 흉내를 내기도 했답니다. 아이들은 다리를 절룩거리며 절름발이 시늉을 했고, 더러는 땅바닥에 누워 경련을 일으키며 간질병 환자 흉내를 내기도 했답니다. 하지만 종당에는 다 잡혀 어디론가 짐승처럼 끌려갔답니다."

우리는 전라 좌수영 앞바다에서 배를 돌려 벽파진으로 되돌아왔다. 이틀간의 짧은 여정이었다.

"전라도 연해안을 쑥대밭으로 만든 놈들은 드디어 남원까지 집어삼키고 전주로 밀고 올라갔다는구나. 이런 변고가 어디 있을꼬……."

우리가 포구에 협선을 대자 물가에 나와 섰던 아버지가 혼잣말처럼 중얼거렸다.

멀리 뭍으로 탐망을 나갔던 탐망 군관[1] 임준영이 달려온 것은 9월 14일이었다. 임준영은 거친 숨을 몰아쉬며 아버지 앞에 엎드렸다.

"적선 삼백여 척 가운데 쉰여 척의 선발대가 벌써 어란 앞바다까지 들어왔습니다."

땀으로 얼룩진 임준영의 등짝에서 김이 피어올랐다.

"달마산[2] 꼭대기에서 며칠 동안 살폈는데, 놈들의 군선은 날마다 숫자가 불어났습니다. 놈들의 의도는 이곳 진도를 빠져나가 서해 바닷길을 여는데 있는 것 같았습니다."

다음날 아버지는 선단을 전라 우수영 앞바다로 옮겼다. 그날 밤 아버지는 모든 장수들과 군관들을 자신의 선실로 불렀다.

아버지는 내게 먹을 갈게 했다. 나는 아버지의 선실 바닥에 엎드려 벼루에 물을 붓고 먹을 갈았다. 오랜만에 맡아보는 텁텁한 먹 냄새가 숨통을 조여 왔다. 나는 숨이 막혔다.

"여기 있사옵니다."

금이가 비단 보자기를 풀어 붓 한 자루를 내놓았다. 금이의 손목만큼이나 굵은 붓이었다.

큰형이 선실 바닥에 대문짝만한 한지를 펼쳤다.

아버지는 붓을 들어 단숨에 내갈겼다. 그것은 붓이 아니라 아버지의 전신으로 눌러 쓴 글씨였다. 아버지는 온몸을 움직이며 비장한 춤을 추듯 글씨를 써보았다. 색 바랜 두터운 한지 위에 세로줄로 갈겨 쓴 여덟 글자의 글씨는 마치 검은 용 한 마리가 하늘로 승천이라도 하듯 힘차게 용틀임하고 있었다.

필사즉생 필생즉사[3].

"병법에 이르기를 죽기를 각오하고 싸우면 살고, 살려고 바동거리면 죽는다고 했다. 단 한 사람이라도 죽음을 각오하고 길목을 지킨다면 천 명의 적이라도 두렵지 않을 것이야!"

아버지의 수염이 부르르 떨렸다. 몇 달 동안 잠을 설친 탓인지 아버지의 두 눈엔 핏발이 서 있었다.

"우리는 내일 새벽 명량으로 간다. 그곳에서 적을 맞을 것이다! 만약 털끝만치라도 명령을 어기는 자가 있다면 그 자리에서 목을 벨 것이니라!"

장수와 군관들이 자신들의 군선으로 돌아가고 아버지의 선실엔 우리 삼 형제만이 남아 있었다. 나는 아버지의 등 뒤에 걸린 칼을 바라보고 있었다. 일휘소탕 염혈산하. 한번 휘둘러 쓸어버리니 피가 강산을 물들이도다.

"생사를 장담할 수 없는 싸움이 될 것이야. 모두들 각오는 돼 있느냐?"

아버지의 목소리는 나직했다. 나는 아버지의 목소리에서 어떤 전율을 느꼈다. 아버지의 낮고 느린 목소리는 이미 이승과 저승을 초월한 듯 느긋했다.

"명량이라면…… 울돌목을 이르는 말입니까?"

큰형이 물었다. 큰형의 목소리에서 심장의 가쁜 고동소리가 느껴졌다. 나는 측은한 생각이 들었다. 그래서 큰형을 물끄러미 바라보았다.

"그렇다. 열두 척의 군선으로 적과 맞설 곳은 그곳밖에 없느니라."

"저, 적선은 얼마나……."

둘째 형의 목소리는 사뭇 떨리고 있었다. 나는 둘째 형의 주먹을 꼭 감싸 쥐었다. 아버지가 내 손 위로 시선을 던졌다.

"임준형의 보고에 의하면 적선은 삼백 척이 넘는 것 같다. 왜, 두려우냐?"

아버지가 둘째 형의 정수리를 향해 시선을 내리깔았다.

"아, 아니옵니다. 사람의 목숨은 저 하늘에 달려 있사옵니다."

아버지가 오랜만에 허허, 하고 웃었다. 그것은 일전을 남겨 놓은 장수에게는 어울리지 않는 여유로운 웃음이었다.

"면이는 어떤고?"

드디어 아버지가 나를 내려다보았다. 모처럼만에 느껴보는 아버지의 이글거리는 눈빛은 내 동공을 관통하고 곧장 심장을 찔러왔다. 나는 그 눈빛이 오히려 편했다. 나는 아버지의 눈빛

속에 내 자신을 내맡겼다.

"삼국을 통일한 김유신 장군은 강한 자가 살아남는 것이 아니라, 살아남은 자가 강한 자라고 했습니다만 저의 생각은 조금 다르옵니다."

아버지의 시선이 더욱 따가워졌다.

"……다르다?"

"그렇습니다. 진정 강한 자는 삶과 죽음을 구분하지 않습니다. 생사에 구애받지 않고 자신의 뜻을 펴나가는 자야말로 진정 강한 자라고 생각합니다."

아버지가 몇 걸음 다가와 나를 덥석 끌어안았다.

아버지의 품은 참으로 따스했다. 지상에 살아 있는 모든 것들의 날 냄새를 섞어 놓은 듯한 냄새가 아버지의 품으로부터 배어 나왔다.

나는 참으로 짧은 순간이었지만 진정으로 빌었다. 이것이 마지막이 아니기를, 부자간의 뜨거운 포옹이 오로지 이것이 마지막이 아니기를 나는 천지신명님께 간절히 빌고 또 빌었다.

"그만들 돌아가 눈을 붙이거라. 내일 싸움은 힘든 싸움이 될 게야."

우리는 밤늦게 아버지의 선실을 물러나왔다.

다음날 새벽, 탐망선이 급히 들어와 적 선단의 출현을 알려왔다. 아버지는 판옥선 12척에 출항 명령을 내리고 난 뒤, 우리 수군을 믿고 여러 바다에서 몰려든 백성들의 피난선을 뒤따르게 했다.

이른 아침 가을 바다는 한껏 푸르렀다. 해변으로 쭉쭉 내리뻗은 산기슭은 울긋불긋한 단풍으로 몸치장을 했고, 높은 하늘엔 기러기 떼가 비녀를 꽂듯 북으로 북으로 날아가고 있었다. 새벽안개는 투명한 아침 햇살에 일찍 몸을 사렸고, 수평선을 물들이며 떠오른 아침 해는 한 가지도 감추는 것 없이 우리들 눈앞에 바다의 온갖 것들을 보여주고 있었다.

울음이 터져 나왔다. 한 치 앞을 내다볼 수 없는 이런 숨 가쁜 순간에도 멸치 떼는 반짝거리며 물비늘 속에서 춤을 추었고, 갈치는 날렵한 몸매를 한껏 뽐내며 물 위로 길길이 뛰어올랐다. 그리고 나는 담비 아가씨를 생각했다.

"속력을 올려라! 명량으로 간다!"

아버지의 목소리가 장대에서 터져 나왔다. 오랜만에 들어보는 외침이었다. 임진년의 그 자랑스럽던 아버지의 외침은 오늘 12척의 초라한 군선으로 조선 바다에 되돌아와 있었다.

노를 재촉하는 격군장의 북소리가 빨라졌다. 해협이 좁아지면서 밀려드는 물살이 군선의 이물 위로 가파르게 솟아올랐다.

우리 삼 형제는 아버지의 대장선에 편성되었다. 장사진으로 이동하는 선단 속에서 우리 대장선은 여섯 번째로 나아가고 있었다. 선두는 거제 현감 안위의 군선이 차지하고 있었고, 후미는 새로 부임해 온 전라 우수사 김억추가 군선을 이끌고 있었다.

해남 화원반도와 진도 벽파진 사이에 있는 명량 해협은 물길의 너비가 한 마장[4] 밖에 되지 않았다. 그 중에서도 물길이 가장 좁은 곳은 울돌목이었다. 이곳의 너비는 고작해야 백 보[5] 밖에 되지 않았다. 아버지는 이곳에서 12척의 군선을 일자진[6]으로 벌려 세우고 적을 맞을 것이었다.

"저 물살 좀 봐! 울고 있잖아. 그래서 명량이라 했다지?"

둘째 형이 장대 아래서 활을 부여잡고 내게 말을 걸어왔다.

"그러게 말이야. 지금은 동쪽에서 서쪽으로 빠르게 흐르고 있어. 저 소리 좀 들어봐. 굉장한 울음이야."

"저 물살을 타고 적선이 밀려오겠지. 정오 때까진 물살이 바뀌지 않는다잖아."

둘째 형의 목소리는 조금씩 떨리고 있었다.

"그때까지 여기서 버텨야 해. 열두 척의 군선을 가지고 적의 대군을 막을 곳은 여기 밖에 없다고 하셨어. 한 사람이 길목을 지키면 천 사람의 적군도 두렵지 않다고 하셨잖아."

"지금은 물살이 가장 급할 때야. 놈들은 좋아라, 하고 밀려들겠지. 하지만 물 흐름이 바뀌는 정오 무렵에는 사정이 달라질걸. 아버지가 노리는 것은 바로 그것이야. 병법에도 있잖아. 노련한 장수는 지형지물을 잘 이용하는 자라고."

군관들과 얘기를 나누던 큰형도 어느새 우리들 편에 끼어들었다.

"이곳 명량은 하루에 네 번 조류의 방향이 바뀐다는구나. 아침에 동쪽에서 시작된 조류가 정오 무렵이면 서쪽에서 동쪽으로 흐른다는구나."

그때 장대 위에서 아버지의 목소리가 터져 나왔다.

"일자진을 형성하라!"

군관들이 아버지의 명령을 복창하면서, 아버지의 명령은 군선에서 군선으로 이어지고 있었다. 빠르게 흐르는 급류 위에서 일자진을 형성하기란 쉬운 일이 아니었다. 격군장의 북소리는 다급하게 이어졌고, 노를 젓는 격군들의 팔뚝은 터질듯 부풀어 올랐다.

"적선이다! 적선이 나타났다!"

그때 갑판 위에서 누군가 다급하게 소리쳤고, 군사들은 움칠하며 명량 수로를 일제히 바라보았다. 조류를 탄 적 선단은 해남 쪽에서 빠른 속도로 다가오고 있었다. 3열 종대로 장사진을 형성한 적 선단은 수로를 가득 채우며 끝없이 이어지고 있었다.

누군가 갑판 위에 선 채 바짓가랑이에 오줌을 지렸다. 서로를 바라보는 군사들의 얼굴이 사색이 되어 있었다. 그때 아버지가 소리쳤다.

"적선이 비록 많다하나 우리 군선을 쉬이 침범하지 못할 것이다! 조금도 동요하지 말고 최선을 다해 적을 쏘아라!"

하지만 우리 군선들은 명량의 급류 위에 멈춰 있기조차 힘들었다. 물살은 끊임없이 군선들을 뒤로 밀어붙였다. 격군들이 안간힘을 다해 노를 저었지만 배는 조금씩 뒤로 밀려났다.

명량 수로로 들어온 적 선단은 133척이었다. 해남 어란진에 집결한 적 선단 300척 중의 일부였다. 133척의 적선은 우리 대장선의 사정거리 안으로 곧장 들어왔다.

"포를 쏘아라! 화살을 날려라!"

드디어 아버지의 명령이 떨어졌다. 방포군들이 일제히 심지에 불을 붙여 포를 쏘았다. 천자, 지자포가 불을 뿜었다. 대장군전이 날아가 적선의 이물에 박혔다. 사수들이 불화살을 날렸다.

왜적들은 안택선 갑판 좌우현으로 늘어서 조총을 쏘았다. 적의 총알이 대장선 갑판 위로 우박 쏟아지듯 떨어졌다.

"저것 봐! 모두 뒤로 물러나고 있잖아! 우리 대장선만 남아 있어!"

둘째 형의 놀란 목소리에 활 쏘는 것을 잠시 멈추고 뒤를 돌아보니, 11척의 우리 군선이 모두 저만치 뒤로 물러나 있었다. 그 사이 133척의 적선이 우리 대장선을 이중삼중으로 에워쌌다.

"물러나지 말고 싸워라! 조란탄을 발사하라!"

아버지는 직접 북을 치며 고함을 질렀다. 방포군들이 발사한 조란탄이 콩 볶는 소리를 내며 새카맣게 하늘을 날아가 적선 위로 쏟아졌다. 그때 송여종 군관이 장대로 뛰어올라가 아버지에게 소리쳤다.

"장군님, 선수를 돌리십시오! 물러나 있는 우리 군선 쪽으로 다가가 저들에게 군령을 내려야 합니다! 우리 대장선 한 척으로는 중과부적입니다!"

그러자 아버지가 계속 북을 치며 말했다.

"군령을 내리기 위해 배를 돌리면 적들은 더욱 기세 좋게 달려들 것이다. 좋은 기회다! 우리가 일당백으로 끝까지 적을 물고 늘어지면 물러나 있는 저들도 용기를 내 달려올 것이다! 그때 초요기를 들어 군령을 내리면 될 게야."

아버지의 북소리는 더욱 거세어졌고, 방포군들은 쉴 새 없이 철환을 날렸다. 갑판 위에 촘촘히 늘어선 사수들은 빗발처럼 불화살을 날렸다. 대장군전과 조란탄도 기세 좋게 하늘을 날아 적의 선단 위로 떨어졌다.

거의 한 시간 가량을 그렇게 싸웠다. 일당백의 싸움이었다. 우리가 탄 대장선이 한 치도 물러서지 않고 기세를 돋우자, 왜적들은 함부로 대들지 못했다. 그때 아버지가 호각을 불어 기수에게 초요기를 세우게 했다.

그제야 멀찌감치 뒤로 물러나 있던 여러 군선들이 하나 둘씩 다가오기 시작했다. 아버지는 먼저 거제 현감 안위에게 소리쳤다.

"안위야, 네가 군법에 죽고 싶으냐? 도망간들 어디 가서 편히 살 수 있겠느냐?"

그제야 안위는 군선을 이끌고 적진 속으로 다가갔다.

"김응함, 너는 중군장[7]으로서 대장을 구원할 생각은 않고 멀리 피할 생각만 하니 네 죄를 어찌 면할 것이냐? 당장 목을 베어 효시하고 싶지만 싸움이 급하니 우선 공부터 세우게 할 것이다!"

아버지가 장대 위에서 김응함에게 소리치자 그도 군선을 이끌고 적진 속으로 들어갔다.

"우수사께서는 장수된 자로서 어찌 멀리서 바라보고만 계십니까?"

아버지가 전라 우수사 김억추에게 소리치자, 그는 마지못해 자신이 탄 군선을 이끌고 안위와 김응함의 뒤를 따랐다.

세 척의 조선 군선이 적진을 향해 곧장 들어가자, 적장이 탄 군선이 여러 군선을 이끌고 나와 우리 군선들을 에워쌌다. 잠시 후, 왜적들이 개미떼처럼 안위의 군선 위로 기어올랐다. 그러자 군선에 타고 있던 우리 군사들이 안간힘을 다해 왜적들을 막아냈다. 몽둥이로 내리치는 사람, 긴 창으로 내리찍는 사람, 돌덩이로 막아내는 사람……. 하지만 그들은 이내 지쳤고 기진맥진 허덕거리기 시작했다.

"돌진하라! 안위를 구하라!"

아버지가 장대에서 소리쳤다. 그러자 우리의 대장선이 숨 가쁘게 달려 나가며 화포를 쏘고 화살을 퍼부었다. 우리 삼 형제도 있는 힘을 다해 화살을 날렸다.

"적장이 탄 배가 부서졌다! 적장이 저기 있다!"

그때 군관 나대용이 다급하게 소리쳤다. 붉은 비단옷을 입은 적장이 탄 배가 한쪽으로 기울고 있었다.

"포를 쏘아라! 불화살을 날려라!"

군관 송여종이 소리쳤다. 방포군들이 요령 있게 적장이 탄 배의 한쪽 뱃전을 집중적으로 공격했다. 적선은 한쪽으로 기울며 불길에 휩싸였다.

나는 갑판 위를 허겁지겁 뛰는 적장의 왼편 가슴을 정확히 겨누었다. 화살은 아기 울음소리를 내며 물 위를 날아가 적장의 비단옷을 뚫고 들어갔다. 적장이 화살을 움켜쥐고 신음을 토해냈다. 그때 또 다른 화살 한 대가 그의 오른편 가슴에 날아가 박혔다. 둘째 형이 쏜 화살이었다. 둘째 형은 거친 숨을 몰아쉬며 또 한 대의 화살을 시위에 먹였다.

"내가 마무리 하마!"

큰형이었다. 큰형은 침착하게 화살을 날렸다. 큰형이 쏜 화살은 비틀거리는 적장의 이마를 꿰뚫었다. 적장은 괴성을 지르며 세 개의 화살을 몸에 꽂은 채 바다 위로 굴러 떨어졌다.

종 한경이 갈고리로 적장의 시체를 바다에서 건져 올렸다. 갑판 위의 군사들이 길길이 뛰며 좋아했다.

송여종 군관이 적장의 목을 베어 장대 끝에 매달았다.

"적장의 머리가 여기 있다! 전 군선은 돌진하라!"

아버지가 다시 북을 치며 소리쳤다. 우리 군선들은 일제히 속력을 내 적진 속으로 돌진했다. 군사들은 함성을 지르며 포를 쏘고 화살을 날렸다. 바다가 진동했다. 네 시간 가까이 이어지는 싸움이었다.

그때 문득 바다가 조용해졌다. 해는 어느새 중천에 걸려 있었고 때는 정오에 가까워 있었다. 적 선단 쪽에서 밀려오던 조류가 갑자기 흐름을 멈추었다. 바다는 일시에 호수처럼 잠잠해졌다. 그러기를 잠시, 바다는 다시 꿈틀거리기 시작했다. 이번에는 방향을 바꾸어 우리 쪽에서부터 적 선단 쪽으로 흐르기 시작했다. 역류였다. 하루에 네 번씩 물길의 방향을 바꾸는 명량 해협이 이젠 우리 편으로 돌아섰다. 아버지는 때를 놓치지 않고 명령을 내렸다.

"물길이 돌아섰다! 전 군선은 조류를 타고 적진으로 돌진하라!"

왜적은 순식간에 역류를 만났다. 동쪽에서 서쪽으로 흐르던 물길이 이번에는 거꾸로 방향을 틀어 울기 시작했다. 순류를 탄 우리 수군은 쉬이 적 선단을 공격했다.

왜적은 혼란에 빠졌다. 우리 수군의 치열한 공격과, 역류하는 물길 때문에 적의 선두는 혼란 속으로 소용돌이쳤다. 우리에게 제압당한 적의 선두는 역류하는 물길에 밀리면서 자신들의 후미와 뒤엉켰다. 불길에 휩싸인 적선이 뒤로 밀리면서 다른 적선에 불을 붙였다.

드디어 적 선단의 후미에서부터 동요가 일어났다. 뱃머리를 돌리기 시작한 것이다. 명량 해협을 빼곡히 메우고 있던 133척의 적선은 서서히 방향을 바꾸어 왔던 길을 되돌아갔다.

"이겼다! 왜적들이 도망간다!"

비지땀을 흘리며 군사들 뒤를 봐주던 종 한경과 무재가 만세를 불렀다. 금이도 아버지 곁에서 펄쩍펄쩍 뛰면서 만세를 불렀다. 우리 군선 뒤에 무리 지어 몰려 있던 피난선에서도 수많은 백성들이 함성을 지르며 만세를 불렀다.

그날 싸움에서 적선 31척이 격침되었다. 우리 군선은 단 한 척도 잃지 않았다. 다만 대장선에 타고 있던 군사 두 명이 적의 총알에 맞아 전사했고, 나머지 세 명도 총알을 맞았지만 중상에는 이르지 않았다.

그날 우리는 당사도[8]로 옮겨가 밤을 보냈다. 달빛이 유난히도 고운 가을밤이었다.

우리 선단은 어외도[9], 법성포[10]를 지나 선유도까지 거슬러 올라갔다. 아버지는 싸움에 지친 군사들을 쉬게 해줄 겸, 또한 우리 수군이 추운 겨울을 날만한 새 보금자리를 찾기 위해 먼 항로를 찾아 나선 것이다. 이미 남해의 여러 기지들은 적의 수중에 떨어진지 오래였기 때문에 조선 수군의 재건을 위해서는 다른 곳을 물색할 수밖에 없었다.

군사들은 왜적들이 바글거리는 남해로부터 멀리 떨어져 나온 탓인지, 오랜만에 군복을 벗어 햇볕에 말리면서 저마다 누런 이를 드러내고 여유롭게 웃었다. 우리 삼 형제도 모처럼 군선에서 내려 뭍을 밟았다. 오랫동안 바다 위에서 흔들리면서 지내오던 터라 문득 발밑에 와 닿는 땅이 마치 바닷물처럼 일렁거렸다.

이곳 선유도는 둘째 형과 나에게는 낯익은 곳이었다. 온 가족이 아산에서 순천으로 피난 내려올 때 폭풍우를 피해 배를 댄 곳이 이곳이었다. 그리고 지난 봄, 순천에서 아산으로 돌아갈 때 또 폭풍우를 만난 곳도 이곳 근해였다.

우리 삼 형제는 임진년에 폭풍우를 피해 하룻밤 신세 진 집을 찾아가 한나절 한가롭게 놀았다. 초가 마당에는 닭이며 강아지들이 뛰어다녔고 뒤꼍에는 무성한 대숲이 바람에 서걱거리고 있었다. 주인 부부는 우리 삼 형제에게 토종꿀 한 사발씩을 내놓았다. 샘물을 타서 마시긴 했지만 꿀은 퍽 달고 진했다.

해거름 녘에 군선으로 돌아오니 아버지가 저녁놀을 받으며 갑판 위에 서 있었다. 오랫동안 손질하지 못한 아버지의 수염은 덥수룩하니 하관을 덮고 있었고, 야윈 어깨는 차가운 노을 속에서 가볍게 흔들리고 있었다.

아버지는 많이 늙어 있었다. 임진년의 아버지는 아니었다. 아버지의 핏발 선 동공으로 눅진한 물기가 배어들었다.

"……아산 땅에도 왜적들이 들이닥쳤다는구나. ……홀로 남은 너희 어머니가 걱정이야."

아버지는 고개를 들어 먼 하늘을 바라보았다. 저녁놀에 붉게 물든 북녘 하늘가 어딘가에서 어머니는 또 이쪽을 향해 우두커니 서 있을지도 모를 일이었다.

"아무래도 안 되겠구나. 내일 군관 송여종이 승첩장계를 들고 뱃길로 올라가는데, 너희 삼 형제 중에 누가 따라 나섰으면 좋겠구나."

아버지가 말했다.

"제가 가겠습니다. 두 형님께서는 아버님을 잘 보필해 주십시오."

내가 나서자 아버지는 고개를 끄덕거렸고, 두 형님도 별다른 말을 하지 않았다.

"……가서 네 어머니를 보살펴 드려라……."

그것이 아버지가 내게 한 마지막 말이었다.

다음날 나는 군관 송여종이 이끄는 협선을 타고 아산 해암까지 올라가, 거기에서 내처 뜀 걸음으로 아산 집을 향했다.

필사즉생 필생즉사

[1] 적의 동태를 살피는 군관.

[2] 현재의 전남 해남군 송지면과 북평면에 걸쳐 있는 산. 높이는 489m이며 남도의 금강산으로 불림.

[3] 必死則生 必生則死. 이순신이 명량해전에 앞서 군사들에게 한 말.

[4] 대략 400m 정도.

[5] 대략 180m 가량.

[6] 한 일 자 모양으로 진을 치는 전술.

[7] 대장을 보좌하는 여러 지휘관 중의 하나. 전군장, 후군장 등과 대등한 지위임.

[8] 현재의 전남 무안군 암태면.

[9] 현재의 전남 무안군 지도면.

[10] 현재의 전남 영광군 법성면.

비린내

나는 부르르 몸을 떨었다. 이제 남은 일본군은 세 명이었다. 두 명은 칼솜씨가 서툰 하급 병사였고, 나머지 한 명은 우두머리였다. 녀석이 휘두르는 칼은 매섭고도 혹독했다. 녀석의 칼이 내 왼쪽 어깨를 훑어 내릴 때 나는 통증을 느끼지 못했다. 잠시 후, 내 옆구리를 타고 흐르는 끈적한 비린내를 맡고나서야 나는 내 몸이 절단 났다는 것을 알았다. 그리고 통증은 나중에야 찾아왔다. 녀석이 휘두르는 칼은 포정[1]의 칼처럼 절묘했다.

나는 왼팔을 질질 끌며 오른팔로 안간힘을 다해 칼을 고쳐 잡았다. 그리고 활처럼 몸을 말아보았다. 하지만 몸은 생각대로 움직여주지 않았다. 옆구리를 타고 흐르는 붉디붉은 피는 내 한쪽 발끝으로 모이며 아름다운 꽃 한 송이를 피워냈다. 남쪽 바닷가 마을에 곱게 피던 해당화 꽃처럼 작고 고운 꽃이었다.

　나는 담비 아가씨를 생각했다. 담비 아가씨는 절대 죽지 않을 것이었다. 한 사내와의 첫사랑을 지켜내기 위해 사내가 죽고 난 뒤에도 절대로 그가 죽었다고는 생각하지 않을 것이었다. 전쟁이 끝나고…… 그리고…… 담비 아가씨는 오래도록 바닷가 마을에서 혼자 살아갈 것이었다. 뜬금없이 찾아든 한 젊은 사내와의 철없던 사랑을 영원히 간직하기 위해 그렇게 오랜 시간을 홀로 살다가…… 들꽃처럼 그렇게 시들어 갈 것이었다. 정말 약속을 지켜주지 못해 미안…… 미안한…… 마음뿐이다.

　임진년의 바다는 걸쭉했다. 그래서 언제나 비린내가 났다. 나는 아버지의 군선을 타고 다니며 살아있는 것들의 역동성을 느끼곤 했다. 살아있는 모든 것들에게선 늘 비린내가 났다.

　아버지에게서도 비린내가 났다. 선명한 비린내였다. 아버지는 자신의 비린내로 다른 비린내를 견주려 했다. 아버지의 몸엔 유난히도 많은 비늘이 돋아 있었고, 그 비늘 속엔 수많은 생명들이 깃들어 있었다. 아버지의 비늘에서 배어나는 아릿한 비린내를 맡으려고 수많은 생명들이 모여들었다.

　아버지는 비늘 달린 고래였다. 수많은 물고기를 몰고 다니는 긴 수염 고래였다. 나는 고래에게 미안했다. 살아남지 못해, 전쟁에서 끝까지 살아남지 못해 정말 죄송했다.

　"면아! 살아남아야 한다! 면아!"

어디선가 아버지의 목소리가 들려오는 듯했다. 나는 혼신의 힘을 다해 칼을 치켜들었다. 그리고 마지막 남은 힘으로 몸을 화살처럼 퉁겨내며 적의 심장에 칼을 꽂으려 했다. 하지만 생각처럼 몸이 따라주지 않았다. 가죽신에 질펀하게 고인 피가 내 몸의 균형을 앗아갔다.

아버지! 끝까지 살아남으셔야 해요! 남아서 조선의 가난한 백성들을 품에 안아주세요! 아버지는 고래여요! 조선 바다의 고래여요!

꿈을 꾼 것인가. 우두머리의 괴성이 들리는가 싶더니, 내 머리 위로 남쪽 바다의 거친 파도가 순식간에 덮쳐왔다. 그리고 심장이 터질 듯 역한 비린내가 끼쳐왔다. 나는 이내 거대한 물결 속에 파묻혀 허우적거리기 시작했다. 하지만 물결은 금세 나를 편안함 속으로 잠재워갔다.

물결은 붉고 뜨거웠다. 그것은 어쩌면 내 삶을 아름답게 물들인 한 젊은 날의 거친 파도일지도 몰랐다. 파도는 역한 비린내를 몰고 와 나를 티끌처럼 어디론가 휩쓸고 갔다. 나는 편안하게 길 위에 누웠다.

다시 먼 길을 떠나는 적들의 발자국소리가 희미하게 멀어져 갔다.

비린내

[1]장자에 나오는 요리사 포정(庖丁)을 이름. 그의 칼솜씨는 어찌나 절묘했
던지 소는 죽어가면서도 전혀 통증을 느끼지 않았다고 함.

아버지, 이순신

초판 1쇄인쇄 2014년 9월 23일

초판 1쇄발행 2014년 9월 25일

저 자 채종인

발행인 박지연

발행처 도서출판 도화

등 록 2013년 11월 19일 제2013-000124호

주 소 서울시 송파구 성내천로 39

전 화 02) 3012-1030

팩 스 02) 3012-1031

전자우편 dohwa1030@daum.net

인 쇄 미래프린팅

ISBN I 979-11-952523-3-6*03810

정가 12,000원

도화道化, fool는
고정적인 질서에 대한 익살맞은 비판자,
고정화된 사고의 틀을 해체한다는 뜻입니다.